바닷가
그 집에서,
이틀

이 도서의 국립중앙도서관 출판시도서목록(CIP)은 e-CIP홈페이지
(http://www.nl.go.kr/cip.php)에서 이용하실 수 있습니다.
(CIP제어번호 : CIP2009001763)

바닷가 그 집에서, 이틀

이상섭 소설집

실천문학사

 차례

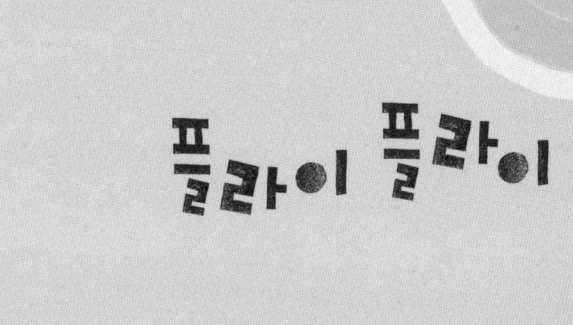

뭐 하노, 재깍재깍 안 움직이고! 내 인생의 안티, 백 여사의 목소리다. 얼마나 소리가 우렁찬지 유리창마저 놀라서 부르르 떤다. 백 여사는 내가 지금 방에서 할리우드 액션이라도 취하는 줄 안다. 하지만 난 진짜 아프다. 그게 외상이 아니라 보이지 않는 내상이라는 게 문제일 뿐이지만. 할 수 있다면 백 여사를 앉혀놓고 텔레비전 화면처럼 자막으로라도 속을 보여주고 싶다. 내 아픈 속이 저 유리창처럼 실금이 팍팍 가 있다고. 하긴 그렇다고 야코죽을 백 여사도 아니다. 근심 없는 사람이 어딨냐, 구중심처 절간의 스님도 근심은 있으니 변소를 해우소라 그카지, 하며 또 잔소리를 쏟을 것이다. 갑자기 늦은 밥을 먹던 손에 힘이 빠진다. 밥알이 사막의 모래만 같다. 아, 망할 놈의 재깍재깍. 이 말을 안 듣고 살 순 없나. 백 여사는, 내가 다리 다친 낙타처럼 방구석에서 뭉개는 줄 안다. 거듭 말하지만 난 노는 게 아니다. 아픈 거다. 그래서 밤새 뒤척이다가 늦잠 잔걸 병든 낙타 취급이라니. 뜬금없이 밥공기에 따귀라도 날리고 싶다. 이놈의 밥이 화근이다. 먹고사는 게 문제다. 이게 다 백 여사 때문이다. 내가 뭐 가고 싶어 그런 학과를 갔나. 이게 다 물려받은 몹쓸 유전인자 탓이지. 그나저나 부산이란 도시는 왜 이리 지지리도 못생겼냐. 대기업이 있나 공사가 있나. 그렇다고 비전 있는 중견업체가 많나. 허구한 날 서는 거라곤 모텔이나 유흥업소에 대형 할인마트밖에 없으니, 쯧쯧. 친환경 고품격 명품 도시 운운하며 '다이내믹 부산'을 외쳐봤자 헛일이다. 게다가 해운회사나 냉동공장도 내리막길을 탄 지 오래다. 막내아들 장래를 생각했다면 서울은 아니더라도 적어도 인천 정도로는 이사를 갔어야 옳다. 인구 대비 제2의 도시로 부상했다니 일자리는 많을 것 아닌가. 밥맛이 없다. 그렇다고 굶어봤자 나만 손해다. 망할 놈의 밥이, 백 여사의 표현대로 이놈의 밥이 '웬수'다. 근데 내 창은 언제부터 저리 금이 간 거지?

국수는 면발의 쫄깃함이 생명이다. 지체했다간 불어서 맛을 잃는다. 해서 먼 곳까지 배달하려면 신속함이 절대적이다. 그건 이 몸도 잘 알고 계신다. 그래서 나도 알아서 움직인다. 그런데도 백 여사는 소리를 지르며 난리다. 게다가 음식 배달하고 인생이 어찌 같은 등급일 수 있는가. 때가 되면 재깍재깍 취직하고 재깍재깍 결혼해서 아이도 낳고 그렇게 해야 하는 게 인생이라고? 이게 뭔 개똥철학이란 말인가. 그럼 내 인생이 원자시계라도 되어야 한단 말인가. 아니면 나 어릴 때 몰래 심장 속에 시계라도 숨겨놨나? 이러다간 밥 대신 메모리칩이나 에너자이저를 먹는 건 아닌지 모르겠다. 바쁠 때 어정거렸다간 잔소리가 한 소쿠리다. 홀로 들어가자마자 배달 스티커부터 챙긴다. 화성국수라니. 먹으면서도 허기가 지는 음식이 국수 아니던가. 그런 국수를 뭔 화성 사는 외계인이 먹는 음식도 아니고 왜 요따위로 상호를 붙였을까. 진짜 온 가족이 화성으로 이사라도 가고 싶은 것일까. 우선 쌈지공원부터 후딱 갔다 온나! 전번처럼 국싯값 받으러 되가는 일 없도록 꼭 챙기오고, 오다가 세탁소 들리서 빈 그릇도 갖고 와. 가몬 제발 노닥거리지 말고 재깍재깍 오고. 백 여사의 퀵마우스에 머릿속이 뒤숭숭해진다. 그러니 백 여사가 아니라 백여시지. 사람을 홀린다는 그 전설의 백여우 말이다. 내가 알바생처럼 배달원 역할을 기꺼이 맡는 것은 최저생계비 확보에 있다. 그래야 유미를 만날 수 있기 때문이다. 만약 그렇지 않다면 벌써 도서관으로 줄행랑을 쳤을 것이다. 삶이 그대에게 사기 치더라도 슬퍼하거나 열불 내지 말지어다, 철학자여.

쌈지공원 조성공사가 한창이다. 벌써 벤치며 바닥까지 마감되어 그럭저럭 봐줄 만해졌다. 이제 조경작업까지 완료되면 작지만 아늑한 공간으로 거듭날 것이다. 쓸데없는 공터로 쓰레기만 옹기종기 모여 살던 곳이 저렇게 번듯하게 변할 줄이야. 노인들은 신기하다는 듯이 날만 밝으면 삼삼오오 모여앉아 공사 현장을 지켜본다. 인부들은 나무 심을 구덩이를 파느라 여념이 없다. 조만간 나무가 심겨질 것이며 그렇게 되면 주변은 또 한번 달라질 것이다. 하지만 공원이 완공되면 아쉬워할 사람이 백여사다. 백 여사의 짭짤한 배달수입이 끊어지기 때문이다. 장기적으로 봤을 땐 그게 그다지 나쁜 것도 아니다. 공원이 있음으로 해서 사람들이 모여들 것이고 그러면 자연 국수그릇 수도 늘 것이기 때문이다. 화성국수 왔어요! 배달은 신속하게, 목청은 화끈하게. 이게 우리 집 배달기수인 선두주자 아버지의 슬로건이다. 배달도 철학이 깔리지 않으면 힘들다. 역시 그런 면에서 내 처지를 이해하는 사람은 아버지뿐이다. 내가 소리를 지르자 인부들이 하나둘 몰려온다. 난 국수그릇을 벤치 위에 내려놓자마자 돌아선다. 배달이 잔뜩 밀려서다. 식당으로 돌아오니 백여사의 표정이 또 구둣발에 으깨진 포도송이다. 뭐가 저리 속을 꼬이게 한 거지?

사실 국수라면 질린 상태다. 지금도 라면을 먹었으면 먹었지 국수는 결코 먹지 않는다. 그런데도 삼이웃들은 우리 집 국수에 대해 한마디씩 한다. 국수만큼은 백 여사 성깔을 안 닮았어. 육수 맛이 혀에 고분고분해서 좋고 힘도 솟는 것 같아. 입소문 덕분에 잇속도 쏠쏠하다. 하지만 이것은 백 여사 코 평수 넓어질 일이지 내 인생의 '스펙' 쌓기에는 하등 보탬이 안 된다. 아 참, 자네는 취업을 위해 도서관에 가야 하지 않나. 우리가 직접 가서 먹도록 하지, 뭐 이 정도는 아니더라도 엎어지면 코 닿을 데인데 운동 삼아 걸어와서 먹어주면 어떤가. 이건 시시콜콜 '빨리빨리'를 보태면서까지 야단법석이다. 게다가 찾는 손님들은 또 어떤가. 거개가 입성이 초라한 막노동에 막가는 막일꾼들이다. 그래서 우리 집 국수는 아무리 고급으로 내놔도 막국수일 뿐이다. 그나마 깔끔한 손님 축에 든다면 김 선생 정도라 할까. 하여튼 국수는 이래저래 마음에 안 드는 음식이다. 최소한 음식이라면 정장을 한 채 앞치마 두르고 생각하며 먹어야 하는 것이다. 음식에는 왜 철학이 없는가. 꾀죄죄한 차림으로 와서 기껏 한 그릇 먹고 게트림하는 손님만 상대로 하는 이런 식당을 가업으로 이어라 해도 싫다. 아직 내 꿈은 사무직이다. 그게 백 여사식 표현을 빌리자면 '부모 광내는' 유일한 길이다. 백 여사는 막내아들의 인생에 '삐까번쩍' 빛나는 기적이 일어나길 바란다. 나도 그러고 싶다. 하지만 어찌 인생이 한 큐에 해결되는가. 그러니 그게 문제다. 아, 어쩌다가 내 인생이 이리 복잡다단하게 꼬이고 말았을까. 제자리를 잡아가는 유미와 문성이가 부럽다. 더군다나 유미는 미울 정도로 전도가 탄탄대로다. 사회적 성공과 존재석 성공이라는 두 마리 토끼를 벌써 잡았다. 대학연구소에서 한창 연구원 생활에 몰두하고 있으니 조만간 강단에 설 수도 있을 것이다. 유미는 지금쯤 한창 현미경에 눈을 디밀고 연구에 몰두하고 있겠지. 누구는 배달이나 하고 있을 이 시각에 말이다. 아, 물방울 같은 그녀의 젖꼭지라도 빨고 싶다.

내 꿈은 거대한 게 아니다. 남들처럼 지하철과 버스를 갈아타더라도 출근하는 거다. 하지만 중요한 건 한번 비정규직은 영원한 비정규직이란 점이다. 그렇다고 비정규직 직장생활이 경력으로 인정받는 것도 아니다. 평생 고용불안에 떨며 불안정한 삶을 살아야 한다. 한번 비정규직에 발을 디밀었다가는 영원히 비정규적으로 삶을 마감해야 하는 제도적 모순. 그래서 나 같은 41만 명의 취업재수생이 생길 수밖에 없다. 그런데도 백 여사는, 내가 아직 눈이 높아서, 배가 불러 그렇단다. 나의 이런 삶의 비애를 백 여사에게 고스란히 토로한 적이 있다. 비정규직이 정규직이 되고 고용의 안정을 받을 수만 있다면 난 지금 당장 달려갈 수도 있다고. 하지만 백 여사의 철통같은 가슴을 뚫을 순 없었다. 거기서부터 나의 실존적 고민이 시작되었다. 내가 누구인가. 우리 집 히트상품, 아니 가족대표선수가 아닌가. 그래서 지금 내가 몹시 아픈 것이다.

새똥만 한 식당 홀에 남자 하나만 달랑 앉아 있다. 첩첩 사람에 첩첩 그릇이 쌓이는 백 여사의 꿈은 오늘도 무너질 모양이다. 괜히 남자에게 눈길이 쏠린다. 양복을 입은 것으로 보아 근처의 직장인인 모양이다. 갑자기 양복 때문에 남자가 부럽게 느껴진다. 백 여사 광내기 위해서라도 나도 저렇게 정장을 한 채 피곤한 표정을 지어야 하는데. 아, 나에게는 정녕 달콤한 피로는 꿈이란 말인가. 와 이리 늦노? 동남해운에 퍼뜩 가라. 안 온다고 계속 전화질이다. 흠, 거기라면 남항? 이건 곤란하다. 거리도 거리지만 거리에 깔린 게 줄동창이기 때문이다. 혹시 길거리에서 초등학교 동창 하나만 만나도 내 처지, 대놓고 공개방송하는 격이다. 거긴 너무 멀어, 그리고 나 지금 내부 사정이 안 좋아. 부러 아랫배를 싸쥔다. 미친놈, 지랄도 곱게 해야 봐주제. 얼른 갔다 와, 밥 묵고 싶으몬! 공짜밥 먹는 게 미안해 양심수 같은 마음으로 몇 번 도왔더니 이젠 아예 종업원 취급이다. 이러다가 진짜 백 여사네 주방보조로 들어앉히는 건 아닌지 모르겠다. 지금 배가 짱 나게 아프다고요! 어차피 백 여사의 입에서 침 사태가 터질 것, 세수까지 작정하고 나선다. 또 슬슬 빠져나가려는 저 잔머리 굴리는 거 보래이. 그런 머리로 진작 취직이나 하든가. 이크, 흉기보다 더 무서운 말. 작전 잘못 쓴 거 같다. 좀 더 고민해서 핑계를 둘러댈 걸 그랬나. 국숫발 붓기 전에 나서는 게 몸에 이롭겠다. 이럴 때 나의 든든한 후원자이신 아버지는 왜 안 보이는 거지?

아버지는 세상에서 가장 넓은 직장을 가진 적이 있다. 장어잡이 어선의 선장이었기 때문이다. 백 여사는 선장이라는 말에 먹고살긴 힘들지 않겠구나 싶어 결혼을 맘먹었다고 했다. 그러니까 선장에도 여러 급수가 있다는 걸 알기 전의 일이었다. 아버지는 결혼 후에도 가정을 행복으로 끌기 위해 일본 근해까지 배를 몰았다. 장어어장을 찾아서였다. 파도가 하늘에 있었다면 말 다했지. 그런 죽을 고비를 맞아도 만선만 생각하면 이상하게 또 나가게 돼. 언젠가 아버지가 한 얘기다. 하지만 그것도 이제는 다 이끼가 잔뜩 낀 이야기이다. 아버지의 뱃길은 한일어업협정으로 막히고 말았다. 다른 어장을 찾았지만 기름값도 건질 수 없을 만큼 불황을 겪어야만 했다. 선주는 아버지를 가만두지 않았다. 영해 부근까지 조업을 명령했고 결국 아버지는 일본 어업감시선에 나포, 영해 침범이라는 죄를 옴팡 써야 했다. 덕분에 낯선 땅에서 한동안 영어의 몸이 되기도 했다. 다행히 본국 송환이 이루어지긴 했지만 더 이상 배를 탈 기회는 주어지지 않았다. 하긴 아버지도 그 넓은 바다를 잃고 주방 구석에 틀어박힐 거라곤 생각지 못했을 것이다. 그런 향수 탓일까. 아니면 바닷내가 맡고 싶어서일까. 아버지는 짬만 나면 담배를 물고 남항을 바라보곤 한다. 그러다가 가끔씩 직접 바다로 나가 장어 요리를 구해오기도 한다. 그럴 때면 어김없이 김 선생과 마주 앉곤 했었다. 하지만 오늘은 김 선생도, 아버지도 보이지 않는다.

김 선생은 다 늙은 처지에 본의 아니게 기러기 아빠가 되었다. 현대판 이산가족이라고나 할까. 슬하에 아들만 내리 셋인데 지금은 막내하고 산다. 그런데 막내가 나처럼 속을 긁아대는 모양이다. 동년배 사이인 김 선생과 아버지의 술자리에 오르내리는 걸 봐서. 두 사람이 밤늦도록 술잔을 기울이는 데 꼭 등장하는 안주가 곰장어다. 곰장어 때문에 고생을 했다면 내가 국수에 혐오감을 갖듯 아버지도 장어만큼은 지긋지긋해해야 옳다. 그런데도 술안주로 그것만 고집한다. 그래서 물었을 것이다. 아버지는 왜 곰장어만 드시냐고. 아버지는 소주잔을 천천히 털어 넣으며 말했다. 글쎄, 뭐랄까 요놈이 말이다. 아주 끈질긴 놈이거든. 한번은 갑판 위에 떨어진 걸 한 달 이상 내버려둔 적이 있지. 그런데도 녀석은 꿋꿋하게 살아남아 있더라니깐. 껍질을 벗겨놔도 열 시간 이상 버티는 놈이니 대단한 녀석 아냐? 곰장어처럼 아버지도 끈질기게 버티고 싶은 것일까. 어쨌든 그 질긴 놈을 벌건 양념에 버무려 먹는 건 맘에 들지 않았다. 안줏감에 나까지 보태지는 건 더더욱 싫었고.

스쿠터를 몰고 남항으로 향한다. 오고 싶진 않지만 여기에 오면 사람들이 사는 게 느껴진다. 아니, 사는 게 아니라 사람들이 마구 경쟁하듯 달리는 기분이랄까. 특성상 당연히 해운회사 사무실이 거기다. 그래서 이곳에서는 인텔리 냄새까지 맡을 수 있다. 나 같은 사람에겐 '꿈꾸는 세계'라고나 할까. 하지만 구직은 많은데 퇴직이 없는지 사원 모집 공고를 본 적이 없다. 대학 진학은 서울로 올라가고 취업은 서울에서 다시 내려오니 나 같은 지방 삼류대 출신에겐 기회가 있을 리 없다. 그렇다고 해양 관련 학과를 전공하지도 않았으니 그저 그림의 떡이고. 쪽팔리게 이곳에 철가방을 들고 나서다니, 차라리 내 발목이라도 자르고 싶다. 제기랄, 이게 다 백 여사 때문이다. 하얀 와이셔츠를 입은 샐러리맨들이 몰려오고 있다. 잽싸게 모자챙을 눌러쓴 다음 허겁지겁 계단을 오른다. 사무실 문에 붉은 글씨가 씌어 있다. 관계자 외 출입 금지? 글자를 보는 순간 내 걸음이 주춤한다. 언제 나는 이런 사무실의 관계자가 되어보나. 관계자는 아니지만 배달도 관계가 있으므로 문을 열고 들어선다. 이쯤에서 국수 배달입니다, 외쳐야 하는데 입은 떨어지지 않는다. 눈앞에 중년 사내가 앉아 있다. 가운데 책상을 차지한 걸 보니 꽤나 직급이 높은 모양이다. 야, 인마! 왜 이리 배달이 늦냐? 꼴랑 국수 한 그릇 먹자고 몇 시간을 기다려야 하냐? 안 그래도 일이 많아 시켰더니 이건 나가서 먹고 오는 것보다 더 오래 걸려? 순간적으로 치솟는 내 당황수치. 보기보다 과장법이 심한 남자다. 미안합니다. 배달이 밀려서요. 겨우 목소리를 낸다. 야, 김 양아. 다음부터 절대 여기 시키지 마라. 고작 국수 세 그릇 시켜놓고 거만을 떠는 사내. 이런 곳이라면 나도 관계자가 결코 되고 싶지 않다.

구포국수는 이 고장의 대명사다. 그렇다면 우리 집 국수는 분명 구포국수의 짝퉁인 셈이다. 그런데도 백 여사는 구포국수라고 우기는 데에는 투철한 정신을 발휘한다. 맛을 그대로 살렸으니 구포국수가 아니냐고. 천하장사가 따로 없다. 오늘따라 화성국수라는 간판이 불쌍해 보인다. 유사품이나 파는 주제에 간판이라도 그럴듯하게 아크릴로 교체하든가 아니면 네온으로 처리하면 좀 좋을까. 칠이 너덜너덜 벗겨진 목판을 아직 달고 있다니. 하긴 맘에 안 드는 게 간판만은 아니다. 집 구조도 문제다. 마당은 거의 식당에서 밀려 나온 허드레 물건들로 꽉 들어차 있다. 그 물건들 틈을 무사히 빠져나와야 내 방으로 들어갈 수 있다. 아파트로 이사를 하고 이곳을 최신식으로 꾸몄으면 좀 나을까. 또 어디로 내뺄 작정이라, 그릇 찾으러 안 가고? 등 뒤에서 백 여사의 침 튀기는 소리가 요란하다. 근데 이번에는 백 여사가 아랫배를 싸쥐고 있다. 저것도 나를 압박하는 시위용 퍼포먼스? 명품 인재로 재개발할 시간이에요. 바쁘면 알바 하나 채용하시든지. 미친놈, 지랄한다. 집구석에서 노는 놈 두고 뭘 고용해? 제가 노나요? 도서관 가는 게 일하는 거라, 그럼? 역시나 백 여사는 무섭다. 하지만 인마, 소리 들어가면서 배달하고 싶지 않다. 부부간에 운영하는 이 허름한 식당의 국수가 누나 둘과 나의 학비가 되어준 것은 인정한다. 그러나 백 프로 순정품인 내가 후진 대접을 받으며 집으로 리콜된 걸 스스로 용납할 수 없다. 아, 이건 사는 게 사는 게 아니다. 방에 들어서자마자 미간이 좁아진다. 저 유리창이라도 좀 갈아줄 수 없나. 몇 푼이나 든다고 갈아달라는 요구를 묵살하나. 할 수 없이 내가 금을 따라 유리창에 테이프를 붙였다. 하지만 테이프도 접착력을 잃고 가장자리부터 일어나고 있다. 유일하게 세상을 바라보는 내 창은 언제부터 저랬을까. 이러다간 인터넷 검색창도 아닌 직업 소개소 창부터 서둘러 들여다봐야 할까 싶다. 이대로 고분고분 배달이나 하다간 국숫집 사육동물 침팬지 취급이라도 당할까 두렵다.

소주 일 인분어치만 사줄래? 모처럼 날아온 유미의 문자. 안 그래도 기분 꿀꿀한데 러브러브 하트를 수천 개라도 날리고 싶다. 아직 연구소에서 열라 근무할 시각 아냐? 문자를 보내자 다시 날아오는 답장. 나 기분 완전히 방전 상태. 지금 어디? 등대 숲! 갑자기 머릿속에 물음표가 둥둥 떠다닌다. 근무는 안 하고 등대라니, 무슨 일이 있나? 유미도 나처럼 비인간 취급이라도 당한 걸까. 외출을 서두른다. 기어이 기어 나가는구먼! 아니나 다를까 백 여사의 가시 돋친 말이 터진다. 도서관 가는 중이라구요. 미친놈, 또 헛소리한다. 그런 놈이 책가방도 없이 나가? 도서관에 널린 게 책인걸요 뭐. 나도 모르게 비꼬는 말투가 터진다. 도서관 가는 걸 뭔 자랑으로 안다, 저놈의 웬수가. 가서 도서관 책 죄다 읽기 전에는 들어오지 마라. 뭐라도 항변하고 싶지만 마른침만 삼킨다. 괜히 토 달아서 백 여사의 장기 살려주고 싶지 않아서다. 우리의 백 여사는 정말 시대를 잘못 만났다. 지금 태어났더라면 멋진 래퍼가 되었을 텐데. 저렇게 빠른 잔소리를 숨 한번 고르지 않고 내뱉는다는 건 정말 끝내주는 재능이다. 엄마의 사정거리 안에 계속 머물다간 잔소리만 덮어쓸 것이다. 무조건 벗어나는 게 상책이다.

유미는 등대휴게소 아래 벤치에 앉아 있다. 얼굴이 불콰한 걸 보니 제법 오래 있었던 모양이다. 벌써 오 인분은 마신 것 같다, 너? 반가운 나머지 흰소리를 쳐도 유미는 대꾸가 없다. 역시 기분이 왕창 다운된 게 맞긴 맞는 모양이다. 유미는 먼바다로 시선만 던지고 있다. 바다 위에 유유히 떠 있는 상선과 여객선이 눈을 파고든다. 한때 아버지가 은하호를 몰고 누비던 바다. 하지만 아버지는 식당 안에 닻을 내린 지 오래다. 땅거미가 지는 중이라 바다색도 짙어지고 있다. 이제 조만간 등대불도 켜질 것이다. 바다만 바라보던 유미가 넋두리하듯 뱉는다. 길이 안 보여. 기다렸다는 듯이 내가 되묻는다. 왜, 교수가 되는 게 쉬울 것 같지 않아? 벌써 몇 년째 제자리걸음이야. 뭔가 작은 불씨라도 보여야 힘을 얻어 밀고 나갈 거 아냐. 근데 이건 아무리 노력해도 비전이 없어. 그래도 포기하기엔 우린 아직 젊잖아? 유미가 말꼬리를 문다. 그걸 누가 모르냐. 알면서도 잘 안 되니깐 그렇지. 이럴 때일수록 완급 조절이 필요하다구. 조금 여유를 갖고 마음을 가다듬어봐. 넌 멋진 교수가 될 수 있어. 어쩌다 이런 말을 내뱉는가. 내 신세는 어쩌지 못하면서 말이다. 고마워. 하지만 그게 그리 쉽지 않다는 걸 우리도 알 나이잖아? 맞긴 맞는 말이다. 등대의 불빛이 바다 위로 쏟아지기 시작한다. 이제부터 저 빛이 밤길을 안내할 것이다. 하지만 우리의 인생은 빛이 없어도 스스로 발광체가 되어 나아가야 하는 게 아닐까. 포기하기엔 우린 너무 젊다. 유미가 입을 연다. 뭔가 다른 길을 찾아야 할까 봐. 만날 현미경 들여다보고 살려니 미치겠어. 이건 연구원이 아니라 보조에, 말 그대로 시다라니까. 연구원 생활도 쉽지 않은 모양이다. 내가 나선다. 야, 우리 저 아래 내려가볼래? 거긴 왜? 반딧불이 서식지래. 누가 그래? 전번에 발견했다고 신문에 대문짝만 하게 났는걸. 유미는 내 제의가 엉뚱하다는 표정이다. 마치 이 도시에 반딧불이가 살아 있다는 것이 믿기지 않는 것 같다. 내가 한마디 더 보탠다. 저 아래 공룡 발자국도 있다더라? 공룡 발자국도 있다구? 그제야 유미가 적극적인 반응을 보인다. 내가 고개를 주억거리자 먼저 그녀가 엉덩이를 일으킨다. 휘청, 흔들리는 게 불안하다. 하긴 이 도시 한구석에 반딧불이가 살고 있다는 게 나로서도 신기했다. 기회가 된다면 직접 눈으로 반딧불이를 보고 싶었다. 왜 그랬을까. 스스로 발광체가 되고 싶어서였는지, 빛이 되고 싶어서였는지. 그나저나 반딧불이는 무엇으로 제 속을 충전하지? 무엇으로 빛을 만들지? 아 모르겠다. 나도 이 땅에 살다 갔다는 빛나는 발자국 하나쯤은 남겨두어야 하는데. 내일부터는 어떤 일이 있어도 도서관에 가야겠다. 나도 얼른 실컷 일하고 돌아와 피로해보고 싶다. 그런데 허구한 날 복잡한 개꿈만 왔다 갔다 하는 잠자리라니.

어둠 속에서도 제 스스로 빛이 되고 길이 되어 날아가는 반딧불이. 하지만 숲 속을 아무리 헤치고 들어가도 반딧불이는 보이지 않았다. 지쳤다는 듯이 유미가 투덜댄다. 너, 서식지를 잘못 찾아온 건 아냐? 기사대로라면 여기가 분명해. 근데 왜 불빛 하나 없는 거지? 글쎄, 단체로 바캉스라도 떠났나 보다. 나도 포기한 듯 적당한 곳에 엉덩이를 부려버린다. 좀 더 안쪽으로 들어가볼까? 더 갔다가는 곧장 40미터 바닷속으로 수직 잠수를 해야 할걸. 그제야 유미도 털썩 주저앉는다. 간간이 들리던 인기척 하나 없다. 들려오는 거라고는 파도 소리가 전부다. 앉고 보니 풀밭이 천연 매트리스다. 둘은 약속이나 한 듯이 벌러덩 드러눕는다. 그런 다음, 반딧불 대신 담뱃불이라도 들자는 심정으로 담배를 꺼내 문다. 눕고 보니 보이지 않던 빛들이 하늘에 수북하다. 와우, 입 벌리고 가만있으면 별빛이 쏟아져 들어오겠어. 유미가 대꾸한다. 그럼, 가슴이 뜨거워질까? 안 벌리는 것보담 낫겠지. 이따금 불어오는 바람에 그녀의 향기가 코끝을 자극한다. 정신이 다 아릿하다. 갑자기 유미를 벽난로처럼 꼭 끌어안고 싶다. 입 안이 바짝 마르고 가슴에서 북소리가 난다. 그때 상황을 파악했는지 유미가 불쑥 입을 연다. 야, 너 언젠가 이런 곳에서 안고 싶다고 그랬지? 그래서? 그래서는 뭔 그래서야? 여기 같으면 나도 필 당긴다 그 말이지. 그럼 진짜 대시해도 돼? 넌 그게 문제야, 수컷 욕망은 '강'인데 행동이 '약'이라는 거. 졸지에 달아오른 몸에서 피시식, 불 꺼지는 소리가 난다.

그런 내 내부 사정도 모르고 유미는 한술 더 뜬다. 대신 오늘 위치는 내가 정한다, 알았지?

　홀 안에서 곰장어 냄새가 솔솔 피어나고 있다. 아니나 다를까 김 선생과 아버지가 마주 앉아 있다. 두 사람은 제법 술자리가 익었는지 얼굴이 사과색이다. 목소리도 제법 크다. 맞아요. 아, 글쎄 자식이라고 다 제 것이 아니라니깐. 김 선생이 대화의 주도권을 쥔 상태다. 식당문을 열기가 머뭇거려진다. 나도 모르게 귀가 솔깃해진다. 내 보슈. 큰놈 애 터지게 키워났더니 미국한테 줘버린 꼴이잖우. 유학까지 보내줬더니 거기서 결혼하고 자리 잡아 뜸하게 걸려오던 전화까지 뚝 끊겼어요. 연락조차 두절됐으니 이건 완전히 남이 된 거나 마찬가지죠. 둘째는 또 어떻구요. 서울로 보냈더니 이게 또 사람을 잡아요. 박사과정 밟는데 시간이 아깝다나. 그래서 집사람이 부랴사랴 뒤치다꺼리하러 갔으니 그놈은 집사람 새끼인 셈이죠. 그러니 하나 남은 막내가 진짜 내 새끼로 남은 셈이라우. 근데 이 녀석이 형제 중에 젤로 애물단지우. 형들처럼 머리가 좋길 하나 성실하길 하나. 장가도 안 가고 뭔 짓을 하는지 뻑하면 아버지 돈, 아버지 돈, 해대서 아주 골치 아프다니깐요. 근데도 녀석마저 여행을 떠나고 없으니 왜 이리 적적한지, 그놈이라도 없었으면 무슨 낙으로 살까 싶다우. 허허허. 아버지도 덩달아 웃는다. 아마 김 선생의 추임새로 보아 아버지는, 큰딸은 서울 시집가서 무난하게 살고 작은딸은 제 머리대로 공무원 하면서 자리 잡았는데 막내가 문제라고 먼저 넋두리를 뱉었을 것이다. 어쩌면 한숨도 양념으로 보탰을 수도. 하여튼 오나가나 내가 문제다.

　백 여사가 진짜 탈이 난 모양이다. 아랫배를 움켜쥔 채 잔뜩 웅크리고 있다. 많이 아프면 진작 병원에라도 좀 다녀오시지 않고? 말본새하고는, 병원이 어디 공짜로 치료해주는 곳이라디? 역시 백 여사다운 날카로운 목소리다. 혹시 엄마, 변비 증세가 있는 건 아냐? 여자들은 변비에 잘 걸린다던데. 모르는 소리 마라. 변비를 누가 모르냐. 이날 이때껏 똥 하나는 굵고 야무지게 싸왔는데. 그런데 왜 자꾸 아랫배를 만져? 체했다든지 아니면 수술했던 허리가 재발했을 수도 있잖아. 글쎄 말이다. 근데 오늘따라 더 쑤신다. 그럼 지금이라도 나랑 병원 가보든가. 그게 좋을지 모르겠다. 이러다간 밤중에 구급차 탈까 겁난다. 백 여사가 정말 심하게 아프긴 아픈 모양이다. 자청해서 병원 갈 생각을 하는 걸 보니. 아버지는 여전히 김 선생과 대작 중이다. 벌써 몸을 비운 소주병이 여럿이다. 병원에 잠깐 다녀올게요. 내 말에 아버지가 눈을 흡뜬다. 옆에 섰던 백 여사가 나선다. 부러 걱정하는 척 마슈. 마누라 아픈지 죽는지 모르고 술만 잘 먹으면서. 아버지가 무안한지 웃음으로 상황을 무마하려 든다. 조금 체한 것 같으이, 금방 갔다 오다. 택시를 잡아타고 병원으로 향한다. 시계를 보니 아무래도 갈 곳이라곤 종합병원 응급

실뿐이다. 택시 속에서도 백 여사의 능청 하나는 끝내준다. 여유롭게 앉아서 연신 하품이다. 마치 아랫배에 하품만 꽉 들어찬 것처럼.

참말로 얄궂네. 뭔 자궁 쓸 일이 있다고 그게 뒤로 자빠졌다노, 속이 뒤집혔다면 몰라도? 돌아오는 내내 백 여사도 의사의 진단이 미심쩍은 걸 눈치챈 모양이다. 근데 들으면 들을수록 나만 무안해진다. 하긴 이상하긴 하다. 누나와 나를 착실히 보듬었던 엄마의 품. 그게 왜 뒤집힌 것일까. 의사 말대로라면 뭔가 심상찮다. 의사는 나를 조용히 불러 당장 정밀검사가 필요하다고 했다. 자궁에 종양 같은 것이 흐릿하게 보인다고. 만약 암이라면 어떡하나. 은근히 걱정이다. 내색하면 안 되는데 표정관리가 어렵다. 갑자기 병원에서 효자 수업이라도 받고 나온 기분이다. 무슨 말이라도 해서 상황 무마에 들어가야겠다. 엄만 잠버릇이 문제야. 백 여사가 대뜸 언성을 높인다. 에미 잠자리가 어때서? 아무 데나 머리만 닿으면 잠들잖아. 그거야 피곤하니깐 그렇지. 그러니깐 잠깐 자더라도 잠자리 깔고 좀 편하게 주무시라고. 편한 소리 한다. 일이 잔뜩 밀렸는데 언제 잠자리 펴고 자냐? 그러니깐 척추도 고장 난 거잖아. 그래서 큰누나만 실컷 욕먹고. 백 여사가 척추수술로 입원해 있을 때다. 큰누나는 서울에 있고 작은누나는 해외연수 중이라 간병인을 쓰지 않을 수 없었다. 허리 보호대를 차고 입원생활을 할 수밖에 없어 모든 게 불편했으니 백 여사는 얼마나 갑갑했을까. 그러니 조금 나은 듯하자 병원 좋은 일 그만 시키자고 퇴원을 종용했다. 큰누나가 마지막 수발과 퇴원 수속을 밟게 되었다. 문제는 퇴원 수속 중에 닥친 백 여사의 요의였다. 보호대 때문에 허리를 숙일 수 없으니 당연히 큰누나더러 볼일 보고 뒤를 좀 닦아달랬다. 화근은 간병인을 불러 처리하게 했던 거였다. 그게 백 여사의 마음을 서운하게 만들고 말았다. 여태 저 똥오줌 닦아주고 키와준 기얼만데 그깟 에미 소원을 못 들어줘? 그게 자식이라? 밑 한번 닦아주는 게 그기 대수가, 못된 년 같으니라고. 엄마는 큰누나가 떠난 후 있는 욕 없는 욕을 다해댔다. 차라리 내가 여자로 태어나지 못한 게 후회스러울 정도였다. 자식새끼 다 필요 없다며 한동안 난리법석을 피우던 백 여사가 이번에는 작은누나 봉사활동을 자청하여 나섰다. 작은누나 살림 나자 반찬 해서 들락거리고, 부러 오라고 해서 집에 있는 것들을 싸주기까지 해대는 것이다. 나중에 또 실망해서 큰누나한테처럼 욕할 거면 아예 그러지 말라고 해도 백 여사는 되레 큰소리다. 요래라도 하니까 저것들이 미안해서 주말이면 다니러 오곤 하지, 안 그래봐라 저것들이 평생 올까 보냐? 하여튼 우리 백 여사의 재래식 구형 삶은 못 말린다. 다친 허리 도졌다간 작은누나마저 욕 옴팡 덮어쓰기 딱 맞다. 어쩌면 저런 고집이 제 몸에 종양도 키웠을 수도 있다. 그나저나 백 여사가 아프면 어떡하지?

주방에서 소리가 요란하게 인다. 이 늦은 밤에 뭐 하세요? 보면 모르냐, 다싯물을 우려내는 중이지. 우리 집 식구는 이상하다. 한사코 육수를 다시라고 부른다. 여태 다싯물은 백 여사 담당이었다. 헌데 아버지가 손수 나서다니. 아, 그리고 보니 기억나긴 한다. 인터넷을 뒤져 육수를 만드는 방법을 프린트해준 적도 있으니까. 그때 뭐라고 했던가. 우선 멸치의 머리와 내장을 제거하세요. 그런 다음 프라이팬에 약한 불로 멸치를 말린다는 생각으로 볶아주면 수분뿐만 아니라 비린내도 없어져요. 그런 다음 맑은 물에 무, 양파, 마늘, 대파, 다시마, 홍고추를 넣고 끓이세요. 물이 끓고 무가 물러지면 그때 손질한 멸치를 넣는다는 거 잊지 마세요. 한 일이 분 정도 끓인 후 들어 있는 재료 중에 무와 다시마를 제외한 나머지 재료는 건져내세요. 그럼 기본 육수가 완성된 셈이죠. 대신 먹을 때 양념으로 간만 맞추면 돼요. 다싯물은 국수뿐만 아니라 어떤 요리에도 잘 어울려요. 근데 다시라는 말이 우리말 아닌 건 알죠? 아마 그런 내용이었을 것이다. 야, 너 맛 한번 봐라, 아버지 나름대로 몇 가지를 더 넣어 작품으로 만든 건데 어떨지 모르겠다. 육수를 떠서 국자를 내게 디민다. 김이 모락모락 피어나는 국물이 제법 감칠 정도로 깊다. 괜찮은데요, 이제 진짜 아버지 주방장 하셔도 되겠어요. 그러냐? 아버지는 흡족한 듯 환하게 웃는다. 사실은 말이다. 국수의 맛은 여기에 있거든. 내가 엄마 솜씨를 따라갈 수야 있겠냐. 하지만 네 엄마 백 여사가 밤새도록 국물 우려내는 게 안쓰러워서 이것만은 내가 도맡고 싶었거든. 아버지 스스로도 대견한지 흐뭇한 표정을 멈출 줄 모른다. 국수의 포인트는 담백하고 진한 육수와 간간하고 쫄깃한 면발에 있다. 그건 나도 안다. 그런 맛을 잃지 않기 위해 몽고간장만 고집하고 남해의 멸치며 양념 따위도 직접 사온다는 것도. 잠자리에 누워서도 정신은 말똥말똥해지기만 한다. 아버지도 백 여사 사정을 눈치챈 것일까.

아침부터 공사장이 떠들썩하다. 트럭의 짐칸에는 수목들이 잔뜩 실려 있다. 그중 단연 돋보이는 게 소나무다. 무려 십오 미터는 넘을 것 같다. 금강산에 자라는 수종이라고 금강소나무라 불린다는 나무. 그런데 그 소나무 우듬지에 둥지가 얹혀 있다. 까치둥지인 모양이다. 왜 둥지를 헐지 않고 그대로 싣고 온 거지? 인부들도 일손을 멈춘 채 둥지만 바라보고 있다. 나무 주위로 까치 한 마리가 울면서 날아다니는 것이 보인다. 도서관으로 향하던 걸음을 멈추고 나도 구경꾼 속에 섞이고 만다. 무슨 일이에요? 곁에 선 늙은 인부에게 묻는다. 참말로 희한한 일도 다 있다니까. 뭐가요? 저기 저 까치집 말이야. 글쎄 둥지에 까치 새끼가 세 마리나 있더래. 인부들이 산 생명 그냥 내팽개치시 못해 싣고 왔는데 그 먼 거리를 저 까치가 트럭을 따라 날아왔어. 까치는 원래 자기 영역을 쉽게 벗어나지 못하는 놈인데 말이야. 인부도 이런 일은 생전 처음 본다는 듯 탄성이다. 까마귀의 효성 얘기는 알아도 까치의 모성애는 듣도 보도 못 했다.

나도 모르게 둥지를 바라보는 눈이 깊어진다. 참말로, 까치가족이 통째로 이사를 왔으니 이 동넨 좋은 일만 있겠구먼. 느닷없이 백 여사 얼굴이 떠오른다. 혼자 갈란다. 넌 도서관에 가서 공부나 해라. 오늘따라 같이 병원 가겠다고 우겨도 막무가내였던 백 여사. 자궁 뒤집혔다니 큰 병이 아니라 여길 것이다. 하지만 내 몸은 천근만근 무거워진다. 이상하다, 내가 언제 이리 착해진 거지?

주머니 속의 휴대폰이 진저리를 친다. 낙타, 오늘도 개인 지정 공휴일이냐? 문성이다. 이 자식마저 왜 이러는 건가. 낙타라 부르지 말래도 또 낙타라니. 저도 바늘구멍을 뚫기는 매한가지 처지이면서. 지금 구멍 찾으러 가는 중, 짜샤! 문자를 날리고 나니 그래도 녀석이 부럽긴 하다. 녀석은 부러 한적한 도서관을 찾아 지하철과 마을버스를 타고 이곳까지 온다. 무려 한 시간 이상 걸리는 거리다. 그러나 난 고작 십 분이면 족하다. 이런 입지적 조건이면 내가 먼저 취직을 해도 할 법한데 아무래도 녀석이 먼저 꿈을 이룰 것 같아 겁난다. 만약 녀석이 일이라도 낸다면 큰일이다. 하필 저런 녀석을 친구로 두어 신경 쓰인다. 녀석이 시인이라도 된다면 안 만날 친구 목록에 녀석까지 추가해야 할지 모른다. 그 정도로 녀석은 각오가 단단하니까. 정말이지 녀석의 끈기 하나는 곰장어 수준이다. 그깟 시 한 편 쓰느라고 밤새도록 작업을 하고 또 철학 서적을 읽곤 한다. 시는 철학이 깔려야 한다나. 난 4년간 헤겔과 칸트랑 친분을 쌓았지만 생활엔 전혀 보탬이 안 되는데 되레 녀석은 내가 부럽단다. 어쨌든 녀석에 비하면 내 노력은 개뿔이다. 고작 준비한다는 게 면접에 대비해 신문이나 시사 잡지를 뒤적이고 있으니 말이다. 어쩌면 난 사무용 인간이 아닌지 모르겠다. 하지만 문제는 꾀죄죄하게 잔돈이나 만지며 국수나 삶고 있는 나를 아직 인정할 수 없다는 거다. 최소한 능력을 펼쳐 보일 기회는 잡아봐야 하는 것 아닌가. 어차피 한번 태어난 인생, 무언가 큰 족적 하나는 남겨야 하지 않은가. 헌데 문제는 현실이 자꾸 후진 중이라는 거다. 오늘도 한 거라고는 노트에 오각형 별만 수십 개 그리다가 말았다. 아, 갑자기 머리에 쥐 난다. 백 여사를 속 뒤집지 않기 위해서도 이 생활 빨리 좀 쳐야 하는데. 열람실에 앉아서도 괜히 공부는 안 되고 잡생각만 솟는다.

세상이 온통 암전 상태! 유미의 문자다. 헌데 문자 분위기가 이상하다. 재빨리 문자를 날린다. 나도 이하동문! 올래? 어디로? 반딧불이 서식지! 기분이 야릇하게 꼬인다. 오늘은 반딧불이 불빛이라도 볼 수 있을까. 부랴사랴 가방을 챙겨 약속 장소로 향한다. 유미는 일인시위라도 하듯 바닷가로 내려가는 계단에 앉아 비상한 표정만 짓고 있다. 여차하면 펑, 하고 대형 울음이라도 터뜨릴 기세다. 내가 짐짓 능치며 묻는다. 왜 무슨 일 있어? 유미는 심각한 표정을 풀지 않은 채 되쏜다. 넌 어떻게 취업준비생으로 사는 게 즐거운 것 같냐? 어라, 이게 가슴에 웬 먹칠하는 소리? 구조대원마냥 마구 달려온 사람한테. 즐겁긴 뭐가 즐겁냐, 나도 만날 먹구름 속인데. 근데 넌 인생에 고민이 하나 없어 보여? 내가 그렇게 보인다구, 속이 타서 지금 시커먼데? 내가 우두망찰하는 사이에 유미가 먼저 일어선다. 오늘은 꼭 반딧불이를 찾고 말 거야. 왜, 도대체 무슨 일 있어? 혹시 논문 예비발표 때문이야? 논문은 무슨, 고작 고딩 수준의 실험 보고서를. 그건 또 무슨 말이야? 우리 지도교수 영감탱이가 그러더라, 씨. 그래서 이렇게 잔뜩 망가진 거야? 그럼, 넌 열선 안 뺄겠냐, 여태 현미경 들여다보며 몇 년간 노력한 게 헛일이라는데? 딱히 대꾸할 말이 생각나지 않는다. 덕분에 괜히 시선만 허공으로 들어 올리고 만다. 오늘 내 인생, 그리고 네 인생, 많이 생각했어. 아마 이렇게 깊이 생각한 건 내 인생에서 최초일 거야. 유미의 표정이 너무 진지하다. 조금 전의 흐트러진 모습은 온데간데없다. 그래서 때려치우기라도 할 거야? 미쳤냐, 그간 고생한 게 얼만데. 미생물은 적성에 맞지 않는다고 큰 생물 취급하고 싶다고 할 땐 언제였더라? 그거야 그냥 해본 소리지. 그럼, 결론은 이미 났네, 뭐. 유미가 인상을 구기더니 언성을 높인다. 그걸 누가 몰라서 그래? 아니까 더 힘들어서 그런 거지. 괜히 내게 짜증이다. 내가 시큰둥하게 되쏜다. 그럼 어떡하냐, 그래도 그 길밖에 없는걸. 유미의 입에서 휴우, 한숨이 터진다. 그나저나 넌 어떡할 건데? 나야 열심히 명품 브랜드로 거듭나기 위해 불철주야 노력 중이시잖아. 오호라, 그런 식으로 배달하며 대충 공부하는 것도 쉽지 않다? 유미는 적절한 타이밍을 잡았다 싶은지 나를 흔들기 시작한다. 졸지에 격려사라도 펑펑, 퍼부어주고 싶던 마음이 싹 가신다. 아, 어쩌다가 내 처지가 주홍글씨가 돼버린 걸까. 내 인생은 언제 환해질 수 있을까.

식당 앞에 늘 쪼그리고 앉아 있던 아버지도 보이지 않는다. 귀가 시간이 너무 늦어버렸나. 아버지의 시선이 머무는 빌딩숲. 난 알고 있다, 그 너머에 바다가 있다는 사실을. 허공에 걸린 전선줄이 보인다. 저 수십 갈래의 줄들. 그 선들이 지금껏 아버지를 꼼짝 못 하게 매어놓았던 것일까. 식당 안으로 들어선다. 주방 안을 기웃거려본다. 거기에도 아버지는 없다. 병원이라도 간 것일까. 아니면 또 방파제라도 휘휘 거니는 중일까. 흐릿한 주방 벽에 기대고 있는 빗자루가 보인다. 솔이 휘어진 게 꼭 아버지와 닮았다. 거리에서 담배 하나를 피우다가 들어오면 어김없이 구부정한 허리로 바닥부터 쓸던 아버지. 아버지는 어수선한 마음을 저것으로 쓸고 닦고 정리했을까. 선반 위의 그릇류며 국솥도 보인다. 불현듯 아버지처럼 다싯물을 끓여보고 싶다. 하지만 똑같은 육수를 만들지는 않을 것이다. 매운 풋고추가 듬뿍 들어간 다시. 난 그 다시를 만들고 싶다. 물론 오로지 나만을 위한 육수. 오늘 같은 날은 그 육수를 마시며 펑펑, 하루분의 반성이라도 하고 싶다. 아니, 내 심장을 다시 두 배로 충전하고 싶다. 그러면 내일 도서관으로 향하는 발걸음이 달라지겠지. 주위도 한결 고요하다. 밤도 제법 깊었나 보다. 너 지금 거기서 뭐 하는 거냐? 고개를 돌려보니 아버지가 서 있다. 어디 나갈 모양인지 입성 또한 단정하다. 뭐 하고 있냐고 묻잖아! 아버지의 표정이 예사롭지 않다. 재빨리 뇌세포를 가동해 아버지의 감정 검색에 들어간다. 헌데 아무리 봐도 저건 무언가 많은 걸 잔뜩 참고 있는 복잡한 표정일 뿐이다. 덕분에 내 말은 툭툭, 끊긴다. 아니, 그, 그냥 들어와봤어요. 그냥 들어오다니, 너도 아비처럼 주방에서 살고 싶어서? 그, 그게 아니라요, 전 그냥 단지. 당장 나오지 못하겠냐! 어, 이게 아니다. 내 인생의 서포터인 아버지마저 내 마음을 왜곡하다니. 내 마음을 밝혀주던 등불 하나가 툭, 꺼지는 기분이다. 꼴좋다, 등가죽 새파란 놈이 오죽 못났으면 주방이나 기웃거리고? 오늘따라 아버지는 왜 저리 역정을 내는 걸까. 마지못해 주방을 빠져나온다. 아버지는 기다렸다는 듯 오라지게 또 한마디를 쏘아붙인다. 퍼뜩 방에나 가봐. 네 엄마가 기다리고 있으니까. 백 여사가 왔다면 몸은 괜찮다는 건가. 내가 눈동자를 키워도 아버지는 아무 대꾸도 없이 휑하니 식당문을 나선다. 길을 다잡는 것이 영락없이 바다 쪽이다.

몸은 좀 어떠우? 안방으로 들어서자마자 내가 묻고 든다. 니는 우째 에미 죽기를 기다리는 것 같누? 위로 겸 말랑말랑한 대화 좀 이어가려 했더니 처음부터 삼천포행이다. 무슨 말을 그리

무지막지하게 해? 그럼, 그리 걱정하는 놈이 술 처먹고 늦게 기어들어와? 아니, 내 말은. 됐다, 그깟 아무짝에 쓸모없는 자궁이야 들어내믄 그뿐이다. 자기 생명의 여부도 초월하는 저 정신적 경지. 정말 백 여사다운 배포다. 하긴 자기 아픔이며 괴로움도 가족들에게 숨기는 위인이니 의사의 처방이 무에 소용 있을까. 그나저나 엄마의 자궁이 없으면 난 어디서 위안을 받지? 그 와중에도 백 여사의 속사포 공격은 이어진다. 내일은 도서관 갈 생각 마라. 왜? 에미랑 결혼식에 가게. 어라, 이건 또 무슨 얘기람. 볼품없는 학력자본에 그깟 결혼식 참석 때문에 도서관까지 가지 말라니. 나도 모르게 불퉁스런 소리가 나고 만다. 내가 남의 결혼식에 왜 가? 야가, 말하는 것 좀 보소. 이종팔촌이 와 남이고. 너도 들었을 끼다, 영득이라고. 고놈이 고등학교 졸업하자마자 그때부터 야무지게 굴더이 일 등급 신부를 물었단다. 어디 무슨 공무원인가 그런 모양이더라. 공무원이라면 뻔하다. 어디 외진 주민센터 구석자리나 차지하고 앉아 있는 그렇고 그런 직책이겠지. 하긴 백 여사 말이 틀린 것도 아니다. 그런 직업이 요즘 세상에 어디 쉽게 얻어지나, 그것도 여성 주제에. 작년 경쟁률만 해도 무려 65 : 1이랬으니 일 등급이 맞을지 모른다. 하지만 이건 아니다. 엄만 내 처지를 뻔히 알면서 왜 그래? 아, 취직이야 당연히 될 끼고 그라만 또 재깍재깍 처자 만나 결혼도 해야 하이 미리 인사해 나쁠 거 뭐 있노? 백 여사 마음 안 봐도 훤하다. 그게 다 몸부조고 돈부조다 이거지? 자식 자존심

을 팔아가면서? 아예 적금통장을 낳지 왜 나를 낳았는지 모르
겠다. 눈꺼풀이 참을 수 없을 정도로 무거워져온다. 온종일 산
하나를 끌고 다닌 것만 같다. 누구 말마따나 이번 지구와의 인
연은 악연인가. 아, 삶의 멋진 레이스를 위해서도 힘차게 살고
싶었는데. 한번 멋지게 비상해서 우리 집 국수를 잔치국수로 만
들고 싶었는데. 미치겠다, 점점 자신도 없어지는 듯하다. 부러
엉덩이를 들며 말 매듭을 짓는다. 아무튼 엄마나 혼자 휑허니
다녀오슈, 난 주말이면 더 바쁜 몸이니까. 저놈의 웬수, 니가 무
슨 직장에 나가냐, 바쁘긴 뭐가 바빠? 좌우간 그리 아시고 내
방 창이나 후딱 갈아주기나 하슈. 그걸 누구 보고 갈아달라노,
니 스스로 갈아야제. 소리 한번 크다. 이건 백 여사가 환자라는
게 믿기지 않을 정도다. 괜히 좋은 마음으로 대하려다가 속만
꼬였다. 방으로 오자마자 냅다 침대를 향해 슬라이딩이다. 헌데
눕고서도 어찌 된 판인지 정신은 되레 말똥말똥하다. 오늘 밤도
이래저래 또 잠 설칠 모양이다.

(『문학과의식』 2008년 가을호)

천국의
기원

누전

이상이 있는 것 같지는 않은데요. 테스터를 든 남자가 수사관처럼 이곳저곳을 살핀 뒤 말했다. 그럴 리가 있습니까. 이걸 보세요. 전번 달에 비해 전기료가 두 배 이상 나온걸요. 당신은이 수치를 믿지 않나요? 그가 청구서까지 꺼내 보여도 남자는고개만 갸웃거렸다. 글쎄요. 현재로썬 전기 사용량이 많았다고볼 수밖에요. 낡은 전자제품의 소행일 가능성은 충분히 있죠.지금도 보일러 돌아가는 소리가 들리니깐요. 저놈이 전기를 왕창 집어삼켰다구요? 보일러는 일 년 내내 가동 중인 걸요. 자두가 익어가는 지금도 말입니까? 그럼요. 아내가 추운 건 질색이니까요. 여름에도 멈추는 법이 없죠. 그의 말에 남자가 이해할수 없다는 표정을 지었다. 보통 가정집에서도 그 정도의 수치는 들쭉날쭉할 수 있는 거 아닌가요? 남자는 자신의 누전 검사 결과를 확신하듯 말했다. 뭔가 집 밖으로 새는 게 분명해요. 남자는 곤혹스럽다는 듯이 미간을 좁혔다. 정 그러면 정밀 배선 검사를 받든지 전선을 다시 까는 수밖에 없을 것 같군요. 남자가 돌아섰다. 그는 한동안 쥐고 있던 청구서만 뚫어져라 내려다보았다. 전기뿐만 아니라 집 안에서 다른 것까지 새 나가고 있다는 느낌을 지울 순 없었다. 저기요. 남자가 힐끗 돌아보았다. 혹시 냄새 같은 건 나지 않나요?

냄새가 난다는 건 부패의 증거지. 부패를 막는 방법은 냉동밖에 없어. 영원히 시간을 묶어놓는, 인간이 고안한 최고의 기술이 냉동인 셈이지. 그중에서도 급속이란 생명의 완전한 감금 기술이고. 요놈이 냉동고에 얼마쯤 계신 것 같냐? 선배가 사각 얼음 속의 고양이를 가리켰다. 소년원에서 알게 된 유일한 선배였다. 자그마치 십 년이 넘었어. 내가 입사 기념으로 넣어둔 거니깐. 아마 이대로라면 영원히 썩지 않을 게 뻔해. 부패 없이 유지할 수 있는 건 냉동밖에 없어. 선배의 말은 계속되었다. 에스키모에겐 눈이라고 다 똑같은 게 아니야. 열 가지가 넘는 눈이 존재해. 내겐 얼음도 마찬가지야. 얼음도 온도에 따라 결정이 달라지. 내 눈엔 얼음의 모양과 강도까지 다 보이니깐. 그 말을 듣는 순간 그는 냉동기술자가 되기로 맘먹었다.

가족

여자는 잠들어 있다. 조심스레 발소리를 죽이며 보일러 시스템을 확인한다. 그녀는 차가운 건 싫어한다. 지금처럼 기온이 올라가는 계절에도 적절한 난방을 해야 한다. 그 정도로 아내는 따뜻한 걸 좋아한다. 그 바람에 수시로 기사를 불러 난방시설을 점검해야 한다. 아침 식사도 따뜻한 모닝커피에서부터 온기 있는 국물 없이는 한 숟갈도 뜨지 않는다. 대신, 그는 뜨거운 건 질색이다. 그게 어쩌면 어머니 탓인지 모르겠다.

여자를 처음 봤을 때, 가족이란 단어부터 떠올렸다. 여자의 입술 밑에 난 까만 점. 그게 어머니가 갖고 있었던 것인지, 첫 여자의 어깨에서 봤던 건지 모른다. 다만 그 점에 끌렸고 틈만 나면 여자를 살피기 시작했다. 여자의 동선은 지극히 단조로웠다. 해외관광 컨설턴트 사무실을 운영하며 유독 기름기 있는 음식을 좋아한다는 건 금세 알아낼 수 있었다. 여자를 지켜볼수록 가족이란 단어는 아내라는 말로 바뀌었다. 여자랑 같이 살던 친구가 보따리를 싼 건 절호의 찬스였다.

치킨점 '후다닭'에 마주 앉았을 때에는 모든 걸 '후다닥' 결정한 다음이었다. 패밀리? 여자는 그의 말을 듣자마자 까르르 웃었다. 그 바람에 기름이 잔뜩 발린 프라이드치킨 살점이 그의 바지 위로 튀었다. 야, 넌 가족 개념이 '완죠니' 구식이구나. 일인 가족이 있다는 거 모르니? 그는 바지 위에 앉아 있는 살점만 집었다. 난 한 사람 이상의 가족은 생각지 않아. 그는 바지 위의 살점을 입에 넣으며 대꾸했다. 기름에 튀긴 음식은 저도 좋아하죠. 물론 만드는 건 더 좋아하구요. 여자의 눈이 커졌다. 오호, 놀라운 이벤트도 연출하는군. 정말 내 삶의 서포터라도 되고 싶은 거야? 그는 진지한 듯 천천히 고갯짓을 했다. 좋아. 난 미지근한 건 싫어. 화끈하게 말하지. 오케이야. 대신 라이프 코치 노릇 하는 순간에는 이거야! 여자가 제 손으로 목을 치는 시늉을 했다.

요즘 몸매가 왜 이래? 매일 냉장고 청소만 하는 거야? 아내의 말은 충격적이었다. 거울을 봤다. 이전의 각진 모습은 어느새 사라지고 없었다. 아내의 손길이 뜸해지자 고민 아닌 고민에 빠졌다. 냉정하게 다시 생각해야 했다. 냉동고에서 얼음 조각을 꺼내 씹으며 그녀를 곁에 두게 할 방법을 고민했다. 해결책은 의외로 간단했다. 운동이었다. 이후 간단하게 집에서 할 수 있는 줄넘기를 시작했다. 바이크는 급한 일이 아니면 타지도 않았다. 슈퍼나 가까운 거리는 걸었다. 하지만 그의 노력에도 아내와의 거리는 멀어져갔다. 자꾸 얼음 조각에 손이 갔다.

줄넘기

컨디션이 전만 못하다. 단 한 번의 걸림도 없이 삼백예순다섯 번을 쉽게 해내던 것이 오늘따라 자꾸 걸린다. 하루 운동 목표량은 삼백예순다섯 번. 왜 그런 목표를 세웠는지 모른다. 다만 그러면 일 년을 잘 넘기고 내년이 무사하고 평생이 순탄할 거라 믿고 싶어서였을까. 그러나 그런 건 상관없다. 오직 그의 관심은 아내뿐이다. 숨을 가다듬고 다시 시작한다. 하나 둘 셋······ 순탄하다. 이제 겨우 리듬을 찾은 것 같다. 열넷, 열다섯······ 숨이 조금씩 차오른다. 스물여섯, 스물일곱······ 스물여덟을 세려는 순간, 줄이 발에 걸리고 만다. 이게 왜 이렇지? 다시 줄을 넘는다. 그러나 처음부터 시작한 숫자는 또 스물일곱에서 멈추고 만다. 다시 시도한다. 그래도 마찬가지다. 몇 번의 시도 탓에 숨이 턱까지 찬다. 아무래도 난방이 문제인 것 같다.

내 허락 없이 만지지 말라 그랬지. 그건 아주 죄질이 나쁜 거야. 기다리다 지쳐 아내의 침대로 접근했을 때 아내가 한 말이다. 아내는 징계 차원의 대책이 필요하다는 말까지 덧붙였다. 잠자리 횟수와 아내가 자신을 부르는 시간의 격차는 곧 아내의 마음이었다. 아내의 마음을 되돌려야 한다, 어떠한 일이 있더라도. 세상은 계산된 수치로 유지된다. 노동의 양도 정확한 수치의 화폐로 계산되며, 행복지수도 얼마든지 계산 가능하다. 인간의 생명도 마찬가지다. 사랑도 결코 감정이 아니다. 치밀한 계산이다. 이전의 여자는 그렇지 못했다. 제 자신의 감정지수 조절에 실패했다. 실패하는 만큼 톡톡히 대가를 치러야 하는 건 당연하다.

아내는 아직 일어나지 않았다. 액정시계를 확인한다. 여덟시 삼십분. 그녀를 깨우려면 아직 여유가 있다. 아내의 출근 시각은 열시. 이제부터 아내를 위해 따뜻한 아침을 준비해야 한다. 그는 또 상상한다. 반쯤 감긴 눈으로 그가 준비한 미역국을 먹는 모습을. 그런 아내의 모습을 나는 사랑한다. 그러나 아직 그녀는 알지 못한다. 아내라고 부른다는 사실과 아내라고 부르던 여자가 있었다는 것을.

강아지

바쁜 것과 나쁜 것. 이 두 가지는 어떤 상관관계에 있는가. 그는 고민 아닌 고민이다. 그 와중에 망할 놈의 셰퍼드가 도망을 쳤다. 암컷이라 생리를 하면 곤란할 텐데요. 생리혈을 보이면 수술을 하는 게 좋을 겁니다. 퍼피숍 여자의 말을 무시한 게 화근이었다. 녀석을 데리고 산책에 나선 길이었다. 어디선가 개 짖는 소리가 들려왔다. 녀석은 엉덩이에 생리혈을 묻힌 채 달려갔다. 순식간의 일이었다. 한동안 그 자리에 서서 기다렸지만 녀석은 돌아오지 않았다. 소리가 들리던 곳까지 가봤으나 흘레의 흔적도, 다른 개의 그림자도 보이지 않았다. 어쩌면 지금쯤 녀석은 짝을 찾았을지 모른다. 아니면 수컷의 등을 핥으며 불룩해진 배를 하고 있을지도. 아내는 바쁘고 셰퍼드는 나빴다. 바쁜 것도 어쩌면 곧 나빠질지 모른다. 바쁘게 술만 마시다가 나빠진 아버지처럼.

렁마, 이리 와! 녀석은 나타나지 않는다. 혹시 싶어 아내의 방을 살핀다. 예상대로 렁마가 침대보를 물어뜯고 있다. 냄새에 민감한 반응을 보이는 중이다. 훈련 전에 먼저 해야 할 일은 주인의 스킨십. 애정 표현이 없는 훈련은 효과가 없다. 렁마! 다시 한 번 부르자 녀석이 달려온다. 녀석을 끌어안고 머리와 배를 쓰다듬은 다음 코끝을 닦아준다. 그런 다음 향수가 묻은 공을 렁마의 코에 대준다. 공은 전부 다섯 개. 하나의 공에서 시작한 것이 벌써 다섯 개로 늘었다. 그중 하나의 공에만 향수가 묻어 있다. 렁마가 보지 않는 사이에 재빨리 공을 흩뿌린다. 며칠 전부터 '향수공 물어와'라는 명령어까지 없앴다. 렁마가 잠자코 있다. 녀석이 그의 눈치를 살핀다. 렁마가 제 스스로 판단해 움직일 때까지 기다린다. 잠시 뒤 녀석은 코를 벌름거리며 냄새를 맡기 시작한다. 그러더니 냄새가 나는 공을 정확히 물어뜯기 시작한다.

향수

백화점은 소비의 민주공화국. 이곳에서는 돈만 있으면 뭐든 내 것으로 만들 수 있다. 만약 강철로 된 뼈를 살 수 있다면 그것마저도 사고 싶을 정도로. 하지만 지금 그는 틈날 때마다 얼음만 씹고 있다. 하루라도 얼음으로 가슴을 채우지 않으면 냉정을 잃을 것 같아서. 삶 자체가 녹아버릴 것만 같아서. 이 차가운 야생의 도시에서 살아남을 수 있는 방법은 냉정함이다. 생존에는 먹이가 필요한 법. 먹이를 가로채려면 그것이 기본이다. 그런 면에서 확실히 전처는 현명했다. 가난은 결코 자랑할 게 아니니까.

똑같은 걸로 아내에게 선물하고 싶다구요? 쥐고 있던 빈 향수병을 디밀자 판매원이 물었다. 그럼요. 당연히 아내죠. 판매원은 웃음을 참고 있었다는 듯이 풋, 하고 웃었다. 아내라는 단어와 어울리지 않는 나이임을 알아본 것일까. 위시 핑크. 세련된 이십 대 초반의 젊은 아내에겐 이보다 멋진 향수는 없죠. 예상치 못한 삶의 기쁨을 핑크빛 다이아몬드로 멋지게 장식한 작품이니까요. 아내는 이십 대 초반이 아니라 삼십 대 후반이라고 정정해주고 싶었지만 판매원의 웃음이 떠올라 참았다. 선물하시겠다니 포장도 할까요? 판매원 아가씨가 진열장 하단에서 케이스를 꺼내며 물었다. 그냥 주세요.

제품의 원명은 쇼파드 위시 핑크 다이아몬드(Chopard Wish Pink Diamond). 본 제품은 빛을 발하는 듯한 다이아몬드 로고를 디자인하여 예상치 못한 삶의 기쁨을 향기로 표현해내고 있다. 여성스럽고 세련된 젊은 도시 여성에게 잘 어울리는 향수로⋯⋯. '예상치 못한 삶의 기쁨'이라는 문구가 돌아오는 길 내내 뇌리에 남았다. 아내는 핑크빛 다이아몬드처럼 눈부신 삶의 환희를 꿈꾸는 것일까. 제품 설명서를 다시 읽는다. 첫 향은 상큼하면서도 달콤한 느낌을 전해주며, 이후 로즈와 프리지어, 그리고 오즈맨더스가 어우러지면서 여성스럽고 풍부한 향취를 더해 시간이 지나면서 앰버리 우드와 패츌리 등이 부드럽고 깊은 잔향을 남긴다. 여성스럽고 풍부한 향취? 아내에게 유혹할 대상이 생겼다? 또 아이스볼 생각이 난다.

미역국

아내는 아직 깊은 잠에 빠져 있다. 밀려 나간 이불을 아내의 가슴까지 끌어 덮어주고 아내의 얼굴을 내려다본다. 예쁘다. 미치도록 예쁘다. 할 수 있다면 아내를 이대로 냉동시키고 싶다. 머리카락 한 올 상하지 않게 얼린다면 아내는 평생 내 곁에 머물 수도 있을 것이다. 그러나 아직은 아니다. 아내가 완벽하게 내 여자가 되기 위해서는 아직 절차가 남아 있다. 화장대를 살핀다. 아내의 향수가 생각보다 많이 줄었다. 아내는 아직 모르고 있다. 자신의 향수가 써도 줄지 않는 이유를.

그녀의 잠든 모습을 다시 확인한다. 쌔근거리는 숨소리가 고르다. 옷장문을 연다. 아내의 옷이 질서정연하게 걸려 있다. 아내의 화려한 날개인 옷은 옷장에서도 싱싱하다. 그는 잠시 머뭇한다. 신문에서 미리 파악한 오늘의 날씨를 떠올린다. 나들이지수 60, 자외선지수 40, 불쾌지수 80. 일기예보가 틀리지 않는다면 낮 한때 소나기가 올 것이다. 그렇다면 향수가 너무 짙어서는 곤란하다. 더군다나 불쾌지수가 높아 지치기 쉽고 짜증 나기 쉬우므로 가벼운 옷차림을 권해야 할 것이다. 그렇다면 은회색 투피스가 제격이다. 그는 투피스에 가볍게 향수를 뿌리고는 문을 닫는다.

햇반은 냉장고에 몇 개 남은 것이 있으므로 미역국이면 충분하다. 미역은 피를 맑게 하며 새 피를 만든다. 산모가 미역국을 먹게 된 연유는 고래에서 비롯되었다고 했다. 새끼를 낳은 고래가 암벽에 붙은 미역을 뜯어 먹자 인간이 그것을 이용했다고. 나와 아내, 우리 가족에게 필요한 것은 맑고 새로운 피다. 미역은 나와 그녀에게 새로운 피를 수혈해줄 것이다. 편의점의 종업원 남자는 졸고 있다. 그가 이 시각에 편의점에 오는 이유를 남자는 모르고 있다. 그는 미역국 외 캔맥주, 컵라면, 우유 등 몇 가지 음식을 챙긴다. 계산 중에도 남자는 여전히 반쯤 감긴 눈이다. 습관대로, 그는 카운터를 지나 일회용 상품들이 진열된 곳으로 향한다. 진열장에는 다양한 상표의 즉석 미역국 세트들이 진열되어 있다. 미역국 세트 두 개와 아내가 좋아하는 바나나 우유와 초콜릿 그리고 올리브유를 고르며 카운터를 본다. 남자는 여전히 졸고 있다. 껌 한 통을 재빨리 주머니에 넣는다. 나는 아내를 사랑한다. 너무 사랑한다. 아니, 사랑해야 한다. 그러므로 아내의 아침을 준비하는 일은 즐거워야 한다. 카운터에 서자 졸던 남자가 고개를 든다. 충혈된 눈, 그리고 늘 제자리에 맴도는 일상. 그 모습은 시시콜콜 개 사료 나부랭이나 파는 퍼피숍 여자와 닮았다. 그는 그런 삶을 지겹도록 경험했다. 아버지의 고향인 이곳에 올 때까지. 그래서 지금의 여자를 사랑한다. 아니, 사랑해야 한다. 얼마죠?

야, 넌 만날 미역국밖에 못 끓이냐? 차라리 참기름이라도 듬뿍 넣던가. 식탁에 앉자마자 여자가 게슴츠레한 눈을 한 채 목청을 높인다. 억지로라도 드세요. 하루하루를 새로운 날처럼 시작하는 건 좋은 거라구요. 어이구, 이 몸이 미역국 땜에 지겨우시다야. 지겨워도 피를 맑게 하는 데에는 미역국이 제일이죠. 이게 이 몸을 가르치려드서, 나 참! 야, 잘 들어, 넌 이 몸이 요구하시는 이 프로가 아니라 많이, 아주 많이 부족한 몸이야. 그래서 이 집에 있는 거야, 알아 잡쉈어? 머리에 핵발전소라도 들어선 기분이다. 그렇다고 대놓고 가동할 수도 없다. 대신, 그는 웃음을 보인다. 참아야 한다. 우리는 가족이므로. 가족이어야 하므로. 그런 점에서 아버지는 무책임했다.

미역국은 지독하게 쓰리면서도 그리운 향기가 난다. 지금의 아내는 그걸 모른다. 생애 처음으로 받아봤던 생일상. 자취방 호마이카상 위에는 따스한 김이 나는 미역국이 놓여 있었다. 그 바람에 감정에 휘둘릴 뻔했다. 아니, 그때는 휘둘려도 좋다 싶었다. 그래서 그녀에게 말했다. 내 아내가 되어줘. 내 가족이 되어줘. 그러나 그녀는, 싫다고 했다. 그녀를 위해 새 피를 만들기도 전의 일이었다.

여자가 식사를 하는 동안 출근 준비를 서두른다. 은회색 투피스를 꺼내놓고 차고로 향한다. 면장갑을 끼고 세정제를 이용해 운전석 앞 유리부터 닦기 시작한다. 유리문을 다 닦은 다음에는 차량의 외장 먼지까지 훔친다. 붉은색이 되살아난다. 보조키를 이용해 도어를 연다. 그러고는 운전석의 방석을 꺼내 먼지를 턴다. 이 시각이면 아내가 나타날 것이다. 실내를 정돈하고 운전석 옆에 초콜릿과 주머니의 껌을 나란히 놓는다. 그런 다음 향수를 가볍게 방석 위에 뿌린다. 아내가 차고로 들어오는 게 보인다. 정장을 한 아내는 확실히 매력적이다.

퍼피하우스

이봐. 공장이 올스톱이라니깐. 이러다간 동태가 황태 되고 생선이 전부 젓갈 되게 생겼다구. 냉동 컨트롤러에 이상이 있나봐. 그런데도 다른 기사들은 감을 못 잡아. 워낙 배선이 제멋대로 깔려 자네 아니면 수리고 뭐고 손을 못 댈 정도라니깐. 윗선에는 수리 중이라고 말해뒀지만 그것도 하루 이틀이지. 길게 끌고 갈 순 없잖아. 어이, 조 기사. 정 출근하기 힘들면 잠시 짬을 내 손 좀 봐줘, 응? 일어나기 힘들면 차 보낼 테니깐. 조 기사! 전화 좀 받아봐. 햐, 이거 씨팔! 냉동회사에 근무하면서 열불 터져죽겠다야.

공장장의 음성 메시지가 아니었으면 출근을 서두르지 않았을 것이다. 생활에는 돈이라는 실탄이 필요하다. 실탄 확보를 위해 직장은 포기할 수 없다. 살다 보면 세 번째 아내를 찾아야 할지도 모르기 때문에 지갑을 다이어트시켜선 곤란하다. 그래서 일을 놓을 수 없다. 공동어시장 주변은 한적한 편이다. 대신 항구는 빈틈없이 배들로 꽉 찼다. 출항을 해봤자 어획고는 뻔하다. 한일어협협정으로 해상시위를 벌였지만 줄어든 어장은 늘어날 줄 모른다. 자연 어획량은 격감했다. 덩달아 냉동공장의 창고도 텅텅 비다시피 했다. 경영에 주름이 진 회사들은 배를 내놓았고 문을 닫았다. 선원들은 출어를 하고 싶어도 할 수 없었다. 그의 냉동수산회사도 구조조정에 들어갔다. 선배의 비리를 슬쩍 흘리지 않았다면 그도 구조조정의 칼날을 맞았을 것이다. 기계를 몇 번씩 고장 나게 해야 하는 거야. 그렇지 않으면 할 일이 없다고 내쫓으려 하거든. 그런 점에서 선배는 아둔했고 너무 많은 노하우를 전해주었다. 이제 선배처럼 그의 손을 거치지 않으면 사소한 고장도 잡아낼 수 없다. 배선까지 내 맘대로 주물럭거려 놓았으니 이곳이야말로 나의 천국이다. 그런 점에서 선배는 천국으로 이끈 스승은 아니더라도 선생쯤은 될 것이다.

방파제 근처에는 일거리를 잃은 노인들과 선원들이 소주병과 뒹굴고 있다. 속이 텅텅 빈 건 둘이 닮았다. 시장 골목을 지나 큰길로 향한다. 큰길에는 퍼피숍이 있다. 아내는 중국 운남성 일대를 다녀올 계획이라 했다. 이번 여름 휴가철에 맞춰 관광상품 패키지 개발을 위해서라고. 그러나 그는 알고 있다. 아내의 자동차가 중국까지 들어갈 수 없음을.

퍼피숍 여자가 컴퓨터 앞에 앉아 있다. 비정규직과 청년실업의 시대. 키우던 강아지가 유기견으로 변해도 여자는 묵묵히 퍼피숍을 운영하는 중이다. 쇼윈도에 비친 여자는 며칠 전보다 살이 오른 듯하다. 팔리지 않는 사료를 제가 먹어치우는 걸까. 아내의 침대에서 낯선 냄새가 나기 시작했을 때, 이곳에 처음 들렀다. 술에 취한 김에, 개처럼 발달된 후각 때문에 미치겠다며 떼를 썼을 것이다. 아니, 책에서 까마귀 이야기를 읽은 것이 떠올라서 발을 디밀었는지 모른다. 반지를 훔치던 까마귀 이야기. 미국의 어떤 청년 하나가 까마귀를 훈련시켰다. 금반지를 보면 무조건 물어오게 하는 훈련. 끊임없는 반복 훈련은 까마귀를 도둑으로 만드는 데 성공했다. 까마귀 이야기만 읽지 않았다면 렁마를 데려오지도 않았을 것이다.

주머니에서 여자의 명함이 나온 건 다음 날이었다. 명함에는 그녀가 운영하는 '퍼피하우스' 블로그 주소도 적혀 있었다. 여자의 블로그를 방문했다. 블로그에는 첫눈 내리는 겨울 사진이 올라 있었다. 여름에 보는 첫눈은 인상적이었다. 첫눈 냄새가 나는 것 같네요. 내 삶의 부패를 차단하는 그런 냄새 말입니다. '첫눈냄새'라는 아이디로 글을 남겼다. 여자는 자신의 블로그를 종일 지켜보는지 곧장 댓글을 올렸다. 첫눈냄새라는 아이디가 맘에 드네요. 정말 사는 냄새가 저처럼 지독스레 추워 보이는군요. 우리 두 사람은 알래스카 신혼여행 가서 만나는 일은 절대 없겠어요. 호홋.

그녀의 블로그를 짬 나는 대로 들렀다. 이유 중의 하나가 '여행시 요긴하게 사용되는 중국어 회화' 때문이었다. 여자는 중국어를 전공한 모양이었다. 덕분에 렁마가 중국어이며, '춥다'는 뜻임도 알게 되었다. 그러다가 냄새도 잘 맡고 사냥 감각도 '똑

소리 나는' 개를 구한다는 글을 올렸다. 여자는, 냄새에도 민감한 녀석이라구요? 개야 당연히 후각이 뛰어나죠. 사냥이라면 보더콜리나 래브라도를 추천하고 싶은데 설마 덩치 큰 사냥견을 원하는 건 아니겠죠? 여자는 훈련의 비결과 과정도 친절히 알려주었다.

렁마가 훈련은 제대로 소화해내요? 퍼피숍 여자가 알은체를 한다. 진도가 늦긴 하지만 생각보다 멍청하지 않더군요. 그래도 길들일 수 있다는 점에서 배신하는 애인보단 낫죠. 여자는 생각보다 허술하다. 쉽게 자신의 내면을 드러내다니. 렁마가 집에 가만있는 성질이 아니라 걱정입니다. 여자는 알겠다는 듯이 끈이 달린 개 목걸이를 건넨다. 너무 묶어두시면 곤란해요. 자유로운 상태에서 훈련해야 자율적인 행동강화를 보이거든요. 잃어버릴지도 모르니 명찰도 붙일까 싶습니다. 여자가 순순히 패찰까지 찾아 건넨다. 손님에게 순응하는 행동을 보이는 여자가 꼭 강아지 같다. 문을 열자 여자가 입을 연다. 다음에는 꼭 렁마와 함께 들르세요. 녀석이 어떻게 지냈나 궁금하네요. 여자의 말투에서 전처가 지녔던 감정이 그대로 읽힌다. 감정은 위험하다. 렁마에게 감정은 금물입니다. 지금은 한창 훈련 중이거든요. 여자는 장승처럼 멍하게 서 있기만 한다. 그는 여자를 보며 잠깐 생각한다. 저런 여자도 내 아내가 될 수 있을까. 여자에게 그가 묻는다. 혹시 몸에 점은 없나요? 여자가 외려 웃으면서 되묻는다. 점 없는 사람도 있나요?

그에게 점은 수없이 많다. 그 점들은 만나 선을 이루고 선은 다시 무늬를 만들었다. 다만 차이가 난다면 인위적으로 박아넣은 점이란 게 다를 뿐이다. 전처는 팔뚝의 문신을 보고 물었다. 어? 이건 여자 얼굴이잖아. 누구야? 첫사랑이야? 말해주지 않을 수 없었다. 내 첫사랑인 우리 엄마지. 근데 엄마 얼굴을 왜 몸에 새겼어? 같이 있고 싶어서. SINCE 19891016 GEOJE, 이건 또 뭐야? 잊지 못할 아픔의 표시쯤으로 생각하면 돼.

냉동창고 앞은 부산하다. 경매가 끝난 생선상자를 입고하느라 지게차와 인부들의 고함 소리로 떠들썩하다. 바람이 스칠 때마다 비린내가 훅 끼친다. 냉동차량 사이를 빠져나와 기계실로 향한다. 3번 룸박스에 빨간불이 켜져 있다. 기계 이상은 생각보다 간단하다. 기계란 그 정도 단순한 물건이란 걸 사람들은 모른다. 니퍼와 몇 가지 장비로 잠깐 손을 대자 우우웅, 멈췄던 냉동고가 기지개 켜듯 소리를 낸다. 곁에 섰던 공장장이 그제야 입을 연다. 고것 참 희한하네. 어떻게 고쳤어? 센서에 문제가 좀 생겼던가 봅니다. 인제 젓갈 만들 일은 없을 겁니다. 그래, 바쁜 건 내가 알아서 처리할 테니깐 바로 나가봐. 이거, 몸 안좋은 사람 불러서 미안하다야.

실전 연습

렁마가 골목길을 후비기 시작한다. 외출을 기다린 듯 녀석의 발걸음이 경쾌하다. 렁마의 목에 매달린 줄이 팽팽하지 않도록 신경 쓴다. 익숙한 골목길이라 그런지 녀석은 종종걸음을 친다. 이 정도의 걸음이라면 금세 목표 지점에 도달할 것이다. 큰길이 가까울수록 차량들과 사람들의 소음이 커진다. 렁마의 걸음이 잠시 주춤한다. 그런 다음 힐끗 그의 눈치를 살핀다. 그는 녀석의 행동을 가만히 지켜보기만 한다. 멈췄던 렁마의 걸음이 다시 이어진다.

낭패다. 녀석이 목표 지점을 벗어났다. 다시 돌아오기를 희망하지만 녀석은 큰길 보도를 따라 계속 걷기만 한다. 하필 마지막 리허설에서 실수를 하다니. 그 순간, 렁마는 깜빡했다는 듯이 돌아선다. 자신도 모르게 안도의 한숨이 터진다. 갑자기 렁마가 달리기 시작한다. 방심한 탓일까. 손에 쥐고 있던 줄은 이미 바닥에 끌리며 뱀처럼 움직이고 있다. 줄을 잡기 위해 그도 따라 뛴다. 렁마가 생각보다 빠르다. 사람들 틈을 비집고 달려가는 것이 예사롭지 않다. 숨이 턱밑까지 차오른다. 녀석은 달음박질을 멈출 생각이 없나 보다. 어느새 버스정류장까지 가 있다. 녀석은 곧장 대기 의자에 앉은 남자를 향해 달려든다. 느닷없는 강아지의 공격에 남자가 놀란다. 남자의 모습이 멀리서 봐도 꾀죄죄하다. 노숙자인 모양이다. 렁마는 짖어대며 매섭게 달려드는 중이다. 황급히 달려들어 렁마를 끌어안는다. 아내의 목 늘어진 면티를 사내가 입고 있다. 면티를 보는 순간 그도 모르게 사내의 뺨을 갈기고 만다. 병신 새끼!

심부름센터

몇 팀이 수시로 들락거리는 걸로 봐서 김의 별장이 스와핑 아지트라도 되는 것 같은데요. 주소와 약도는 지금 바로 말해줄 수도 있구요. 심부름센터 직원의 목소리다. 예상했던 대로다. 김에게 여자는 상품에 불과할지 모른다. 다만 비슷한 상품 같지만 정작 먹어보면 맛이 묘한 그런 물건. 돈이 있는 남자는 먹을 기회가 생긴다면 메이커든 비메이커든 따지지 않는다. 그게 가정용이든 상업용이든 일단 혀 한번 대보고 찔러보기를 원한다. 맛있으면 얼마쯤 장복하고 그렇고 그러면 쓰레기통이다. 김에게 아내는 어떤 맛이 나는 통조림일까.

아내가 렌터카를 알아볼 리 없다. 렁마를 안고 렌터카가 있는 곳으로 향한다. 지금 이 시각이면 그는 직장에 있어야 할 시각이다. 아마 냉동창고나 뒤지고 있을 거라 믿을 것이다. 아내가 그러하듯 그 또한 그녀의 생활에 간섭하지 않았다. 그게 우리 두 사람이 가족 관계를 유지할 수 있는 비결이었다. 전처의 남자는 생각보다 간이 작았다. 회칼 한 번 얼굴에 긋자 오줌을 지렸다. 그러나 여자는 가족으로 돌아오기를 끝까지 거부했다. 해서 서둘러 결정짓지 않을 수 없었다.

너와 내가 언제 가족이었던 적이 있었어? 그냥 동거였을 뿐이었다구. 첫 번째 아내는 딱딱한 목소리를 냈다. 순간 가슴에 퍼렇게 자라나던 사랑이 가위질당하는 기분이었다. 평생 헤어지지 않기로 약속한 건 사실이잖아. 그건 네가 내 돈다발이 돼줄 줄 알았을 때의 이야기지. 앞으로 노력할게. 그러니깐 나와 함께 있어줘, 응? 부탁이야. 아내는 코웃음을 쳤다. 함께 똘똘 뭉쳐 굶으면서 사랑하자구? 너, 정말 돈 거 아니니? 그래, 나 너 때문에 돌았어. 그러니 난 절대 보낼 수 없어. 보내지 않으면 어쩔 건데? 떠난다면 널 죽일지도 몰라. 아내가 가소롭다는 듯 웃었다. 남자한테 했던 것처럼 겁주는 거야, 지금? 그럼 죽여봐, 죽여보라구! 그 순간 압축된 분노가 폭발하고 말았다. 정신을 차렸을 땐 자신이 그런 일을 저질렀다는 걸 믿을 수 없었다.

확실히 그의 사랑은 치밀해졌다. 더 이상 전처처럼 순간적인 감정 때문에 후회할 일은 남기고 싶지 않다. 남자를 만나도, 집에 들어오지 않아도 화를 내지 않을 정도로 차분해졌다. 사랑을 보다 냉정하게 바라볼 수도 있게 되었다. 운전석에 앉자마자 준비한 선글라스를 낀다. 그리고 룸미러를 통해 모습을 확인한다. 스즈키복에 작업모까지 써서 그런지 자신이 아닌 것 같다. 시동을 건다. 이제 아내의 붉은 스포츠카가 고속도로를 빠져나와 김의 별장으로 향하는 초입에 대기하고 있으면 끝이다. 일곱시라 했으니 출발을 서둘러야 한다. 아내는 믿고 있어야 한다. 나는, 지금, 냉동창고에, 있다.

남자

집에서 이상한 냄새가 난 건 그때부터였다. 냄새는 아내의 침대에서도 났고 화장실 깊숙이 숨어 있기도 했으며 거실에서 풍기기도 했다. 어느 날, 아내가 남자 하나를 끌고 왔다. 남자는 그를 보자마자 눈을 키웠다. 아내가 말했다. 삶을 측면에서 서포터 하는 남자야. 곁에 섰던 남자의 이마에 갈매기가 날았다. 그러니깐 서포터란 말이 결국 파출부라는 얘기 아냐. 남자의 말에 아내가 고개를 끄덕였다. 야, 인사 안 하고 뭐 하냐? 내 행복감을 두 배로 충전시켜주시는 펀드매니저 김 부장님이셔. 기분이 나빴지만 아내를 위해 참기로 했다. 더군다나 그는 내 집을 방문한 첫 번째 손님이었던 것이다. 하지만 남자는 손님이기를 거부했다. 아니, 평생 집에 주저앉고 싶어했다. 남자는 수시로 집을 들락거렸고 전화질도 서슴지 않았다. 아내에게 정중히 조언해주었다. 제발 남자를 만나지 말라고. 하지만 아내는 깔깔거리며 그를 비웃었다. 내 라이프 스타일까지 체인징 하겠다? 분명하게 알아둬. 그 남잔 내 미래야. 네 말대로 하자면 같이 안 살 뿐 변형된 가족구성원이라 할 수 있지.

이것도 일종의 불법체류라는 거 아시죠? 난 내 집을 어떤 식으로라도 지킬 권리가 있구요. 안 그렇습니까? 김은 코웃음을 치며 주머니에서 꺼낸 열쇠를 흔들어 보였다. 아내의 비상키였다. 자리에 없는 아내와 다툴 수는 없었다. 더군다나 그는 잠시 외출 나온 길이었으므로 회사로 돌아가야 했다. 남자의 방문을 묵인할 수밖에 없었다. 그러나 남자는 수시로 들락거렸다. 남자에게 그의 집은 휴게실이나 마찬가지였다. 대낮에 찾아와 쉬기도 했고 그에게 스스럼없이 명령하기도 했다. 그 바람에 온 집 안에 싸구려 수컷 냄새가 배기 시작했다. 더 늦기 전에 남자의 언행을 바로잡아야 했다.

정보는 쓸수록 강해지는 근육과 같다. 난 그 사실을 너무 잘 알고 있었다. 남자의 정보를 모으기 시작했다. 아내의 휴대폰과 핸드백은 남자의 약점을 쉽게 드러내주었다. 심부름센터는 아예 이용할 필요조차 없었다. 가족은 본점만 필요하지. 지점 개설은 네 가족과 안영회 여사께서 원하시지 않을걸? 남자가 쉽게 꼬리를 내렸기에 믿었다. 그게 실수였다. 남자는 그를 몰라도 너무 모르고 있었다. 꽁무니를 빼는 척하면서 은밀히 다가족주의 개념을 여전히 실천하고 계셨다. 남자에게 다시 한 번 정중하게 조언을 해주었다. 그래도 남자는 오히려 더 치밀하게 행동할 뿐이었다. 살아가는 법을 정말 모르는군. 그렇다면 할 수 없이 죽는 법부터 가르쳐야겠지? 재갈을 물린 입에서 으으, 소리가 났다. 지금부터 너에게 쾌락과 고통이 동시에 주어질 거야. 그게 어떤 느낌인지 똑똑히 기억해둬. 남자의 성기를 만지며 그가 말했다. 성기를 입에 물자 남자의 입에서 신음이 터졌다. 잠시 뒤에는 버릇없이 성기까지 부풀려 올렸다. 면도칼을 집었다. 그리고 탱탱해진 성기의 귀두를 슬쩍 베었다. 남자의 입에서 또 한 차례의 비명이 터졌다. 귀두에 붉은 피가 톡톡, 떨어졌다. 내가 좀 전에 말했잖아. 대신 내 입에 사정 시에는 이걸 튀김요리로 만든다는 걸 명심해. 난 인내심이 아주 약한 사람이니깐. 그는 천천히 귀두에 맺힌 피를 핥기 시작했다.

문제는 아내였다. 통장 잔고를 보여주고 펀드의 약점을 일러주어도 헤어날 줄 몰랐다. 되레 그를 향해 큰소리까지 쳤다. 아내가 불쌍했기에 첫 아내를 떠올리기도 했다. 첫 아내가 되지 말아달라고, 그렇게 하고 싶지 않다고 속으로 외치고 외쳤다. 하지만 아내는 그런 그의 심정을 알아주지 않았다. 첫 아내는 돈과 결혼할 작정인지 남자 주변만 맴돌았다. 그게 화근이었다.

지금의 아내도 그의 충고를 너무 가볍게 생각하고 있는지 모른
다. 해고 날짜를 생각해봐야겠어. 대문만 열고 나가는 길은 저
쪽, 하면 끝이란 걸 잊고 사는군. 그 말은 그의 심장을 꽉 쥐었
다 놓는 듯한 충격을 주었다.

미행

라디오에서는 지금 한창 전쟁에 열이 올라 있다. 열사의 땅
이슬람이 냉동장치 하나 없이 얼어붙고 있단다. 단 두 명의 군
인에서 비롯된 전쟁. 두 사람을 놓고 포로냐 납치냐며 설왕설래
를 하더니 헤즈볼라의 납치를 주장하는 이스라엘은 일방적으로
레바논을 공격했다. 무차별적인 미사일 공격에 이어 대대적인
지상전 돌입. 소문이 먼저 사람을 죽인다. 전쟁은 사람 사이에
있다. 사람이 문제다. 사람의 마음이 전쟁을 낳고 평화도 낳는
다. 우리 두 사람 사이의 사랑도 전쟁이다. 나야말로 사랑의 쟁
취를 위해 오늘은 전사가 되어야 한다.

바다에는 호화 요트가 떠 있다. 귀하신 몸들 여름 보내기에는
더없이 좋은 데다. 정말 이런 곳이 있었나 싶게 그가 보아도 풍
광이 수려하다. 아내는 이런 곳에서 더 따스한 삶을 살고 싶었
을 것이다. 그런 아내에게 갑자기 렁마가 나타난다면 어떤 반응

을 보일까. 내 집요한 사랑을 깨달을 수 있을까. 별장촌으로 내려가는 입구가 보인다. 이제 김과 아내에게 예상치 못한 상황이 벌어질 것이다. 김은 또 어떤 표정을 지을까. 그리고 모여 있던 다른 사람들은? 아마 망신살이 서해대교 뻗듯 뻗칠 것이다. 김의 아내도 지금쯤 이곳으로 향하고 있겠지. 별장이 뜨거운 소문에 휩싸이는 건 이제 시간문제다.

나가는 길은 저쪽, 하던 아내의 말은 엄포성이 아니었다. 어느 날, 술에 취해 흐느적거리던 아내는, '이 미친 개잡년'이라며 악을 썼다. 순간적으로 렁마가 아내에게 달려들어 스타킹을 찢었고 다리에 생채기까지 냈던 것이다. 돌발상황에 대한 냉정함, 그걸 잃은 게 실수였다. 겨우 렁마를 끌어안고 사태 수습에 나섰지만 아내의 터진 입을 막을 순 없었다. 그 개새끼 당장 없애지 않으면 이 몸이 너희 둘 다 세트로 처분하신다, 알아 처들었어? 그 말을 듣는 순간 처치해야 할 적이 둘로 늘어나고 말았다.

렁마의 임무가 막중해졌다. 차를 서서히 멈춘다. 이 정도의 거리리면 렁마는 충분히 아내를 찾아갈 수 있을 것이다. 렁마의 머리를 쓰다듬고 다시 한 번 주의를 준다. 렁마는 마치 나의 마음을 알고 있다는 듯 낑낑거린다. 계획대로 목에 걸린 줄을 풀고 목걸이와 패찰을 단다. 패찰에는 보호자의 이름이 적혀 있다. 부부 명의로 적힌 그와 여자의 이름. 코끝을 닦고 후각 환기를 위해 아내의 향수를 다시 한 번 스프레이 한다. 그러고는 렁마를 쓰다듬어준다. 살포시 녀석을 땅 위에 내려놓는다. 렁마는 잠시 낯선 환경에 머뭇거린다. 그는 참을성 있게 기다린다. 녀석이 천천히 움직이기 시작한다. 이제 그가 할 일이라고는 렁마가 아내를 찾을 시간 동안 기다려주는 것뿐이다. 아내는 알아야 한다. 그가 항상 지켜보고 있다는 것을. 그것만으로도 이번 미행의 목적은 달성한 셈이다.

냉동창고

공장은 비어 있다. 공장으로 들어서자마자 냉동창고의 문부터 연다. 대형 냉동고의 절반만 생선들로 가득하고 나머지는 텅 비다시피 했다. 며칠 출근하지 않은 사이에 물량이 는 것도 준 것도 아니다. 작업대 위에 까만 봉지를 올려놓는다. 이제 렁마는 다시 살아날 것이다.

노점상에 대한 지나친 단속이 또 한 가족의 삶을 무참하게 짓밟았다. 거리에서 호떡장사를 하던 이소원(35세) 씨는 3도에 이르는 치명적인 화상을 입고 거제 기독병원, 마산 고려병원, 부산대병원 등을 찾아갔으나 모두 진료를 포기하여 영도의 해동병원에서 생사를 헤매다 끝내 목숨을 잃었다. 이 씨는 숨이 멎을 때까지 아이를 찾았다고 한다. 이 씨는 남편(성형술, 38세)을 따라 거제로 왔다. 하지만 남편은 조선소 하청업체 직장을 접어야 했다. 잦은 결근으로 상사와 불화를 빚었던 것이다. 이후 남편은 술만 마셔댔다. 이를 보다 못한 이 씨가 남편을 질책하자 성 씨는 집을 나가버렸고 아예 소식까지 끊어버렸다고 한다. 이 씨는 아이와 함께 호떡장사를 시작했다. "애가 얼마나 똑똑한지 몰라요. 꼭 어른 같았어요. 하교 후에는 놀 생각도 않고 달려와 일손을 돕곤 했으니깐요." 1989년 10월 16일. 아이에게는 그날이 엄마와 함께한 마지막 날이었다. 사건 당일, 신현읍 개발과장을 반장으로 한 노점단속반이 거제군 농촌지도소 앞을 습격, 대대적인 철거작업에 들어갔다. 하교를 하자마자 아이가 엄마의 일터에 도착했을 때에는 난장판이 되어 있었고, 엄마는 끌고 가는 호떡 수레를 붙잡고 사정 중이었다. "요놈도 우리 가족이나 마찬가지란 말이오!" 아이도 함께 달려들었지만 역부족이었다. 마지막 수단으로 이 씨는 가스통을 열어 단속반을 위협하기에 이르렀다. 이에 놀란 단속반은 급히 읍장을 호출했다. 현장에 달려온 읍장은 되레 사건을 부추기는 꼴이 되고 말았다. "젊은 년이 공공질서도 모르고 서리에서 제집 마당처럼 장사를 하냐"며 언성을 높였던 것이다. 이에 격분한 이 씨는, "같이 살자, 그렇게 못 할 거면 같이 죽자"며 가스에 불을 붙이고 말았다. 순식간에 호떡 수레는 불길에 휩싸였고, 이 씨는 치명적인 화상을 입었지만 끝까지 수레를 잡고 놓지 않았다고 한다. 다행히 아이는 화를 면했지만 충격으로 치료 중에 있다.

_『부산일보』 사회면

렁마는 돌아오지 않았다. 녀석을 찾으러 나서지 않을 수 없었다. 녀석은 별장 앞에 엎드려 있었다. 온몸에 타이어 무늬를 덮어쓴 채. 그걸 본 순간 심장박동이 빨라지고 말았다. 하지만 곧 냉정을 되찾았다. 차분히 도로 바닥과 한 몸이 된 녀석의 주검을 수습했다. 짓이겨진 내장만큼은 어떻게 해볼 방법이 없었다. 웃옷을 벗는다. 팔뚝의 문신이 오롯이 맞은편 거울에 비친다. 엄마의 얼굴. 이제 아무도 기억해주지 않고 깨끗하게 삶의 흔적까지 지워진 어머니. 하지만 그의 팔뚝이 매스컴을 타는 날, 어쩌면 세상은 어머니를 기억할 것이다. 그리고 그 자신보다 더 지독한 인간들이 이 땅에 존재했다는 사실도. 아버지도 알아볼지 모른다. 적어도 이 땅에 살아만 있다면.

얼음 조각을 가져와 렁마의 뱃속을 채운다. 이제 렁마는 살아 있던 모습대로 복구될 것이다. 납작하던 배가 얼음가루가 채워지자 불룩해진다. 바늘을 쥐고 찢어진 배를 깁는다. 다음에는 납작하게 눌린 머리를 다듬는다. 뼈까지 바스러진 두개골은 생각보다 원상태로 되돌리기가 힘들다. 그렇다고 작업을 포기할 순 없다. 이빨 사이에 뭔가 눈에 띈다. 스타킹 조각이다. 그렇다면? 입에서 미소가 번진다. 녀석이 실패한 것은 아니다. 녀석의 머리를 쓰다듬는다. 렁마는 죽었지만 영원히 냉동고 안에서 살 것이다. 영원하려면 부패 방지를 위해 차가움은 필수. 냉동창고는 우리들의 천국이다. 여기에는 이미 전처가 살고 있다. 렁마 또한 이곳에서 가족이 되어 함께 살 것이다. 어쩌면 지금의 아내도 곧 올지 모른다.

(『실천문학』 2007년 겨울호)

엄마가 수상해

네 엄마가 수상해. 아버지가 말했다. 그래놓고도 아버지는 가위로 계속 대게 다리만 잘라댔다. 마치 지금 당장 잘라놓지 않으면 바다로 달아나버릴 것처럼. 혹시 수상한 게 아니라 이상한 게 아닌가요? 내가 되물었다. 아니다, 이상의 선을 넘어서 완전히 수상해졌다. 아버지는 당신의 말을 확신하듯 나를 바라보았다. 표정이 너무 진지했다. 그럼, 심부름센터에 뒷조사라도 의뢰하시든가요. 그렇다고 가정사를 남에게 부탁하고 싶지는 않구나. 아버지는 멈췄던 손을 다시 움직이기 시작했다. 쟁반 위에 잘려진 다리가 수북하게 쌓여 있었다. 아버지의 표정으로 보아 자를 게 없으면 내 다리까지 잘라버릴 것 같았다. 근데 너, 어릴 때 희망이 뭐라 그랬지? 그야 아시다시피 경찰이었죠. 흠, 아버지의 입에서 야릇한 신음이 터졌다. 그렇다면 하나만 묻자. 여자가 집을 자주 비운다는 건 무슨 의미겠냐? 설마 바람피운다고 생각하는 건 아니시겠죠? 어쩌면, 하고 아버지는 뒷말을 얼버무렸다. 그럼, 이번 기회에 아내를 바꿔보시죠. 그것도 생각해봤다. 하지만 셋이나 바꿨으면 그것도 적은 숫자는 아니잖냐. 그렇다고 그게 많은 숫자도 아니잖아요? 아버지가 길게 한숨을 내쉬었다. 어쨌든 난 행주를 사랑하는 아내를 원할 뿐이다. 지금의 엄마가 행주를 사랑하지 않기로 선언한 뒤 발길질이라도 하시던가요? 아버지가 고개를 가로저었다. 그럼, 부부간에 이불 밑에서라도 진지하게 대화를 해보시든가요. 원한다면, 정말 아버지를 위해 쇠잔해진 정력이라도 되살리라고 섹스웅원가라도 불러주고 싶었다. 아버지가 미간을 찌푸리며 말했다. 그러고 싶다만, 이거야 원 심증은 있어도 물증이 없는 상황이니. 그럼, 저더러 어떡하라구요? 아버지가 영화배우처럼 과장된 표정을 지었다. 너, 복학하기 전까지 얼마나 남았냐? 앞으로 서너 달요. 그럼, 부탁한다. 부탁한다는 말이 지금부터 당장 아버지를 위해 미친 듯이 날뛰라는 말로 들렸다. 흐음, 나도 모르게 아버지의 신음 소리를 따라 하고 있었다. 이번 사건은 가족의 미래를 위한 일이야. 그러니 당연히 너에게나 나에게나 다 중요한 일인 셈이지. 아버지는 더욱 과장된 얼굴을 만들었다. 아버지의 얘기로 보아 두 사람의 애정전선이 야무지게 꼬인 게 분명했다. 그렇지 않았다면 제대 후의 첫 가족 회식부터 결원이 생길 순 없었다. 별 사건 사고 없이 무난한 군 생활을 끝낸 인생. 제대하고 복학하기 전까지 무얼 하며 지내나 싶어 삶이 따분해지려던 찰나였다. 좋아요, 대신 작전B 착수금은 넉넉히 지급해주시죠. 그제야 아버지가 배시시 웃었다.

대체 네 엄마라는 사람 어떤 분이냐? 입대 동기들이 물은 적이 있다. 하긴 동기들도 궁금했을 것이다. 엄마가 있다는데 당최 면회를 오지 않으니 말이다. 난 솔직히 대답했다. 사실 나도 엄마를 잘 몰라. 그것도 아버지 소개로 겨우 알게 되었거든. 동기 녀석들은 내가 농담한 줄 안다. 하지만 그건 엄연한 사실이다. 아버지는 정말 내게 엄마를 소개했다. 첫눈에 반하고 첫코에 뿅 갔다는 거 아니냐. 그 말을 들을 때부터 나는 두 사람이 엮어낼 애정관계의 변화곡선을 상상하고 있었다. 그런데도 아버지는 들떠 있었다. 원하고 원하던 위대한 사랑을 이제 쟁취한 것처럼. 사실, 아버지의 엄마 유치 작전은 나의 생모와 사별하면서부터 비롯되었다. 하지만 초등학생일 때 소개받은 엄마 2호는 너무 부지런한 입을 가진 사람이었다. 아버지가 부지런히 손과 발을 놀려도 엄마 2호의 입을 당해낼 수 없었다. 급기야 두 사람 사이에 냉기류가 흘렀다. 어느 날, 엄마 2호는 기다렸다는 듯이 비상 살집을 매단 채 떠나버렸다. 엄마 2호가 떠나자 나는 만세 삼창을 불렀다. 비육우처럼 무겁고 무서운 여자로부터, '이리 가져와, 저리 가' 따위의 명령을 받지 않아도 되었으니까. 물론 내가 반찬 투정을 한다든지, 그릇을 박살 낸다든지, 엄마의 지갑을 털거나 옷에 칼자국을 내는 등 아낌없는 반항 정신을 발휘하긴 했다. 하지만 엄마 2호는 생각보다 강적이 아닌 셈이었다. 겨우 석 달을 버텼으니까. 이후 다시 소개받은 엄마 3호. 그녀는 며칠 동안 안방 침대에서 뒹굴기만 하더니 온다 간다 말도 없이 사라졌다. 다만 같이 나간 게 아버지의 통장이란 점이 엄마 2호와 다를 뿐이었다. 이제 더 이상 엄마를 소개하는 일은 없을 거다. 아버지가 맹세하듯 말했다. 이후 아버지는 홀아비로 늙기로 했는지 정말 머리가 허옇도록 엄마 4호를 소개하는 일은 없었다. 그사이에 나는 혼자 쑥쑥, 키를 키워 입대를 앞두고 있었다. 그런 어느 겨울날, 무슨 마음인지 내게 엄마 4호를 소개했다. 내가 살고 있는 이곳은 겨울이 되어도 계절 변화나 알아채라는 듯 이벤트성으로 눈을 흩뿌린다. 그런데 그해만큼은 굵직한 눈송이가 풍풍, 쏟아지면서 때 아닌 설경을 연출했다. 하지만 첫눈에 무슨 향정신성 의약 성분이 함유된 것도 아니고 그만 '삑이 간' 것이었다. 물론 나로서도 엄마 4호가 너무 젊다는 게 마음에 걸리긴 했다. 하지만 그렇다고 두 사람의 관계에 관여하고 싶지 않았다. 나도 아버지 곁을 떠나야 할 상황이었으므로 부디 통장만은 함께 가출하지 않기를 바랄 뿐이었다. 아버지는 나의 태도에서 긍정적인 반응을 감지했는지, 며칠 뒤 또 한 사람을 소개했다. 인사해라, 네 누나다.

은지 씨, 나야. 오호, 이게 누구야? 국방부에서 언제 반납되셨어? 그런 말 하지 마. 지금 생각해도 2년 넘는 시간을 송두리째 겁탈당한 기분이니까. 근데 웬일로 전화를 다 하셨어? 은지 씨랑 만나서 할 얘기가 있어서. 니네 아버지 문제야? 아니, 은지 씨의 어머니 문제야. 우리 엄마가 왜? 아무래도 문제가 발생한 것 같아서. 그래? 그럼 좀 있다가 '씨' 하기로 해. 근무시간이야 잡힌 물고기 신세니까. 어디서 만날까? '씨푸드'로 와. 제대 기념으로 근사한 저녁 한턱 쏠 테니까. 퇴근 시각이야 얼마 남지 않았으니 망설일 필요도 없었다. 오랜만에 해산물로 목의 때라도 벗기며 저녁 바다를 바라보는 것도 나쁘지 않을 것 같았다. 버스를 타고 약속 장소로 향했다. 씨푸드 앞에 내리니 바다는 샛바람에 엉덩이라도 걷어차였는지 길길이 날뛰는 중이었다. 바다를 보니 누나가 했던 말이 떠올랐다. 술에 취하면 지저분해지지만 물에 취하면 깨끗해지는 기분이 들어. 그래서 종종 바다를 찾곤 해. 누나가 연애사업에 올인했다가 와르르, 무너졌을 때였던가. 모르겠다. 아무튼 작전B를 수행해야 할 처지다. 그러려면 은지 씨의 협조가 필요하다. 과거는 현재를 말해주고 미래까지 예측하게 만드니까. 더군다나 과거사만 한 줄로 꿰는 작업, 이게 수사의 기본이 아닌가. 많이 기다린 건 아니지? 누나였다. 목 길게 늘어난 거 안 보여? 별로 길게 늘어난 건 아니네 뭐. 오다 보니 식당 하나 개업했더라. 상호가 맘에 들어 이차로 찜해뒀어. 상호가 뭔데? 내 코가 석 자, 그걸 보는 순간 이상하게 맘이 끌리더라? 은지 씨 살기 힘든 모양이네, 그런 상호에 감동받고? 야, 세상이 어떤 데냐. 고교 윤리 교과서처럼

어질게 살면 큰일 나요, 모질게 살아야지. 은지 씨, 많이 달라지
셨어. 너도 몇 번 사랑에 실패하고 또 직장에서 울어봐라, 그런
얘기가 나오는지. 누나가 먼저 음식이 진열된 장소로 향했다.
나도 덩달아 누나의 뒤를 따랐다. 새우며 대게 그리고 광어회
몇 점과 해물초밥을 접시에 담은 뒤 다시 자리로 돌아왔다. 자,
그럼 와인으로 건배부터 하고 본론에 들어갈까? 누나가 말했
다. 나쁜 제안은 아니었다.

　사실 엄마의 이혼은 내가 권했어. 나 때문에 아빠의 술주정과
폭력을 참고 사는 게 괴로웠거든. 엄마가 꿈꾸는 인생을 살라
고, 엄만 젊으니까 다시 시작할 수 있다고 말야. 그러던 어느
날 엄마가 드디어 결심했지. 지금도 그건 엄마의 삶에서 최고로
잘 한 결정이라고 생각해. 이혼 후 새로운 인생을 찾아가는 엄
마가 너무 보기 좋았으니까. 헌데 사람 마음이란 게 이상하지.
나이 들면서 점점 가위질을 하다가 헤어숍 창밖을 보는 엄마의
모습이 이상하게 쓸쓸해 보이는 거지. 그런 와중에 니네 아
빠가 나타난 거야. 미장원까지 우산 씌워준 게 고마워서 염색
한 번 해줬대더라, 엄마의 머리에서 솟는 새치 생각이 나서. 근
데 그다음부터 계속 찾아오더래. 그래서 나도 독립할 나이니까
엄마가 꿈꾸는 사랑을 해보라고 적극 밀어붙였지. 자, 이 정도
면 피 한 방울 섞이지 않은 너와 내가 형제가 된 게 이해가 가?
응, 하고 대답했지만 지금의 엄마를 이해하기에는 역부족이었

다. 누나가 다시 말을 이었다. 근데 그런 젊지도 않은 양반들 사이에 왜 이상기류가 흐르게 됐지? 그럼, 은지 씨는 우리 아버지가 이상해졌다는 거야? 그래, 바라보는 것만으로 답답해 미치겠대. 혀를 어디 개한테 적선한 것처럼 입을 닫고 신문의 증시현황만 뚫어져라 살피면서. 설마? 혼선 하나 없는 상태에서 들은 이야기야. 일이 점점 묘하게 꼬이고 있었다. 생각보다 작전B의 임무가 어려워질 것 같았다.

뭘 그렇게 이상한 눈으로 보니? 엄마 4호가 말했다. 아뇨, 그냥요. 내가 얼버무리자 엄마가 되쏘았다. 여자를 바라보는 것도 따지고 보면 교육문제다, 너. 그나저나 어디 다녀오세요? 내력은 못 속인다, 정말. 동네 아줌마들이랑 하동에 갔다가 오는 길이다. 하동엔 뭐 하려구요? 그냥, 참게탕이 먹고 싶어서. 그까짓 참게탕 먹으러 이 박 삼 일을 다녀와요? 나 참, 경찰 집안 아니랄까 봐 티를 내요. 요즘 들어 이상하게 그게 먹고 싶더라. 그래서 훌쩍 갔다, 그럼 됐니? 그 말을 끝으로 엄마 4호는 최단거리를 이용해 안방으로 향했다. 그러다가 깜빡 잊은 듯이 돌아섰다. 아참, 제대는 축하한다. 뭘요, 성가신 혹 하나 늘어난 셈인데요. 촛불 땜에 넌 고생 안 했어? 저야 전방 철책과 어깨동무하고 지내다가 온 걸요, 뭐. 엄마 4호가 어이없다는 듯 피식, 웃었다. 엄마 4호의 몸에서 낯선 냄새가 나는 듯했다.

정말 귀신이 곡할 노릇이군. 이번엔 다섯 개로 늘었어. 난감하다는 듯 아버지가 허공을 올려다보았다. 하지만 허공에는 해답은커녕 구름 한 점 없었다. 공터의 주인공은 당연히 느티나무 옹이셨다. 이곳에 얼마나 오래 서 계셨는지 장애아처럼 몸도 뒤틀리고 성한 데도 없었다. 그런데도 나이 든 사람들은 종종 비손하는 일을 멈추지 않았다. 그런 추앙받는 나무였기에 아버지도 처음에는 누군가 비손이라도 하다가 남겨놓았겠지, 하고 말았단다. 헌데 그게 아니란 것이다. 지켜보던 내가 나서지 않을 수 없었다. 그깟 촛불 몇 개에 왜 그렇게 신경을 쓰세요? 너는 군대에서 티브이도 안 봤냐? 아버지가 빈정거렸다. 자유롭게 볼 수 있도록 해줘야 보든지 말든지 하죠. 군대 보내놨더니 바보가 되어 돌아왔구먼. 지금 촛불시위에 가담한 유모차 아줌마들뿐만 아니라 인터넷 선까지 이 잡듯 뒤지는 상황이다. 그런데 이게 다시 살아난다면 정권이 가만있겠냐? 안 그래도 촛불 소리만 들어도 가슴이 철렁 내려앉을 판에? 그래도 이깟 촛불 몇 개에 너무 과민반응을 일으키는 거 아닌가요? 네 귀에는 저 사람들 떠드는 소리는 안 들려? 맞은편 슈퍼 안에서 한 무리의 술꾼들이 왕배야덕배야 정치논평을 쏟는 중이었다. 주민들이 너무 똑똑해졌어, 이전과 달라. 하지만 더 큰 문제는 말이다, 네 엄마까지도 종종 저런 양반들 틈에 끼어든다는 거다. 아버지가 매서운 눈으로 나를 쏘아보았다. 그 바람에 아직 연병장에서 서 있는 듯한 착각에 빠졌다. 암튼 내 관할구역에서 촛불을 켜는 일은 절대 용납할 순 없다. 아버지는 각오를 다시 다지듯 양초를 수거하기 시작했다. 그런 다음 집을 향해 성큼성큼 걷기 시작했다. 덩달아 나도 천천히 아버지의 그림자를 밟았다. 한동안 우리는 걷기만 했다. 걸어가던 아버지가 뜬금없이 넋두리를 뱉었다. 그나저나 주식 시세는 언제 회복될는지, 원.

말도 마라. 네 아버지 펀드가 '아작'이 났다. 엄마 4호의 목소리가 딱딱했다. 아버지는 듣기 거북한지 헛기침으로 방패막을 쳤다. 두 사람 사이가 냉장고 속 같았다. 할 수 없이 내가 나섰다. 우리 집이야 원래 여윳돈도 없잖아요? 엄마 4호가 내 말을 받아쳤다. 있는 돈에 투자를 했으면 입방아 찧을 일도 없겠다, 퇴직금 대출해서 반 토막을 냈으니 하는 소리지. 아버지는 누나의 말처럼 정말 식탁에 앉아 혀를 개에게 적선한 양 입을 닫고 있었다. 그 바람에 공중 부양의 멀미를 앓는 건 커피 잔이었다. 엄마 4호는 연신 식탁 위에 놓인 쟁반 위의 배만 포크로 찍어댔다. 그러면 우리 가족의 미래는 어떻게 돼요? 엄마 4호가 대꾸했다. 나도 모르겠다, 그건 내가 떠난 다음에 생각하든지. 역시 엄마 4호다운 발언이었다. 어쩌면 이번 일로 엄마 4호가 5호로 교체될지 모를 일이었다. 하긴 쫄딱 망한 집에 5호가 들어올 일도 쉽진 않을 테지만. 남편의 아들, 너도 좀 들어봐. 니네 아버지가 처음에 뭐라고 그랬는지 아니? 내가 눈을 홉떴다. 그린란드에 꼭 함께 갈 테니까 집에 가자더라. 그 말을 내가 참, 하면서 엄마 4호가 다시 포크로 배를 푹 찔렀다. 엄마 4호의 말은 계속 이어지고 있었다. 프러포즈인 줄로만 알았지, 그게 사탕발림인 줄은 까맣게 몰랐다. 그래서 지금 후회하시는 거예요? 최소한 아내로 생각하고 있다면 의논은 했을 거란 얘기지. 그게난 서운한 거지, 다른 건 없다. 엄마 4호의 목소리가 약간 떨리고 있었다. 남편의 아들, 너도 들어봐라. 그렇다고 네 아빠가 능력 있어 승진을 했니? 겨우 붙어서 사정 대상으로 오르락내리락하는 처지니, 쯧쯧. 커피만 홀짝이던 아버지가 등뼈를 꼿꼿이 세웠다. 최선을 다해 근무하고 있는 건 알면서 왜 그래? 엄마 4호가 턱을 올려 세웠다. 그러면 뭐 하는데? 맡은 사건도 전부 '미결'로 남기면서. 아니, 그럼 좀도둑에 시국사범까지 지구대에서 다 처리하라는 게 말이 돼? 아버지가 언성을 높였다. 엄마 4호가 대꾸 대신 음음, 하는 헛기침을 식탁 위에 뿌렸다. 이쯤에서 무마 작업에 들어가야 할 것 같았다. 걱정 마세요, 그린란드는 제가 취직하면 해결될 수도 있죠. 남편의 하나뿐인 아들아, 넌 청년실업이란 말 못 들어봤니? 교통대란보다 고용대란이 더 무섭다더라. 게다가 우리 은지를 봐라. 재학 내내 장학생이라도 몇 년을 놀다가 겨우 일자리 얻었다. 내 목소리가 조금 커졌다. 복학하자마자 열심히 공부해야죠, 뭐. 아서라, 아들 양반아. 그때까지 기다리는 것보단 내가 다시 헤어숍을 여는 게 빠를 것 같으니까. 엄마 4호가 벌떡 일어서서 안방으로 향했다. 그러더니 잠시 뒤 트레이닝복으로 갈아입고 도로 나왔다. 이 밤에 어디 운동이라도 나가시게요? 행주는 빨아놨으니 혹시 아니? 촛불 범인이라도 잡으면 포상금으로 그린란드에 갈 수 있을지? 엄마 4호가 말끝을 묘하게 꼬았다. 아버지는 말없이 엄마의 뒤태만 훑는 중이었다. 현관을 나서는 어머니의 오른손에 무언가 쥐어져 있었다. 운동기구는 아니었다.

확실히 네 엄마가 수상하지? 현관문이 닫히자마자 기다렸다는 듯이 아버지가 말했다. 내가 화답하듯 눈망울을 키웠다. 왜 하필 스패너냐구, 아령이면 또 몰라도. 내가 말양념을 쳤다. 정말 범인을 잡으려는지 모르잖아요? 아버지가 도리머리를 했다. 그럼 망치를 들고 다니는 사람도 범인 잡으러 돌아다니는 거냐? 망치를 들고 다니는 사람이라뇨? 그런 사람이 있다, 짬만 나면 아무 데나 망치질을 하면서 돌아다니는 또라이가. 그럼 붙잡아서 조사해봐야죠. 모르는 소리 마라. 한 지 오래다. 그럼 그러는 이유는 뭐래요? 별다른 이유는 없더라. 그냥 세상을 박살 내고 싶다는 욕구불만 정도일 뿐. 제가 생각하기에는 촛불을 지필 가능성이 가장 큰 정신질환자 같은데요? 아버지가 퉁명스레 되받았다. 정신질환자는 의사의 몫이지 경찰의 몫이 아냐. 그럼 정신병원에라도 의뢰하시든가요. 그럼, 스패너 들고 나서는 네 엄마는 어쩌고? 아버지가 한숨을 푹, 내쉬었다. 나는 뾰족한 생각이 없어 한동안 턱 밑만 긁어댔다. 그러다가 맡은 임무상 내가 묻지 않을 수 없었다. 언제부터 스패너를 들고 운동을 나가신 거죠? 모르겠다, 그걸 들고 운동하면 가슴이 단단해지는지 풀리는지는. 그때 어디선가 퉁퉁, 하는 소리가 들렸다. 아버지가 현관을 보며 투덜거렸다. 호랑이도 제 말하면 나타난다더니 또 그 양반 납셨군. 잠 설치기 전에 자야겠다. 아버지는 의자에 찌그러졌던 엉덩이를 폈다. 안방으로 향하던 아버지가 깜빡했다는 듯이 돌아보며 말했다. 근데 너도 생각해봐, 운동할 때 굳이 휴대폰이 필요하냐? 아버지는 고개를 갸우뚱거리며 안방으로 직행해버렸다.

정말 '떡실신'한 사람처럼 잤다. 악몽 하나 없는 깨끗한 잠이었다. 눈을 비비며 거실로 나오니 날이 훤히 밝아 있었다. 남편의 아들, 아버지 점심 먹으러 온댄다. 지구대에서 안 드시고요? 오늘은 웬일인지 집에 와서 먹겠다네, 어서 씻고 나와. 욕실에서 세면을 하고 나오니 아버지가 그새 와 있었다. 아버지는 식탁에 앉아서 신문의 주식시세를 훑는 중이었다. 오공 시절도 아니고 지구대가 난리가 났지 뭐냐. 신문 탓에 아버지의 목소리가 더빙된 효과음 같았다. 엄마 4호와 내가 동시에 아버지를 쳐다봤다. 낮술에 취해 교도소에 넣어달라고 난동을 부려 진땀을 뺐다. 그래서요? 내가 되묻자 아버지는 신문에서 눈도 떼지 않은 채 대답했다. 아, 글쎄 신원 조회를 했더니 주민등록도 말소됐더라? 실직하고 노숙자처럼 돌아다니다가 끼니 때문에 교도소행을 택한 거라. 그래서 어떻게 처리했어요? 식욕도 돋울 겸 내가 살짝 애드리브를 쳤다. 어떻게 하긴, 그냥 훈방했지. 기물을 박살 낸 건 아니니까. 하지만 엉망인 곳에서 이상하게 밥 먹고 싶진 않더라. 그래도 관공서를 우습게 보지 않도록 단단히 조처했어야죠. 내 말에 식탁을 차리던 엄마도 나선다. 네 아버지는 그렇게 할 줄 모른다. 아버지도 지지 않고 나섰다. 교도소가 가고 싶다고 가는 그런 곳이 아냐. 최소한 사회에서 격리할 정도로 중한 죄를 지었으면 몰라도, 살구 싶어서 술주정 조금 부린 걸 교도소에 보내면 그건 진짜 죽이는 거나 마찬가지지. 저런 양반을 왜 승진에서 누락하고 표창을 하지 않나, 몰라. 엄마 4호가 투덜거렸다. 그걸 계기로 두 사람은 지지 않겠다는 듯 한동안 서로 목소리와 숨소리를 섞어댔다. 더 이상 숟가락질할 기분이 나지 않았다. 그때 우웅, 휴대폰이 몸을 떨었다. 누나의 문자 메시지였다. 그런데 의외로 문자 분위기가 엄숙했다. 고양이 장례식 초청장이라니? 그럼 노쇠한 '나비' 양반이 사망하신 건가? 누나를 위로해주던 애인 같은 고양이였으니 무지 슬플 것이다. 서둘러 조문객이라도 되어주어야 할 것 같았다. 숟갈을 놓자마자 밖으로 나서는데 엄마 4호가 외쳤다. 약속 시각에 늦지 마라. 널 위한 자리니까.

잠깐, 은지 씨. 차 좀 세워봐. 야, 영구차를 함부로 세우는 게 어딨어? 그냥 세워보라구. 저기 저 사람, 은지 씨의 엄마 맞지? 어? 우리 엄마 맞네, 근데 여긴 무슨 일이야? 혹시 은지 씨가 나비 장례식에 참여하라고 한 거 아냐? 아니, 전혀. 근데 여긴 왜 온 거야? 그래 말이야, 저 길로 가면 그린란드밖에 없는데? 뭐, 그린란드? 그냥 모텔 이름이야. 근데 은지 씨가 거기에 모텔 있는 걸 어떻게 알아? 종종 애용했으니까 알지. 하여튼 은지 씨는 남자들한테 너무 자신의 몸을 많이 허락해. 난 내가 남자를 끌고 갔지 따라간 적은 없어! 아무튼 은지 씨네 식구들은 수상해. 니네 식구들도 수상하긴 마찬가지다, 니네 아버지도 여기서 본 적이 있으니까. 그거야 업무차 왔을 수도 있지. 무슨 업무가 여자 하나만 달랑 태우고 모텔 객실에 들어가? 은지 씨가 봤어? 내 눈으로 똑똑히 봤으니깐 하는 얘기지. 일이 점점 묘하게 꼬여가고 있었다. 엄마 4호에 아버지마저 수상하다니. 생각에 빠진 내게 누나가 마무리 멘트를 한 방 사정없이 날렸다. 암튼 일단 장례식부터 치르고 보자, 슬픈 분위기 엉망으로 만들고 싶진 않으니까.

누나는 안 온대니? 엄마 4호가 물었다. 기분도 그렇고 해서 그냥 쉬고 싶대요. 내 말에 엄마 4호가 아쉬운 표정을 지었다. 그럼, 너라도 광어회 좀 많이 먹어둬라. 무른 살이 단단한 살 만든다는 말도 있잖니. 곁에서 젓가락을 깔짝이던 아버지가 말을 받았다. 난 광어는 이상하게 싫더라? 당신의 아들이 원하는 거잖아요! 엄마 4호의 말에 아버지가 인상을 구기며 나를 쏘아보았다. 넌 왜 그렇게 광어를 좋아하는 거냐? 내가 대꾸할 차례였다. 이 녀석이야말로 생선 중에 유일한 좌파잖아요. 그래서 너도 이 집안의 좌파로 남고 싶다 이거냐? 그럴 생각은 충분히 있어요. 눈이 좌로 돌아간 것도 생존 전략 때문이란 건 알고 있지? 걱정 마세요. 저도 진지하게 미래 전략을 고민하고 있으니까요. 그럼 넌 네 누나와 달리 직장보다는 직업을 택할 자신이 있다는 얘기지? 적어도 졸업한 뒤까지 아버지 명령받으면서 살고 싶지 않을 자신은 있어요. 흐음, 아버지가 낮은 신음을 뱉으며 회를 집었다. 갑자기 주위가 엄숙해졌다. 살점 씹는 소리가 무섭게 들릴 정도였다. 목소리는 죽이고 숨소리만 내다 보니 수족관에 갇힌 기분이었다. 참다못한 아버지가 입을 열었다. 근데 생선회를 즐기는 건 인간하고 곰밖에 없다면서? 아버지의 뜬금없는 말에 내가 지지 않겠다는 듯이 맞받아쳤다. 곰의 취향이 독특하네요, 하긴 극지방에서도 살아가는 동물이니 지구환경이 변해도 끝까지 생존할 확률도 높겠지만. 하나둘 토착 기업도 죄다 떠나고 이곳도 점점 가라앉는 배 신세다. 이건 어찌된 판인지 무지개공단의 절반이 부도 위기에 몰렸다는구나. 인구수가 줄면 아버지 일거리가 줄어드니 불평할 게 없을 것 같은데요? 모르는 소리 마라. 회생 불가능한 땅일수록 범죄가 늘어난다. 지금 수입된 노동자들 봐라. 직장을 잃었다고 고국으로 돌아가기를 하냐? 하루아침에 불법이주노동자에서 노숙자나 부랑자가 되어 거리를 배회하잖니? 엄마는 아무 말 없이 젓가락질만 해댔다. 아무래도 누나가 마음에 걸리는 모양이었다. 아버지의 말은 계속되었다. 며칠 전에는 교회 안에서 얼어 죽은 외국인노동자도 발견됐다. 그건 국가 책임 아닌가요? 이쯤에서 엄마 4호도 나설 때가 되었다는 듯 거들고 나섰다. 그래 말이다. 우리도 세계적 마인드를 가질 때가 됐는데, 쯧쯧. 엄마 4호가 혀를 찬 뒤 그린란드에 살고 있는 곰이라도 생각하기로 했는지 다시 입을 굳게 닫았다.

어디 나가시게요? 응, 회를 너무 많이 먹은 것 같다. 밤이 너무 깊은 것 같은데요? 네 아버지 능력에 헬스 회원권은 끊을 수 없으니 다른 방법이 없잖냐. 근데 웬 선글라스예요? 좀 멋있어 보이잖니. 그리고 경찰 사모라는 것도 커버하면서. 알겠어요, 다녀오세요. 엄마 4호의 손에는 어김없이 스패너가 들려 있었다. 엄마 4호가 현관문 닫는 소리가 났다. 나는 재빨리 후드 달린 옷으로 갈아입었다. 그런 다음 모자까지 눌러쓰고서 밖으로 나섰다. 그런데 대문 옆에 붙은 낡은 창고에 눈길이 갔다. 한때 연탄 창고로 쓰이던 곳. 그런 곳에 자물쇠가 매달려 있었다. 저기 무슨 귀한 물건을 두었다고 열쇠를 채운담? 나도 모르게 고개를 갸웃거리지 않을 수 없었다. 그때 골목 어딘가에서 퉁퉁, 망치질하는 소리가 들려왔다. 정신질환자가 또 발작을 시작한 모양이었다. 엄마 4호가 있을 초등학교 쪽으로 향했다. 늦은 시각이었지만 운동장은 운동 나온 아줌마들로 만원이었다. 그들은 하나같이 트랙을 따라 일정한 방향으로 돌고 또 돌았다. 하지만 날이 어두워 얼굴조차 확인하기가 쉽지 않았다. 그래도 일단 나온 이상 화단의 향나무를 은폐물 삼아 동정을 살펴보기로 했다. 하지만 엄마 4호로 짐작되는 사람도 보이지 않았고, 목소리도 듣기 힘들었다. 그때 누군가 내 등을 쳤다. 친구 상식이었다.

야, 넌 군대 버릇 아직 못 고쳤냐? 상식이 종이컵을 쥔 채 말했다. 내가 되받아쳤다. 근데 공익이 운동장엔 무슨 일이야? 거기서도 질서유지할 일이 있냐? 그냥 운동 삼아 나간 길이야, 인마. 나도 제대하고 나니까 갑자기 배가 나오는 중이라서. 공익이 무슨 제대를 하냐? 이를테면 그렇다는 얘기지, 넌 어째 철책에서 근무하고 와도 시니컬한 말투는 그대로다? 그래도 공익 출신인 너보다는 훨 낫다고 생각해. 그나저나 너, 한 뒤 상식이가 제 얼굴을 내 앞으로 디밀었다. 사회 복귀 기념으로 여친 하나 소개해줄까? 우리 과에 쌈박한 애 하나 있는데. 잘하면 멋진 사랑도 학습할 수 있는 기회잖아, 어때? 난 사랑 같은 건 안해. 참 수상한 놈이네. 공짜로 여친 소개시켜준다는데 왜 그래, 인마? 그냥, 사랑 따윈 관심 없다구, 내게만 충실해도 충분히 피곤하니까. 짜식이 공동묘지 입학원서 쓸 늙다리 같은 소리하고 자빠졌네. 그런 걸 보면 제 아빠는 안 닮았어. 우리 아버질 왜 들먹이냐, 인마! 니네 아빠 이번에 또 엄마를 바꿨잖아! 엄마를 바꾸다니, 그게 무슨 말이야? 내가 며칠 전에 니네 아빨

봤는데 전번에 인사 드린 엄마가 아니던데? 뭐라구? 나도 모르게 목청을 높이고야 말았다. 상식의 말이 정확하다면 수상한 건 어머니가 아니라 아버지인 셈이었다. 이거, 어쩌 작전B가 아니라 작전C까지 세워야 할 것 같았다. 커피 맛이 지독스레 썼다.

누군가 가로등을 박살 낸 모양이었다. 공터의 차량들이 어둠 속에 웅크린 괴물 같았다. 그런데 느티나무 아랫도리가 이상했다. 나도 모르게 주먹을 불끈 쥐고 나무 쪽으로 다가갔다. 그때였다. 검은 물체가 후다닥 달아났다. 가로등이 없었으므로 얼굴을 확인할 수 없는 게 안타까웠다. 게다가 얼마나 재빠른지 도망간 곳을 봤을 때는 이미 자취도 없이 사라진 다음이었다. 나무 아래에는 어제와 달리 엄청나게 늘어난 촛불들이 서 있었다. 뿐만 아니라 가지에는 갖가지 구호들을 열매 대신 매달고 있기까지 했다. 순간 직감했다. 연락을 취하지 않을 수 없었다. 야근 중인 아버지가 구급차처럼 달려왔다. 아버지가 눈앞의 사실을 믿을 수 없는지 한동안 입을 다물지 못했다. 이건 정말 심각한 문제야, 하루 빨리 범인을 찾아야겠어. 아버지가 어금니를 깨물었다. 제 생각엔 단독범행은 아닌 것 같은데요? 아버지가 고개를 주억거렸다. 그래, 지금 당장 작전B를 접어두고 작전A에 전념해야 되겠어. 근데 네 엄마는 어디 갔냐? 아마 운동장에 있을 걸요. 이 늦은 시간까지? 정말 대게처럼 다리몽둥이를 분질러 버릴 수도 없고. 게다가 요즘은 애도 아니고 음식 타령을 하질 않나, 며칠 전에는 애기라도 하나 있었으면 좋겠단다. 그렇다면 해결 방법은 빤하네요. 설마 또 엄마를 바꾸라는 애기냐? 뭐 미행 결과가 나오면요. 아버지가 깊은 숨을 내몰았다.

아침 햇살이 눈부셨다. 눈을 비비며 거실로 나와 소파에 앉았다. 엄마 4호는 마실이라도 나갔는지 보이지 않았다. 그때 현관문 열리는 소리가 들렸다. 엄마 4호였다. 그런데 손에 무언가 쥐어져 있었다. 자세히 보니 스패너가 아닌 양초 상자였다. 대체 그건 어디서 났어요? 엄마 4호가 태연하게 대꾸했다. 우리라고 양초가 필요 없는 건 아니잖냐, 동나기 전에 사놔야 할 것 같아서. 그렇다고 양초를 한 꾸러미나 살 필요가 있어요? 모르는 소리 마라, 많이 사면 동네 촛불도 그만큼 줄어드니까 일석이조지. 어머니는 양초를 든 채 다용도실로 향했다. 잠시 뒤 거실로 돌아온 엄마 4호는 TV 앞에 얌전히 앉았다. 또 드라마 속에 풍덩 빠질 모양이었다. 하지만 표정이 무거운 게 예사롭지 않았다. 욕실에서 세면을 하고 있는데 엄마 4호의 목소리가 들렸다. 휴대폰으로 누군가와 통화라도 하는 모양이었다. 순간 속에서 의심이 뭉게뭉게 피어올랐다. 통화 내용에 절로 귀가 쏠렸다. 하지만 들리는 거라고는 한숨뿐이었다. 그렇다면 목소리를 의도적으로 낮춘다는 것이고, 그건 곧 비밀을 유지하겠다는 뜻이다. 마음이 초조해졌다. 잠시 뒤 장롱 여닫는 소리가 나고 현관문 열리는 소리까지 이어졌다. 옷장을 향해 내달렸다. 이왕이면 여태 입지 않았던 옷으로 갈아입었다. 챙모자도 찾아 썼다.

　동네병원도 양극화 시대라고 했던가, 어디는 문 닳고 어디는 문 닫고. 헌데 불임 클리닉을 받는 것도 아니고 산부인과행이라니? 생식기로도 성기로도 생명이 다한 비뇨기에 접어들 나이에? 아냐, 아닐 수도 있어. 엄마 4호는 젊으니 완경에 접어들지 않았다면 충분히 임신할 수도 있지. 햐, 이거 생각보다 일이 점점 커지겠는걸. 재빨리 아버지의 폰으로 연락을 취했다. 수화기 안에서는 피로에 쩐 아버지의 목소리가 들려왔다. 무슨 일이냐? 지금 산부인과 앞이거든요, 혹시 엄마한테 무슨 단서가 될 만한 말 못 들었어요? 단서라니? 이를테면 부인병이 있거나 뭐 그런 거요. 똥오줌 이상 없이 잘 배출하는 중이니 그런 일은 없을 거다. 그러면 혹시 배가 부르진 않던가요? 글쎄다, 배야 중년 여성이면 기본적으로 오 개월 수준 아니냐. 물론 난 배보다는 부풀어 오르는 통장 생각만 간절하지만 말이다. 하여튼 우리 아버지의 속물근성은 못 말린다. 어쩌면 저런 아버지 때문에 산부인과 의사라는 남자의 물속에 빠질 수도 있었다. 알았어요, 나중에 집에서 봐요. 그래, 우리 아들 파이팅이다. 전화를 끊고 다시 병원 출입문을 노려보았다. 엄마 4호가 배를 쓸며 나오고 있었다. 그런데 표정이 야릇했다. 근데 저 표정은 무슨 의미지?

어라, 여긴 또 무슨 일로 온 거지? 혹시 핸드백에 스패너라도 챙겨 넣고 테러라도? 아니면 통장? 그때, 택시 기사가 뻗어나가던 내 생각을 툭 끊었다. 요즘엔 집이 집구석으로 변한 데가 한두 군데가 아니라던데 혹시 집도 그런 건 아니우? 기사의 말에 성질 고약한 노인네처럼 날뛰고 싶었지만 참았다. 그래 봤자 콩가루 같은 우리 집안 공개방송하는 꼴이니까. 나는 택시비를 지불하자마자 잽싸게 자세를 낮췄다. 어느새 엄마 4호는 비행기 시간표 앞에 서 있었다. 나는 로밍 센터를 은폐물 삼아 엄마 4호의 동정을 살피기 시작했다. 엄마 4호는 전자보드판 앞에서 떠나지 않았다. 그때 한 남자가 나타났다. 나도 모르게 심장에서 망치질 소리가 나기 시작했다. 두 사람은 한동안 서서 얘기를 주고받았다. 바라보는 자체가 지겨워질 정도였다. 이윽고 엄마 4호가 뭐라고 하자 남자가 엄마의 배를 내려다보았다. 그러더니 남자가 뭐라고 말한 후 탑승구로 향했다. 엄마 4호도 천천히 남자 뒤를 밟았다. 갑자기 목이 타서 생수 생각이 간절했다. 탑승구 앞에 선 남자가 손을 흔들었고 엄마 4호가 화답하듯 고개를 끄덕였다. 남자가 사라진 다음에도 엄마 4호는 움직일 줄 몰랐다. 슬픔이 북받치는지 눈자위까지 쓰윽 훑었다. 잠시 후 엄마 4호가 대기 의자에 앉더니 뚫어져라 보드판을 쳐다보았다. 그렇게 얼마나 오래 있었을까. 엄마 4호가 항공사 여직원이 앉아 있는 테이블 쪽으로 향했다. 엄마 4호가 뭐라고 묻고 유니폼을 입은 직원이 대꾸했다. 하필, 그때 망할 놈의 휴대폰이 울

었다. 은지 누나였다. 통화 버튼을 누르자마자 내가 소리를 질
렀다. 왜 그래, 바쁜데? 내 말에 누나가 시큰둥하게 되받았다.
너 수상하다, 놀고 있는 애가 뭐가 바쁘다고 짜증이야? 나 지금
알바 뛰는 중이야. 알바라니까 더 수상하다, 너? 아, 정말 은지
씨 오늘따라 왜 이러시나, 나 정말 바쁘다니까. 그렇게 말하면
서도 내 눈은 엄마 4호의 뒤만 좇고 있었다. 엄마 4호가 건물
밖으로 나서는 중이었다. 마음이 급했다. 누나는 그것도 모른
채 계속 대화를 끌었다. 야, 그럼 하나만 묻자. 너도 괜찮았지,
내 코가 석 자의 주인 남자 말야? 내가 신경질적으로 대꾸한다.
그새 또 연애감정이 재발한 거야? 야, 그런 소리하지 마라. 이
것도 일종의 미래보장성 보험 같은 거야. 그래서 어쩌라구? 오
늘 거기로 바로 퇴근해 인성검사 좀 할까 싶어서. 그때, 커다란
굉음이 우리의 대화 사이에 불쑥 끼어들었다. 활주로에서 비행
기라도 이륙하는 모양이었다. 비행기 한 대가 천천히 이륙하는
게 보였다. 생각보다 느린 속도라 그냥 땅바닥에 툭, 떨어질 것
같았다. 엄마 4호는 접착제라도 밟고 있는 듯이 그 자리에 서서
비행기를 쳐다보고 있었다. 너, 지금 어딘데 이렇게 소음이 심
해? 수화기 속에서 누나가 고함을 쳤다. 소음 때문에 나도 소리
치지 않을 수 없었다. 여긴 공항이야! 공항엔 왜? 대꾸 대신 내
입에서는 연방 어어, 소리만 터졌다. 엄마 4호가 비행기 대신
택시를 타기로 작정했는지 다시 택시에 몸을 싣고 있었던 것이
다. 서둘러 달려갔지만 허사였다. 난감했다. 그렇다고 그냥 집

으로 돌아갈 수 없었다. 건물 안으로 다시 들어섰다. 전광판을 뒤졌지만 딱히 단서가 될 만한 건 없었다. 그때 뇌리에 뭔가 스치고 지나갔다. 엄마 4호가 얘기했던 여직원에게 다가갔다. 여자는 미소를 짜내듯 힘겹게 웃어 보였다. 혹시 이곳에서도 그린란드에는 갈 수 있나요? 직항로는 없구요, 대신 꼭 가시고 싶다면 다른 항로를 안내해드릴 수는 있어요. 여기서 그곳에 가고 싶어하는 손님도 있나요? 좀 전에도 문의하시는 분이 있긴 했는데 평소에는 없는 편이에요. 아, 그래요? 이쯤 해서 목례를 하고 물러서지 않을 수 없었다. 하지만 생각은 점점 부풀어 오르기만 했다. 왜 엄마는 그린란드를 꿈꾸는 것일까. 빙산 위에서 아슬아슬하게 떠 있는 자신의 삶을 생각해보려는 것일까. 아니면 설원 속에 핀 꽃이라도 보고 싶은 것일까. 아무튼 엄마의 행동이 아니라 내면이 궁금해 미칠 지경이었다.

야, 상식아. 너 사대에서 지구환경 전공한다고 그랬지? 응, 근데 갑자기 전화해서 그건 왜 묻냐? 그럼, 하나만 묻자. 그린란드가 어떤 곳이냐? 전문적으로 대답하자면 지구환경의 좌표가 되는 곳이고, 상식 수준에서 대답하자면 가기 힘든 곳이야. 볼거리는 없어? 없겠지, 만년설밖에는. 근데 왜 가기 힘든 그런 곳을 사람들이 가길 원하는 거냐? 그거야 등반을 생각하면 되지. 등반도 정상보다는 그곳에 이르는 과정이 중요하잖아. 마찬가지로 그린란드에 가기를 원하는 사람들도 거기에 의미를 둔다고 봐야지. 최소한 그곳에 이르려면 엄청난 시간과 눈바람과 추위를 견뎌야 하거든. 게다가 그런 과정을 겪은 뒤 남들이 맛보지 못하는 십오만 년이나 된 얼음 조각을 함께 간 동료들과 깨물어봐. 그 맛 진짜 죽이지 않겠냐? 그래서 가기 힘든 그린란드를 꿈꾼다? 그래, 이 무식한 놈아. 제발 인생 공부 좀 해라. 넌 그쪽이 너무 취약해. 고맙다, 나도 나름 삶에 대해서 고민할 테니 너도 존나 공부해서 멋진 '선생놈' 돼라.

세상이란 노 젓고 노는 풀장이 아니다. 상식의 충고처럼 난 너무 삶에 대해서 고민이 없다는 게 문제다. 이제부터 당장 올라야 할 취업이라는 산이며, 내 인생에 대한 자세도 고민해봐야겠다. 그래야 훗날 후회의 감정이 줄어들 수 있을 테니까. 그때였다. 거실에서 엄마 4호가 외쳤다. 아버지가 좀 도와달랜다. 정말 고민할 여유를 주지 않는 집구석이군. 대체 이 밤에 무슨 일을 도우라는 거예요? 나도 모르게 목소리가 거칠었다. 대문마다 촛불이 타오르고 있단다. 촛불이라는 말에 나도 모르게 침대에서 몸을 일으켜 거실로 나왔다. 아니 그럼 촛불시위라도 벌어졌다는 건가요? 글쎄, 나도 잘 모르겠다. 엄마 4호의 표정이 제법 진중해 보였다. 아버지 기다리겠다, 얼른 가자. 엄마 4호가 현관문을 밀치며 나섰다. 나도 덩달아 서두르지 않을 수 없었다. 헌데 현관을 나서는 엄마 4호의 등에서 무언가 반짝, 빛이 났다. 어, 저게 뭐지? 나도 모르게 눈이 커지고 말았다. 옷에 묻어 있는 건 분명히 촛농이었다. 졸지에 생각이 우물처럼 깊어졌다. 엄마 4호는 그런 사실도 모른 채 종종걸음을 쳐댔다. 나는 몸을 돌려 곧장 안방으로 향했다. 문갑 어디엔가 창고 열쇠가 있을 터였다. 역시 짐작대로였다. 창고 열쇠를 쥔 채 창고로 내달렸다. 키를 갖다 대기 무섭게 자물쇠가 제 스스로 철컥, 하는 소리를 토했다. 창고 안을 보는 순간 내 입에서 '오마이갓'이 터졌다. 창고 속에는 엄청난 양초 상자들이 쌓여 있었던 것이다. 게다가 한쪽 구석에 잘 정돈해놓은 스패너 뭉치들이라니! 스패너의 크기도 다양했다. 크기가 작은 사이즈에서부터 큰 사이즈까지. 운동에 사용할 물건 치곤 너무 많았다. 도대체 이 많은 스패너를 무엇 때문에 모은 것일까. 궁금증이 해일처럼 밀려왔다. 나도 모르게 스패너를 쥐는 순간 또 놀라고 말았다. 스패너 가운데 부분에는 투명 테이프로 양초가 붙어 있었던 것이다. 그렇다면? 나도 모르게 눈빛이 파닥였다.

아버지의 말은 거짓이 아니었다. 우리 집 대문 빼고는 거의 전부 촛불이 일렁대고 있었다. 이곳 골목에 켜놓은 촛불만 회수해도 제법 많은 양이 될 정도였다. 아버지는 지쳤는지 공터에 퍼질러 앉아 있었다. 모아놓은 양만으로도 한 트럭이 넘을 것 같았다. 그나저나 보고서 작성할 일이 꿈만 같다, 자칫 잘못했다간 이번 일로 옷 벗을지도 모르겠고. 내가 대꾸했다. 좋게 생각하세요. 제 생각엔 이미 범인은 잡힌 거나 마찬가지니까요.

아버지가 동작을 멈추고 나를 보았다. 어째 낭만적인 건 네 엄마랑 똑같냐? 그때, 아버지의 휴대폰이 요란하게 울었다. 아버지가 통화버튼을 누르기 무섭게 다급한 소리들이 터져 나왔다. 아버지의 표정이 점점 굳어져가고 있었다. 나는 곁에서 아버지의 눈치만 살피지 않을 수 없었다. 한동안 침묵을 지키던 아버지가 마침내 입을 열었다. 드디어 올 것이 온 모양이다. 우리 동네뿐만이 아니라 옆 동네도 촛불이 타오르는 중이란다. 그럼 촛불이 다른 곳으로 확산되는 중이란 말이에요? 내가 묻자 아버지가 무겁게 고개를 끄덕였다. 이러다간 전국으로 퍼져나갈 수도 있겠어. 그럼 어떻게 되는 거죠? 내 물음에 곁에 있던 엄마가 나섰다. 그거야 불 보듯 뻔하지. 하지만 그리 걱정할 것 없을 것 같다. 왜요? 다 잘못된 거 바로잡자고 켠 거니 바르게 된다면야 무에 그리 걱정이겠니? 엄마 4호의 말에 내 뇌세포가 마구 뒤엉키는 기분이었다.

정치인들은 거짓말이 생명이다. 하루라도 거짓말을 하지 않으면 매스컴의 주목을 못 받으니까. 그래서 재야 출신 애국자가 되고 싶어서 촛불을 켜기로 하셨나요? 엄마 4호의 눈이 커졌다. 나는 취조하는 형사처럼 눈에 힘을 실었다. 그런 행동이 아버지를 위험에 빠뜨릴 수 있다는 생각은 못 하셨나요? 그제야 엄마 4호는 한숨을 올려 쉬고 내려 쉬기를 반복했다. 그러더니 이내 작정한 듯 입을 열기 시작했다. 나도 처음엔 단순하게 생각했다. 촛불만 꺼지지 않는다면 네 아버지가 떨려 나오진 않을 거고, 승진도 할 거라고 말이다. 하지만 힘들어하는 사람들을 보면서 이상하게 생각이 달라지더라. 그래서 촛불시위대를 조직하셨나요? 시위대는 무슨 시위대냐, 그냥 소원 비는 셈치고 하나둘 자발적으로 켠 거지. 적어도 아버지는 그렇게 생각지 않을 걸요? 소원을 비는 게 죄가 될 수 있다고 생각하니? 네 아버지도 그건 알고 있다. 다만 이만기보다 힘센 월급봉투 때문에 하고픈 말을 하지 않을 뿐이지. 이번에는 내가 눈동자를 두 배로 만들었다. 그럼 하나만 더 물을 게요. 그린란드 모텔엔 왜 가셨어요? 엄마가 되받았다. 혹시 은지에게 말했니? 아뇨, 하며 내가 고개를 저었다. 은지에겐 제발 말하지 마라. 그건 제가 결정할 일 아닌가요? 엄마 4호가 알겠다는 듯이 나직이 입을 열었다. 은지 생부가 찾아왔더라, 그린란드라는 간판을 보자 나랑 은지 생각이 난다면서. 외국으로 떠나기 전에 한 번만 보고 가겠다고. 그래서요? 그래서 처음엔 영영 떠난다니 마음이 짠해서 찾아갔지. 헌데 막상 모텔 앞에 가니 마음이 달라지더라. 이제 와서 다시 만나 뭐 하나 싶기도 하고. 이상하게 엄마의 눈시울이 붉어지는 것 같았다. 그래서 기어이 공항에 환송하러 나간 건가요? 엄마 4호가 체념한 듯 말했다. 그건 네 마음대로 생각해라. 그래야 내 마음이 편해질 것 같아서 갔으니까.

거기 간 건 사건 처리 때문이었다. 한동안 입을 닫고 있던 아버지가 말했다. 네가 제대하기 전에 공터에서 사람 하나가 죽었다, 정말 성실한 사람이었는데. 나는 수사관처럼 아버지를 뚫어져라 바라보았다. 무지개공단에서 작은 기업을 운영하는데 자금 압박이 심했나 봐. 전번 모 탤런트처럼 자동차에 연탄 피워 놓고 자살을 해버렸어. 모방범죄가 문제지만 미국발 금융폭탄이 엉뚱한 곳에서 생사람 잡은 셈이지. 공터라면 사람들이 수시로 들락거리잖아요? 당연히 마을 집회장 같은 곳이지. 근데도 야밤이면 모르는 차들이 모이니 그걸 알 수야 있었겠니? 혹시 그 사람이 모텔에 묵기라도 했나요? 그랬지, 꽤 오랫동안. 근데 왜 사복을 입으셨죠? 더군다나 범인 검거가 목적이라면 왜 다른 경찰의 동행 없이 여자를 데리고 객실로 들어간 거죠? 아버지가 대답하기 난감한지 고개를 외로 틀었다. 그, 그건 말이다. 네게 말해도 쉬 이해할 수 있을 것 같지 않구나. 공직자는 모범적인 행동을 해야 할 의무도 있잖아요? 넌 아직 모른다. 사랑이란 나이 들어도 불치병 같은 거거든. 그래서 공적 임무와 엄마 5호 개발이라는 사적 업무를 동시에 수행하셨나요? 내가 네게 맡긴 임무가 뭐냐? 이것도 임무와 관련된 거라고 생각하거든요. 네 엄마도 알고 있는 거냐? 내가 슬쩍 눙친다. 엄마도 눈치를 챘으니까 답답한 속 풀어보려고 스패너를 갖고 다니는 거겠죠. 아버지가 으음, 하고 낮은 신음을 토했다. 그럼, 어쩌면 좋겠냐? 상황으로 볼 때, 아무래도 엄마를 바꾸는 것보다는 아버지가 바뀌는 게 좋을 것 같아요. 그게 보고서의 결론이냐? 네,

앞으로 그린란드행 티켓도 한 장 더 준비하시구요. 그건 또 무슨 말이냐? 아버지는 놀란 표정을 지었다.

(『내일을 여는 작가』 2009년 여름호)

아직 아직은

벨 소리는 끝이 없다. 지긋지긋하게 울리는 저 낡은 벨 소리. 돈이 있다면 당장 저것부터 바꿔버리고 싶다. 하지만 그것마저 쉽지 않다는 걸 그녀는 알고 있다. 딩동딩동. 다시 벨이 울린다. 간밤에 마야가 난리를 피우는 바람에 지칠 대로 지친 상태다. 지금 심정이라면 일어나고 싶지 않다. 아니, 그냥 이대로 영원히 숨이라도 멎었으면 좋겠다. 그 와중에도 벨은 끈질기게 운다. 끈질긴 게 보나 마나 103호 여자인 모양이다. 105호는 이사를 갔으므로 비어 있는 상태다. 몸을 일으킨다. 103호 여자는 마야처럼 집에만 처박혀 지내는지 틈만 나면 초인종을 눌러댔다. 누를 때마다 방문 이유는 다양했다. 냄새 때문에 벨을 눌렀고, 마야가 질러대는 괴성 때문에 미치겠다며 찾아오기도 했다. 심지어 인기척이 없어도 호기심을 참지 못해 현관 앞을 서성였다. 그렇다면 여자는 오늘도 자신의 말을 쏟아놓기 전에는 물러나지 않을 것이다. 누구세요? 현관문 손잡이를 쥔 채 물어도 응답이 없다. 단단히 화라도 난 것인가. 현관문을 밀친다. 옆집 여자가 아니라 안면이 있는 관리소 직원이 서 있다. 변함없이 손에 연장통을 든 채다. 며칠 전에 보낸 계고장은 받으셨죠? 그녀는 알고 있다. 티브이 위에 먼지처럼 각종 고지서들과 독촉장이 쌓이고 있다는 것을. 그리고 관리비마저 석 달째 밀려 있다는 것을. 이놈의 세상이 어떻게 된 판인지 갈수록 연체가 늘어나요. 관리실에서 아예 학을 뗄 정도니 말이우. 반쯤 벗어진 남자의 이마가 번쩍인다. 알겠어요. 무슨 일이 있어도 내일까지 납부할게요. 남자가 연장통을 열다가 미간을 찌푸린다. 그럴 거면 진작 납부를 하셔야지. 안 되면 한 달 치라도 납부하던가. 미안해요, 집에 환자가 있어서 시간을 낼 수 없었어요. 마야가 듣고 있기라도 한 듯 비명을 지른다. 남자가 열린 문틈으로 집 안을 기웃거린다. 그러더니 남자는 한동안 입을 열지 않는다. 그러더니 무언가를 골똘히 생각하는 듯 두 눈을 씀벅인다. 점점 마야의 비명이 커진다. 이윽고 결심한 듯 남자가 입을 연다. 그렇더라도 이런 식으로 사정 다 봐줬다간 내 모가지가 날아가요. 남자가 두꺼비집으로 다가간다. 일단 단전 작업만 하고 갈 테니 그리 아슈. 이것도 다 치매에 걸린 우리 어머니 덕이란 거만 알고 기슈. 남자가 작업을 서두른다. 내일까지 관리비를 납부하지 않으면 단수작업을 하러 남자는 또 찾아올 것이다. 그녀가 현관문을 닫는다. 잠시 뒤 형광등이 툭, 꺼진다.

으으으. 마야의 비명이 시작되고 있다. 이제 시작되었으므로 지칠 때까지 저 소리는 멈추지 않을 것이다. 황급히 베란다로 나가 창문을 닫는다. 비명이라도 새나갔다가는 옆집 여자에게 초청장을 보내는 꼴이다. 안방으로 들어오는데도 마야의 비명은 계속된다. 제발 소리 좀 그만 낼 수 없어? 너만 괴로운 줄 알아? 피차 괴로운 건 마찬가지야. 근데 왜 너만 힘든 척해? 그녀는 담뱃갑을 쥐어 든다. 그런 다음 한 개비를 꺼내 입에 문다. 그녀가 언제부터 담배를 피우기 시작했는지 모른다. 그게 집에서 풍기는 퀴퀴한 냄새 때문이었는지, 그가 떠난 다음부터였는지. 그 정도로 그녀의 기억은 가물가물해졌다. 하지만 분명한 건 있다. 끼니를 굶더라도 담배는 상비약처럼 준비해둬야 한다는 것. 담배가 없으면 하루도 견디기 힘들다는 거. 의료용 침대에 누운 마야의 입가는 침으로 젖어 있다. 입 모양 또한 볼거리를 앓는 사람처럼 튀어나왔다. 마우스피스 탓이다. 만약 마우스피스를 하지 않았다면 지금쯤 또 한바탕 자해 소동이 벌어졌을 것이다. 서서히 굳어가는 몸. 어쩌면 마야 자신도 그것 때문에 괴로울 것이다. 그랬기에 처음엔 살고 싶다고, 살려달라고 발버둥을 쳤을 것이다. 하지만 이제 그는 못 죽어서 발버둥을 친다. 아니다. 마야의 몸은 굳어가고 있으므로 움직일 수 있는 건 머리뿐이다. 그래서 침대 난간에 제 머리를 들이박는다. 횟수는 마야의 얼굴에 난 생채기가 말해준다. 어쩌면 고개마저 움직이지 못하는 날이 올 것이다.

언제부터 이런 증세가 있었나요? 의사가 고개를 갸우뚱거리며 물었다. 다니던 회사의 창고에서 사고를 당한 다음부터요. 쌓아놓은 전자제품이 와르르 무너져 내리면서 동생의 몸을 덮쳤죠. 그래서요? 직원들은 비명 소리가 없어 사람이 깔린 것을 몰랐대요. 그래서 구조에 더 늑장을 부렸고요. 그게 척추 손상이 더 심해지게 만든 꼴이 되어버린 셈이군요. 네, 하며 그녀가 낮게 신음을 토했다. 하지만 다행입니다. 그나마 신경이 다 죽진 않았으니까요. 그럼 이제 어떡하나요? 글쎄요, 천천히 경과를 지켜보는 수밖에요. 의사의 말대로 경과를 지켜보았지만 헛일이었다. 보상비는 바닥났지만 진료비 청구서는 어김없이 날아들었다. 참다못해 할머니가 말했다. 긴 병에 효자 없다고 했다, 산 사람은 살아야지. 할머니의 말에 그녀가 되쏘았다. 그래도 죽은 건 아니잖아요. 내 손으론 절대 퇴원 신청 따윈 못 해요! 저 아이 때문에 우리가 죄다 매달려 굶어 죽을 수는 없잖냐. 우리가 왜 죽어요? 동생이 뭐 살인자예요? 그녀의 말에 할머니는 가슴을 싸쥔 채 한숨을 내몰았다. 그녀는 믿었다. 정성을 다하면 동생은 언젠가는 자리를 훌훌 털고 일어서리라고. 하지만 그녀의 바람은 철저히 빗나갔다.

불행은 한꺼번에 온다고 했던가. 동생의 병상에서 계약 해지 통보를 받았다. 매서운 구조조정의 칼바람이 그녀가 다니는 은행에도 불고 있던 때였다. 계약직이었던 그녀는 하소연할 수 없었다. 하지만 그녀에게는 그가 있었으므로 다른 여직원보다 덜 섭섭했다. 그는 장래를 약속한 사이였으므로, 아니 은행의 투자 업무 파트에서 열심히 펀드매니저로서의 경력을 쌓아가고 있었으므로, 불행 중 다행이라고 여겼다. 세상의 모든 과일이 다 과수원에서 익는 건 아니잖아, 힘내! 까짓것 네 실력이면 다른 직장 못 구하겠어? 그가 그녀의 어깨를 감싸며 말했던가. 하지만 그의 말이 거짓임을 깨닫는 데까지 그리 오래 걸리지 않았다.

바다가 보이는 집이면 좋겠어. 퇴원을 앞두고 모처럼 동생이 웃으며 말했다. 마치 옛집 앞바다를 다시 바라보게 된다면 자리를 털고 일어날 것처럼. 하지만 눈만 뜨면 보이던 바다는 그들에게 금지 구역이었다. 그들이 이사할 곳은 정해져 있었다. 비록 지대가 높았지만 베란다에 서면 손수건만 한 바다를 볼 수 있다는 게 다행이긴 했다. 게다가 복도식 낡은 아파트 일층이라 비상시를 위해서도 그리 나쁜 조건은 아니었다. 다만 그녀가 바라보아야 할 곳이 북향이라는 점만은 어쩔 수 없었다. 하긴, 알았더라도 어쩔 수 없었을 것이다. 그녀는 담배를 물고 베란다로 향한다. 문을 열자 기다렸다는 듯이 차가운 바람이 달려든다. 바다에 떠 있는 대형 크레인들과 어선들이 보인다. 눈을 조금 더 들면 아득하게 펼쳐진 망망대해. 그녀는 그 바다를 보며 수많은 길을 만들었다가 지웠다. 부동산 사무실의 뚱보 여자는 수평선을 볼 수 있다고 했다. 하지만 수평선을 본 적은 한 번도 없다. 바람을 맞자 정신이 살아나는 기분이다. 발밑에 놓인 피라칸사스 분재가 보인다. 언젠가 동생이 월급날 사 들고 왔던 화분. 그때 동생이 말했던가. 나무의 꽃말이 알알이 영근 사랑이라고. 그러나 아무리 꽃말이 좋아도 이젠 그녀의 맘에 들지 않는다. 어쩌면 그건 돌덩이를 품은 나무의 형상 탓이 클 터였다.

통장의 잔고는 이미 바닥이다. 동생의 의료용 기저귀며 파우더도 사야 하고, 밀린 관리비며 각종 고지서의 대금도 납부해야 한다. 하지만 통장을 보니 눈앞이 아득하다. 그렇다고 이대로 있을 수도 없다. 싫지만 봉제공장 사장을 만나는 것도 생각해보지 않을 수 없다. 그녀는 천천히 마야의 침대로 향한다. 동생이 눈치챘는지 또 괴성을 지르기 시작한다. 그녀는 익숙하게 동생의 몸을 옆으로 눕힌다. 예전 같으면 마야를 침대 밖으로 안아서 옮겼을 것이다. 하지만 먹고 운동을 하지 않는 몸은 무게만 늘어갔다. 게다가 이젠 나무토막처럼 굳어져 움직일 엄두도 못 낼 정도다. 그녀는 바지를 벗기고 기저귀를 빼낸다. 배변이 뒤섞인 기저귀에서 울컥 냄새가 솟구친다. 흡, 그녀도 모르게 숨이 멎고 만다. 역한 냄새를 맡을 때마다 정말이지 마야의 소원대로 해주고 싶다. 하지만 성기를 볼 때마다 생각이 달라지곤 한다. 이게 살아난다면 다른 것도 회복될 수 있으니까. 버릇하던 대로 젖은 수건으로 성기를 닦는다. 손길이 스칠 때마다 벌떡 일어서곤 하던 성기는 확실히 이전과 같지 않다. 그녀는 그게 두렵다. 식물도 환경이 나빠지면 위기를 느낀 나머지 꽃을 틔우는 것처럼 마야도 그랬던 것일까. 동생의 입에서 비명이 터진다. 그녀는 알고 있다. 같은 소리를 내지만 그게 어떻게 감정의 차이를 드러내는지를. 그녀는 부러 성기 주변을 닦는 척 그것을 자극한다. 그런 다음 봉제공장 사장의 요구처럼 위아래로 쓰다듬기도 한다. 후회하지 않을 멋진 사랑을 하고 싶다던 마야. 그 사랑의 욕망은 대체 어디서 솟아난 것일까. 여성이 가슴으로 사랑한다면 남성은 주름주머니로 이뤄진 고환과 이곳이 아닐까. 비록 몸은 사위어가지만 끊임없이 정액을 만들어내는 성기. 어쩌면 여기가 진정한 남성의 실체일지 모른다. 손바닥에 끈적이는 액체가 묻어난다. 벌써 사정을 한 모양이다. 예전처럼 푹푹, 허공을 향해 쏟아내던 그 힘이 그립다. 마야가 그런 힘을 되찾았으면 좋겠다. 천천히 성기를 닦는다. 동생의 입에서 신음이 가라앉고 숨소리도 가늘어진다. 이제 마야는 다시 잠들 수 있을 것이다, 몇 시간 동안 편안하게.

그녀의 가슴을 훔친 건 그가 아니다. 마야다. 어릴 적부터 마야는 이상한 습관을 지니고 있었다. 아빠와 엄마가 이혼한 이후부터였을 것이다. 마야는 그녀의 품만 파고들었다. 할머니의 품은 죽어라 싫다고 했다. 막 돋기 시작한 그녀의 가슴을 만지작거릴 때마다 심한 통증이 몰려왔다. 하지만 참았다. 삑하면 울어대는 동생을 울리고 싶지 않아서였다. 그런 마야가 언제부터

인가 그녀의 가슴 대신 제 성기를 움켜쥐고 잠들었다. 바지춤에 손을 넣지 않고는 잠들지 못할 정도였다. 그녀는 그 사실을 잘 알고 있었으므로 동생이 뒤척거릴 때마다 자신의 손을 바지 속으로 밀어 넣어주었다. 그런 어릴 적 습관을 마야도 잊지 않은 모양이었다. 괴성을 지를 때마다 바지춤의 성기를 만져주면 자연스레 비명이 멎었다. 그러던 어느 날이었을 것이다. 마야는 오랫동안 잠들지 못했다. 그런 탓에 꽤 오랫동안 성기를 주물렀을 것이다. 깜빡 잠이 들었던가. 그녀의 손바닥이 축축하단 걸 깨달았다. 그의 몸에서 뿜어져 나오던 것과 같은 정액이었다. 놀라운 것은 마야는 그런 사실도 모른 채 아이처럼 쌔근쌔근 깊은 잠에 빠져 있었다는 점이다. 이후 그녀는 젖은 수건으로 마야의 몸을 닦을 때마다 부러 성기를 자극하곤 했다. 마야의 편안한 잠자리를 위해.

큰길로 접어든다. 도로를 질주하는 차량의 빠른 속도에 현기증이 날 정도이다. 햇살도 눈부시다. 그녀의 눈앞에 사진관 간판이 보인다. 그녀는 잠시 망설인다. 그러다가 곧장 사진관을 향해 걷기 시작한다. 인기척이 나자 주인 남자가 소파에서 졸다가 눈을 뜬다. 혹시 이렇게 작은 사진도 확대 가능한가요? 사진을 받아 쥔 남자가 고개를 갸웃거린다. 사진이 너무 낡았군요. 게다가 너무 어릴 때 사진이구요. 남자는 그녀를 뚫어져라 바라본다. 순간, 그녀가 숨긴 침묵을 읽어낸 것 같아 얼굴이 화끈거린다. 그녀는 시치미를 떼고 입을 연다. 어릴 때 동생의 모습을 간직하고 싶어서요. 너무 귀엽잖아요, 안 그래요? 아, 네. 보아 하니 지금쯤 멋진 청년이 되었겠네요. 네, 너무 멋져서 괜히 제가 질투가 날 정도로요. 남자가 살풋 웃음을 짓는다. 언제쯤 찾으러 오면 되죠? 한두 시간이면 되니까 이후로는 언제든지요. 은행에 못 들러서 그런데 혹시 찾으러 올 때 돈 드려도 되죠? 남자의 눈이 커진다. 그녀의 입성에서 지독한 가난 냄새를 맡은 걸까. 남자가 잠시 고민하는 듯하더니 입을 연다. 사실 요즘은 디카 때문에 손님이 없어놔서요. 꼭 찾아가기야 한다면 굳이 선불 받을 필요도 없죠, 뭐. 그녀는 부러 손목을 들어 시각을 확인한다. 아닌게아니라 약속 시간이 임박했다. 서둘러 몸을 돌려 세운다. 출입문 손잡이를 쥐는 순간 남자가 소리를 지른다. 잠깐만요! 그녀가 힐끗 뒤돌아본다. 설마 영정 사진으로 쓸 건 아니죠?

나마저 짐이 되면 안 되는데, 안 되는데. 할머니가 가슴을 싸쥔 채 말했다. 할머니가 왜 짐이야? 그깟 숨 쉬는 게 힘겹다고 이상한 말 좀 하지 마. 내 병은 내가 안다. 다만 죽어도 자는 잠에 살포시 가야 하는데, 그렇게 해줄라나 천지신명께서. 할머니가 끙끙 앓는 이유가 집 때문인 줄 알았다. 아버지의 목숨과 바꾼 집. 그런 집을 팔았으니 할머니는 마음이 아팠을 것이다. 그랬기에 할머니가 자리보전하는 것을 당연하게 여겼다. 하지만 그녀가 집으로 돌아왔을 때, 할머니는 딴 세상으로 향한 다음이 었다. 손자의 모습을 끝까지 지켜보다가 숨이 졌는지, 마야 쪽 으로 눈을 부릅뜬 채였다. 그래도 가족 중 유일한 자연사였다.

　혈육 하나를 잃었다는 걸 마야도 안 것일까. 그때부터 마야의 괴성은 시작되었다. 처음엔 저러다 말겠거니 했다. 하지만 비명 은 끊일 줄 몰랐다. 더군다나 낮에는 그렇다고 쳐도 밤에 듣는 마야의 비명은 스산하다 못해 무서울 정도였다. 견디기 힘들었 다. 그에게 말하지 않을 수 없었다. 같이 집에 와서 지내면 안 돼? 할머니도 없는 집에 혼자 있으려니 두려워. 그는 알겠다며 다음 날 짐 보따리를 싸쥐고 나타났다. 그리고 이어진 그와의 동거. 동거를 통해 그야말로 그녀가 가장 원하는 체온을 가진 남자라는 걸 알았다. 낮이면 마야를 위해 헌신했지만 밤이면 기 꺼이 그를 위해 팬티를 벗었다. 하지만 몇 개월이 지나지 않아 그는 연락도 없이 늦기 시작했다. 집에 들어오지 않는 날도 있 었다. 그는, 그녀의 것이 아니었으므로 기다릴 수밖에 없었다. 그러던 어느 날, 술에 취해 늦게 들어온 그가 가방을 꾸리기 시 작했다. 이렇게 하고 싶진 않았어. 하지만 냄새 때문에 어쩔 수 가 없어. 사무실에서 다들 나만 가까이 다가가면 코를 싸쥘 정 도니까. 그녀가 할 말은 이미 정해져 있었다. 미안해, 앞으로 청 소 깨끗하게 할게. 퇴근하기 전에 방향제도 뿌려놓고. 그가 한 숨을 내쉬며 되받았다. 냄새뿐인 줄 알아? 마야의 비명만 듣고 있으면 이젠 내가 미치겠어. 진짜 내 동생 같았으면 죽여버리고 싶을 정도로. 이러다간 내가 살인자가 될지 몰라. 그 순간 그녀는 깨달았다. 붙잡을 수도, 같이 있을 수도 없는 사람이 그라는 존재임을.

거리는 아무 일도 없다는 듯 평온하다. 지금쯤 마야는 깨어났을 것이다. 어쩌면 배변으로 아랫도리는 짓뭉개졌을지 모른다. 은행 건물이 보인다. 한때 그와 근무했던 은행을 보자 그가 떠오른다. 그와 함께 지냈던 몇 개월. 이제 그때처럼 행복한 날을 맞을 순 없을 것이다. 그래서 이렇게 보고 싶은 걸까. KTX역 앞까지 가려면 바쁘다. 지하철역으로 종종걸음을 치지 않을 수 없다. 하지만 그녀의 마음만 앞설 뿐 걸음은 느려질 뿐이다. 그가 보고 싶다. 미치도록 보고 싶다. 한 번만이라도 얼굴을 본다면 소원이 없겠다. 전화라도 하면 그가 나와주기는 할까. 알 수 없다. 그녀는 다시 걸음을 재촉한다. 조금 걷자 숨이 턱턱 막힌다. 이게 다 지나친 흡연 탓일 것이다. 늘 만나던 곳, 1시. 봉제 공장 사장의 문자메시지는 지극히 건조하고 사무적이었다. 하기 남자의 저간 사정을 생각해서라도 장소를 바꾸는 건 곤란하다. 그런 장소야말로 누구한테 들켜도 사업상 바이어를 만났을 뿐이라고 둘러대기 편할 테니까. 게다가 근처가 '모텔숲'이니 그곳보다 나은 입지 조건을 갖춘 곳도 없다. 은행을 그만둔 후 생활비를 마련하기 위해 일을 하지 않을 수 없었다. 그래서 찾

게 된 봉제공장. 그곳에서 그녀가 만든 건 날개 달린 천사 인형
이었다. 만들어진 천사에게 날개를 달 때마다 그녀는 천사가 되
는 기분이었다. 게다가 크리스마스를 앞둔 시점이라 공장은 눈
코 뜰 새 없이 바빴다. 그랬으니 그녀에게도 일거리가 주어졌을
것이다. 그녀는 마야를 목욕시키고 한 차례 정액을 뿌리게 한
다음 공장으로 향했다. 비록 파트타임이었지만 그다지 힘들지
않았다. 사장 또한 그녀의 저간 사정을 감안해 꼬박꼬박 수당을
챙겨주었다. 시급 삼천 원에 불과했지만 그녀에게는 과분한 돈
이었다. 주문이 밀려 밤늦게까지 일할 때도 있었다. 일하는 게
즐거워 시간 가는 줄 몰랐다. 더군다나 늦게 작업이 끝나면 사
장은 그녀를 집까지 바래다주는 친절을 베풀기도 했다. 크리스
마스이브에는 동생 약값에 보태라고 상여금까지 얹어주기까지
했다. 그런 그의 배려에 모처럼 살맛이 났다. 노동의 기회가 곧
행복임을. 그런데 무엇이 잘못된 걸까. 언제부터 잘못된 걸까.
사장의 자상함에 마음을 풀어버린 게 화근이었을까. 아니다. 그
이 때문일 것이다. 그의 결혼 소식만 듣지 않았다면 자신을 배
려해 수당을 올려주고 집까지 바래다주는 너그러움에도 마음을
열지 않았을 테니까. 그가 곁에 있었더라면 한밤중에 마야가 자
해 소동을 벌였을 때 사장에게 전화를 걸지도 않았을 것이다.
혀가 반쯤 끊기고 입 안 가득 피를 머금은 동생을 업고 병원으
로 내달리던 사람은 사장이 아니다. 그다. 나는 지금 그를 만나
러 가는 것이다. 적어도 그렇게 생각해야 한다.

왜 이렇게 늦은 거야! 봉제공장 사장은 그녀가 차에 타자마자 불평부터 쏟는다. 미안해요. 볼일 좀 보느라고요. 그녀가 할 수 있는 말은 그뿐이다. 벌써 주위를 세 바퀴나 돌았다구. 내가 돈 놈도 아니고 말이야. 남자는 확실히 변했다. 처음 그녀를 안았을 때의 머뭇거림 따위는 온데간데없다. 그때 왜 그런 말을 했을까. 두려워하지 말라고, 당신의 가정을 뭉개지도 않고 업무에 지장을 주지도 않겠다고 말이다. 따지고 보면 이런 악연도 마야 때문일지 모른다. 마야만 아니었다면 봉제공장에 가지 않았을 것이고 이런 악연도 만들어지지 않았을 터이므로. 차는 골목골목을 돌아 모텔 주차장으로 들어선다. 주차장은 조명등이 어두워 마치 밤 같다. 그들과 같은 커플들이 많은지 주차장은 만원이다. 방으로 들어서자마자 그가 서두르기 시작한다. 그녀를 안고서 잽싸게 그녀의 가슴을 움켜쥔다. 아파. 비명이 터질수록 악력은 더 세진다. 연애도 경제활동이야. 효율적으로 시간을 즐기자구. 남자가 거칠게 그녀의 블라우스 단추를 풀기 시작한다. 남자가 차라리 그녀의 목을 움켜쥐었으면 싶다. 그러면 이 힘든 세상에서 놓여날 수도 있으므로. 사실 널 안 만나려고 하는데도 그게 잘 안 돼. 이제 마누라하고 하면서도 네 생각만 한다니까. 나이가 들어 그런지 몰라도 물도 말라 뻑뻑한 게 맛도 안 나고. 근데 넌 폭포잖아. 촉촉한 게 쪼아주기까지 하니깐 네 속에 들어가 있을 때면 마치 천국 온 기분이거든. 빨랑 샤워하고 와. 오늘도 널 죽여줄 테니까. 그가 음흉한 미소를 지으며 바지 주머니를 뒤지기 시작한다. 연분홍인 것으로 보아 비아그라보다 성능이 좋다는 씨알리스인 모양이다. 남자가 저 약을 복용하기 시작한 건 그녀 때문일지 모른다. 나 좀 죽여줘, 죽여줘 해댔으니까. 다만 남자는 그 말을 착각하고 있을 뿐이다. 남자는 약을 복용한 뒤, 약기운을 아끼듯, 아끼듯 사정을 참고 또 참는다. 그러다가 끝내 내장까지 쏟듯 으으윽, 소리를 지른 후에야 고꾸라진다. 그런 점에서는 이전의 그가 한결 부드러웠다. 사정시 아, 하고 가벼운 소리를 냈으니까. 고꾸라진 다음에도 사장은 남은 약기운을 뽑아내려고 성기까지 빨 것을 요구하기도 했다. 그의 청을 무시할 수 없었던 건 그가 건네는 돈 때문이었다. 그것이 아니었다면 그를 만날 이유도 없으니까. 샤워를 하고 나오기 무섭게 남자가 달려든다. 생살이 찢어지듯 아프다. 이렇게 살아야 하나. 죽고 싶다. 정말 죽어버리고 싶다.

야, 오늘은 왜 이리 뻑뻑해? 죽여달라는 소리는 더 많이 하면서? 남자가 옷을 입으며 말한다. 시계를 다시 확인하는 걸 보니 꽤 바쁜 모양이다. 아니나 다를까 남자의 휴대폰이 울린다. 어, 여보. 나, 지금 호텔 주차장이야. 거래처 박 사장 만나 차 한 잔 한다고 늦었네. 사장의 아내가 뭐라 하는지 남자는 한동안 휴대폰만 쌔쥐고 있다. 그녀는 갑자기 마야처럼 비명이라도 지르고 싶다. 하지만 남자를 위해 숨소리를 죽이고 만다. 이 사람, 돈 많이 버는 게 싫은 거야? 그래, 그러면 먼저 가 있어. 생일 선물 챙겨갖고 곧 갈 테니까. 응, 그래그래. 남자의 말을 듣고 있자니 오늘이 마야의 생일임이 떠오른다. 아, 왜 생일을 깜빡했을까. 언젠가 얘기를 하다가 아내의 생일과 동생의 생일이 같아서 이것도 인연이라며 깔깔거리지 않았던가. 그는 넥타이를 매자 돌아선다. 그런데 오늘따라 지갑을 꺼내지 않는다. 순간 그냥 나갈까 싶어 두려움이 몰려온다. 관리소 남자가 떠오른다. 돈 좀 주고 가. 동생도 생일인 거 잘 알잖아. 남자가 눈을 치뜬다. 미친년. 그럴 거면 왜 시체처럼 누워 분위기 띄울 생각을 안 해? 다음에 또 그럴 거면 재미없다, 너! 남자는 사정없이 문을 열고 나간다. 잠시 뒤 복도에서 뚜벅거리는 소리가 난다. 그녀의 입에서 욕지기가 터진다. 이렇게 떠날 거면 날 죽이고 떠나라구, 이 좆같은 새끼야! 남자의 발자국 소리가 점점 멀어진다. 그녀는 알몸으로 일어서서 핸드백을 연다. 담배도 몇 개비 남지 않았다.

아파트 앞에 위치한 슈퍼가 보인다. 이사 온 후 유일하게 말을 트고 지내는 주인 여자가 있는 곳이다. 그녀는 주저 없이 슈퍼 안으로 들어선다. 주인 여자가 먼저 알은체를 한다. 어디 갔다 와? 시내에 볼일이 있어서요. 동생은 좀 어때? 만날 그렇죠 뭐. 주인 여자가 혀를 찬다. 여자는, 남편이 뇌졸중으로 쓰러졌을 때 하늘이 노랬다고 했다. 더더욱 힘들게 만든 건 산소호흡기였다고. 아무리 뇌사 상태이지만 산 사람을 제 스스로 죽이는 것 같아서 차마 그 결정만큼은 할 수 없었다고 했다. 하지만 끝도 없이 들어가는 치료비가 쌓이면서 절망도 쌓여가자 호흡기를 떼지 않을 수 없었다고. 주인 여자가 한숨을 섞으며 말한다. 에이구, 아파본 년이 아픈 년 마음 안다고 처자가 불쌍해서 어쩌누. 주인 여자의 말에 딱히 대꾸할 말이 떠오르지 않는다. 그래도 그녀를 위해서 의료용 기저귀만큼은 갖다놓는 주인 여자. 그 작은 배려가 눈물이 날 정도로 고마울 뿐이다. 그녀는 담배한 갑과 소주 한 병 그리고 초코파이에 성냥 한 통을 산다. 여자가 비닐봉지에 물건을 담으며 입을 연다. 참, 일감 구한다고 그랬지? 혹시 요 아래 파라다이스모텔 청소하고 빨래할 사람 구한다는데. 주인 여자는 말해놓고 보니 무안한지 표정이 굳어진다. 아니, 내 말은 그냥 오후에 잠시 나가 일하는 것도 보탬이 될까 싶어서 말이야. 하지만 입에서는 엉뚱한 말이 튀어나온다. 알아요, 그 마음. 생각해보고 좀 이따가 연락드릴게요. 그녀는 비닐봉지를 쥔 채 밖으로 나선다. 동생이 알아서 빨리 데려가든지 해야지 원, 결혼도 못 하고 저게 무슨 꼴이람. 여자의 넋두리가 들린다. 못 들은 척 그녀는 걸음을 재촉한다. 맞은편에 관리소 남자가 보인다. 여전히 연장통을 쥔 채다. 또 어딘가 단전이나 단수 조치를 취하러 가는 모양이다. 남자가 힐끗 그녀를 훔쳐본다. 그녀는 못 본 척 집을 향해 걸음을 내딛는다.

여길 왜 찾아오고 난리야. 꼴도 형편없이 해가지고? 그는 맞은편에 앉자마자 딱딱한 소리를 냈다. 그냥 지나가다가 전화해 본 거야. 결혼 생활은 어때? 뭐 그저 그렇지. 사는 게 재밌는 사람 어디 있냐? 그는 성가시다는 듯 퉁명스레 말했다. 옛날과 달리 턱살이 올라 중년티가 났다. 당신 얼굴 한번 보고 싶었어. 그녀가 말하자 그는 얼른 주위부터 두리번거렸다. 당신이라니, 너 혹시 미친 거 아냐? 미안해, 입버릇이 돼서 그만. 그녀의 말에 그는 정색을 하며 되묻고 들었다. 근데 왜 바쁜 사람 불러낸 거야? 그녀가 대답한다. 너무 서두르지 좀 마. 지점장이면 한 시간 정도는 뺄 수 있잖아. 모르는 소리 마. 옛날 은행 분위기 하고는 달라. 요즘은 카드며 펀드며 대출금 회수 때문에 피가 마른다구. 말을 하면서도 그는 안절부절못했다. 그러더니 말 매듭을 짓듯 차갑게 쏘아붙였다. 왔으니 차나 한 잔 하고 가. 난 바빠서 먼저 일어설 테니까. 서두르는 게 봉제공장 남자와 닮았다. 그게 아니라, 하다가 그녀의 말꼬리가 잘리고 말았다. 갑자기 그가 매서운 눈매를 만들었기 때문이다. 그게 아니라 뭐? 혹시 돈이 필요해서 온 거야? 그럼 내 대출 담당 직원에게 얘기해놓지. 그게 아니라니까. 그냥 마지막으로, 얼굴 한번 볼까 싶어서 왔어. 그럼 얼굴 봤으니까 됐네, 뭐. 남자가 기어이 몸을 일으켰다. 마야가 보고 싶지 않아? 마야가 아주 보고 싶어하는데. 남자가 어처구니없다는 듯 미간을 찌푸린다. 아직도 마야라고 부르는 거야? 게다가 내가 식물인간 같은 병신이나 볼 정도로 한가하다고 생각해? 너 정말 단단히 미쳤구나! 그녀는 미쳤다고 대답하고 싶었다. 하지만 그녀는 아무 말도 못 했다. 대신 도망치듯 커피숍을 빠져나가는 그의 뒷모습만 오랫동안 지켜보았을 따름이었다. 그가 떠난 뒤에도 그녀는 한동안 자리에서 일어설 수 없었다. 괜히 그에게 전화했다 싶었다. 하지만 곧 후회하지 않기로 했다. 그는 잘 살고 있으므로, 얼굴을 봤으므로 다행이다. 마야도 결코 그의 불행을 원치 않을 것이다.

현관 앞에 103호 여자가 서 있다. 얼굴이 붉으락푸르락한 게 예사롭지 않다. 아니, 집구석을 엉망으로 만들어놓고 어디를 싸댕기는 거야. 내가 미치겠다니까, 아주! 그녀의 귀에도 마야의 비명이 선명하게 들려온다. 미안해요. 아프니까 저런 거잖아요. 이웃에 사시니까 좀 이해해주세요. 그럼 아가씨는 왜 우리를 이해 못 해줘? 이해해준다면 차라리 저 병신을 어떻게 해야 할 거냐. 여자는 참고 참았다는 듯 말을 멈추지 않는다. 우리 남편 잘 알잖아. 이번 주에는 밤에 일하고 낮에 잔다는 거. 미안해요. 미안하다고 끝날 문제가 아니잖아, 지금! 그렇다고 산목숨을 어떡하겠어요. 그럼 우린 어쩌라구. 이렇게 밤낮 없이 비명이나 듣고 냄새에 찌들어 살란 말이야? 여자는 흥, 하고 콧소리까지 보탠다. 그럼 제가 목이라도 조를까요? 아니, 이 아가씨가? 그럼 나더러 쳐들어가 목이라도 조르란 말이야, 뭐야? 듣기 싫으면 문 열어드릴 테니까 가서 죽여보세요. 저도 죽이고 싶으니까요. 아니 이 처자가 점점? 누군 죽이고 싶지 않은 줄 아세요.

그런 맘 하루에 수백 번을 먹는다구요. 그런 고통을 댁은 알아요, 아냐구요! 그녀의 비명에 여자는 입만 벌리고 있다. 네, 죽여드리죠. 그러니 내 앞에서 꺼지세요. 지금 당장! 여자는 어이없다는 듯 씩씩거린다. 살다 보니까 별 미친것들하고 이웃을 다하네, 정말! 여자는 그러고도 분이 안 풀리는지 계속 궁시렁거린다. 그러거나 말거나 그녀는 핸드백 속에서 현관 열쇠를 찾아쥔다. 그녀의 손이 부들부들 떨린다. 현관문이 열리자 마야가 기다렸다는 듯 더 앙칼진 비명을 질러댄다. 제발 조용히 좀 안 할래? 정말 죽고 싶어 그런 거야? 죽여줄까? 그녀도 모르게 거친 말이 쏟아진다. 내가 늘 네 곁에 있어야만 하니? 나도 살아야 하잖아. 너만 바라보고 있으면 어떻게 먹고살아, 이 병신아. 차라리 죽고 싶으면 죽어버려! 나도 네 뒤치다꺼리에 이제 신물이 난다구. 마야가 알아들은 것일까. 거짓말처럼 마야의 비명이 툭 끊긴다. 그러거나 말거나 그녀는 들고 온 비닐봉지에서 소주를 꺼낸다. 울 생각도 없는데 눈에서 눈물이 주르르 흐른다. 요즘 부쩍 눈물이 잦다. 그녀는 소주병을 움켜쥔 채 베란다로 향한다. 거기서 술병이라도 껴안고 통곡이라도 하고 싶다. 날이 어두워지고 있다. 어둠이 내리면 저 아래 거리는 다시 빛날 것이다. 이 세상에 더러움은 없다는 듯이 화려하게.

죽을 데운다. 운동을 하지 않자 소화력마저 현저히 떨어졌다. 심지어 토하기까지 해댄다. 아니, 어쩌면 그건 마야가 먹는 것까지 거부하고 있다는 증거일 것이다. 그게 마야의 마지막 의지일 수 있으니까. 사람답게 죽고 싶다고, 이렇게 사는 게 더 치욕스럽다고. 그래서 죽기를 작정한 행동임을 그녀도 이미 눈치채고 있다. 그걸 알고도 악착같이 끼니를 먹여대는 것은 어쩌면 그녀 자신을 향한 학대일지 모른다. 하지만 이제 결정해야 한다. 먹이는 일도 이제 고통스런 일과이므로. 죽이 데워지자 분말로 갈아놓은 약을 섞는다. 약이래야 소화제에 피부과에서 타온 약이 전부이다. 하지만 오늘은 한 가지 약을 더 추가한다. 그녀는 약이 골고루 퍼지게끔 젓기 시작한다. 약이 알맞게 섞이자 죽이 든 그릇을 들고 침대로 향한다. 그녀가 다가오자 마야는 고개부터 외로 꺾는다. 그녀는 의료용 침대 각도 조절 손잡이를 쥔다. 천천히 돌리기 시작하자 동생의 상체가 일어선다. 절반쯤 앉은 자세가 되자 그녀는 숟가락을 쥔다. 예상했던 대로 숟가락이 닿자 입을 굳게 닫는다. 예전 같았으면 이쯤이면 동생의 입에 물린 마우스피스를 빼주었을 것이다. 하지만 이제 그런 무모한 짓은 하지 않는다. 마야가 뭐라고 웅얼거리기 시작한다. 그녀는 알고 있다. 그걸 잘 알기에 그녀도 몇 번이나 고통을 멎게 하고 싶은 충동에 빠지곤 했다. 하지만 산목숨을 제 손으로 끊을 용기가 나지 않았을 뿐이다. 어차피 혀까지 굳어가고 있으므로 마야는 곧 죽을 것이다. 화려했던 마야문명이 폐허로 변했듯이. 마야가 지난날을 회복할 수 없음을 그는 이미 알고 있었을 것이다. 그랬으니 마야라고 부르자고 했겠지. 그녀는 입을 벌리기 위해 애쓴다. 하지만 입을 벌리기가 쉽지 않다. 다시 한 번 빈 숟가락을 이빨 틈 사이로 힘껏 밀어 넣는다. 결과는 마찬가지다. 그래도 그녀는 포기하지 않는다. 마야의 거부반응에 그녀의 등이 금세 축축해진다. 결국 그녀는 숟가락을 방바닥에 내팽개친다. 그래, 그렇게 죽고 싶어? 그럼 소원 들어줄게. 그녀는 담배를 꺼내 물고 베란다로 향한다. 정말 이 지긋지긋한 삶을 이제 더 이상 미루고 싶지 않다. 끝장내고 싶다. 당장 마우스피스를 빼버리고 싶다.

피라칸사스 화분 앞에 쪼그리고 앉는다. 지난해까지 빨간 열매를 선보였던 나무. 하지만 올해는 열매를 맺지 못했다. 풍매화답게 개화시 바람을 쏘여야 하는데 시기를 놓치고 말았다. 몇 개 열렸던 열매마저 시들시들하더니 익기도 전에 죄다 떨어졌다. 북향이라 모자란 일조량도 한몫했을 것이다. 잎도 점점 생기를 잃어가는 중이다. 아무리 물을 줘도 생기는 되살아날 줄 모른다. 죽음을 재촉한 건 어쩌면 저 돌덩이인지 모른다. 돌을 타고 내려온 저 드러난 뿌리들. 언젠가는 물기를 잃은 채 죽어길 것이다. 그녀는 천천히 화분으로 손을 뻗는다. 그런 다음 조심스럽게 돌덩이를 빼낸다. 피라칸사스 나무는 부르르 진저리치듯 몸을 흔든다. 돌은 무사히 빠져나와 그녀의 손에 쥐어져 있다. 이제 둘은 한 몸이 아니다. 그녀는 천천히 소주병을 입으로 가져간다. 몇 모금 마시자 속이 금세 홧홧해진다. 창밖을 본다. 점점 어두워지고 있다. 저 너머 어디쯤에 검은 바다가 넘실 대고 있을 것이다.

엄마가 보고 싶지 않아? 저 바다로 계속 가면 엄마가 있는데? 그녀가 묻자 동생이 한동안 머뭇거렸다. 그러더니 나직이 말했다. 사실 많이 보고 싶어. 근데 엄마한테 가면 누나랑 헤어져야 하잖아. 누나는 다 컸으니까 괜찮아. 그래도 누나랑 간다면 몰라도 혼자는 안 가. 그럼 평생 누나랑 살 거야? 동생이 고개를 끄덕거렸다. 누나는 결혼해야 하는데도? 동생의 턱을 올려 세웠다. 누나는 나랑 결혼하면 되잖아! 풋, 어이없어서 그녀가 웃었던가. 너, 말도 안 되는 억지 쓸래? 그러면 누나는 나안 사랑해? 그녀는 눈웃음을 치며 말했다. 당연히 사랑하지. 사랑하는 사람끼리는 결혼하는 거잖아. 못 하는 사이도 있어. 내가 돈 많이 벌어줄게. 누나 행복하게 해줄게. 지금처럼 누나 회사 안 나가고 집에만 있게 해줄게. 그럼 됐지? 야, 듣기만 해도 벌써 행복해지는 기분이야. 그래, 결혼하게 빨리 크기나 해. 누난, 내 곁을 엄마처럼 절대 안 떠날 거지? 그래, 절대 안 떠나. 어떻게 이렇게 귀여운 동생을 두고 떠나니? 아빠처럼 절대 죽지도 않을 거고? 그럼, 너 죽기 전까지 누나는 절대 못 죽지. 너를 돌봐야 하니까. 누나, 약속하는 거지? 나랑 결혼한다고 약속한 거지? 그래, 약속할게. 그럼 손가락 걸고 지문 찍고 복사해! 철없던 동생과 나누던 대화. 오늘따라 왜 이리 오롯이 기억나는 걸까. 그 바닷가를 다시 한 번 마야와 거닐고 싶다.

초코파이를 꺼낸다. 돈이 있었다면 멋진 생일상을 차려주고 싶었다. 하지만 직장을 갖지 않는 이상 이제 그런 작은 일마저 꿈이란 걸 그녀는 잘 안다. 그래서 마야에게 미안할 뿐이다. 그녀는 쟁반 위에 포장을 뜯은 초코파이를 하나씩 쌓는다. 바닥에 네 개, 그리고 그 위에 두 개, 마지막 하나를 뜯어서 맨 위에 올린다. 그런 다음 성냥개비를 꽂는다. 하나에 열 살씩 도합 두 개를 꽂고 하나는 절반을 툭 꺾어 세운다. 이제 촛불만 켜면 된다. 미안해, 더 멋진 생일잔치를 해주고 싶었는데 형편이 그렇질 못해. 그러니 네가 이해해줘. 마야가 화답하듯 웃는다. 그녀는 성냥을 그어 불을 붙인다. 그런 다음 노래를 부르기 시작한다. 생일 축하합니다. 생일 축하합니다. 사랑하는 우리 마야, 생일 축하합니다. 그녀 혼자 노래를 끝내고 박수를 친다. 그런 다음 쟁반을 들어 동생 앞으로 가져간다. 후욱, 하고 불어야지. 마야는 눈을 감고 있다. 할 수 없이 그녀가 대신 불어준다. 오늘은 네 소원을 들어줄게. 그리고 선물을 준비했어. 어쩌면 마지막 선물이 될 수 있으니 거부할 생각은 마. 네 소원이 뭐였어. 누나랑 결혼하는 거였지? 그렇지? 그러니까 가만히 있으면 돼. 누나가 알아서 다 할 테니까. 마야의 바지를 벗긴다. 좀 전에 씻긴 탓인지 파우더 냄새가 난다. 그녀는 동생의 성기를 어루만진다. 동생의 성기가 부풀어 오른다. 동생은 아직 모른다. 죽 속

에 봉제공장 남자의 주머니에서 훔친 약을 섞었다는 것을. 약이
효력을 발휘하는지 예전의 탱탱함을 회복하고 있다. 다행이다.
그녀는 조심스럽게 성기를 감싸 쥔다. 그런 다음 천천히 입으로
핥기 시작한다. 성기에서 봉제공장 남자의 냄새가 난다. 역겹
다. 이제 더 이상 봉제공장 남자를 만나는 일은 없을 것이다.
입 안에 들어간 성기는 방금 튀겨낸 핫도그처럼 따뜻하다. 여자
는 입으로 핥으면서 브래지어를 풀고 치마를 벗는다. 그리고 마
지막 남은 팬티마저 벗겨낸다. 나신이 된 그녀가 침대 위에 올
라선다. 마야의 눈에 눈물이 그득하다. 울지 마. 어차피 죽을 거
면 사랑은 한번 해보고 가야지. 그래야 덜 억울하잖아. 마야의
입에서 비명이 터진다. 제발 소리치지 말라고 그랬지? 이게 누
나가 네게 줄 수 있는 마지막 선물이야. 넌 내 진심을 왜 그렇
게 몰라줘. 다른 사람은 몰라도 넌 누나의 마음을 알아줘야 하
잖아. 여자의 눈에서 눈물이 떨어진다. 떨어진 눈물이 하필 마
야의 눈 속을 파고든다. 사랑해, 마야. 초인종이 울린다. 옆집
여자인 모양이다. 벨 소리는 끝이 없다. 그녀가 엉덩이를 움직
이기 시작한다. 창밖은 더욱 어두워졌다. 그래도 그녀의 눈에는
마우스피스가 분명히 보인다. 이제 곧 마우스피스를 뽑아야 할
것이다. 하지만 아직, 아직은 아니다.

(『문장 웹진』 2008년 12월호)

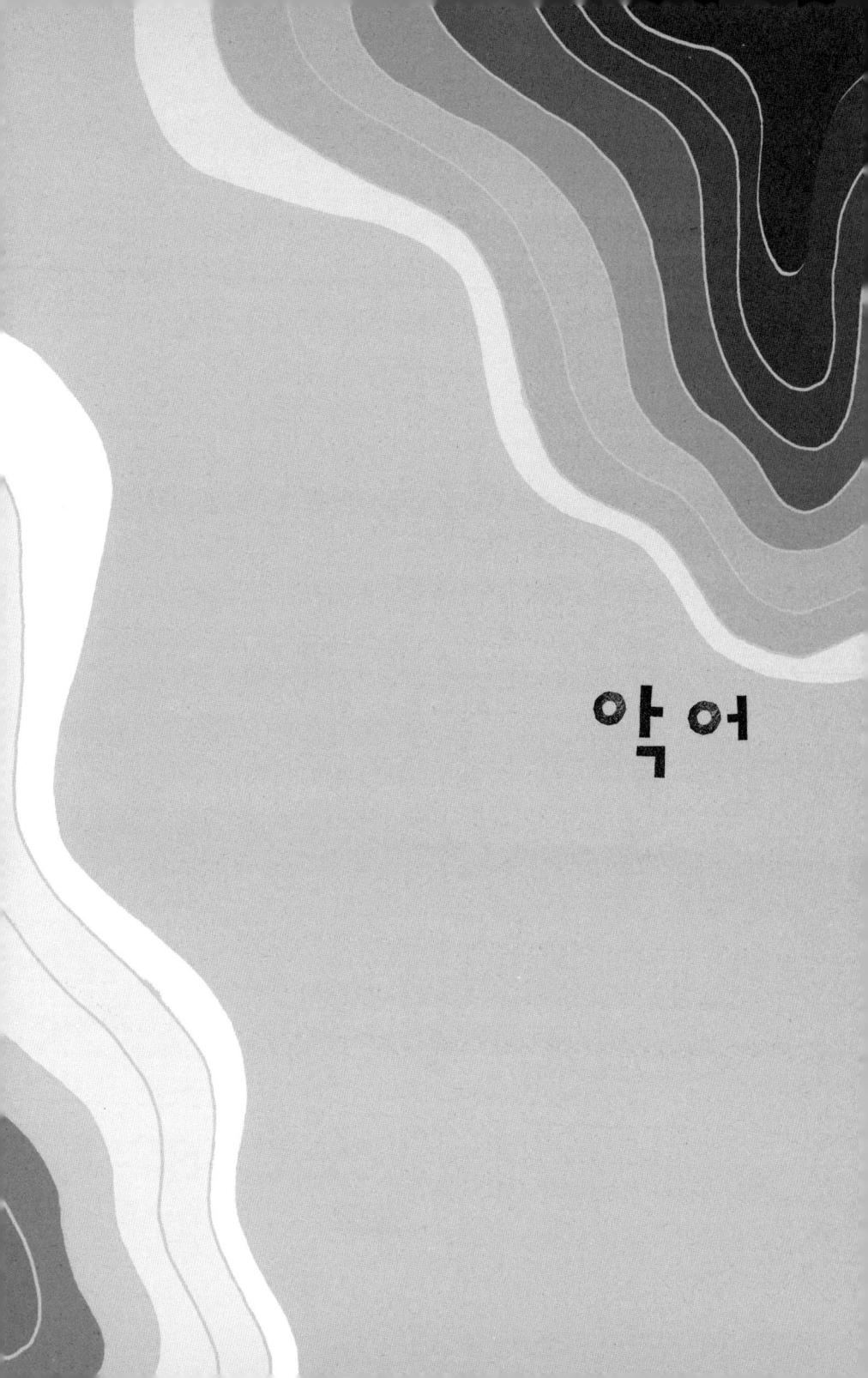

악어

근데 형! 악어가 바다에도 살 수 있어? 살 수도 있겠지, 진화만 한다면. 하지만 지금까지 바다환경에 적응한 악어는 존재하지 않아. 그럼 악어가 상어가 될 수는 있다는 얘기잖아. 딴은 그래. 다만 내가 알기에 아직 악어는 소금기만 느끼면 악, 하고 소리를 지르는 미진화종 파충류일 뿐이야. 그럼 악어를 퇴치할 방법은 뻔하네? 내가 확신에 찬 목소리로 말했다. 형이 나를 어처구니없다는 듯 내려다보았다. 악어를 바다에 처넣자고? 너는 바다에만 상어가 사는 줄 아냐? 내가 눈을 동그랗게 치떴다. 육지에는 더 악랄한 상어가 살고 있어. 육지의 상어? 그래, 이를테면 상어 같은 인간들이 많다는 얘기지. 그러니깐 악어가 바다에서도 죽지 않을 수 있다는 거야? 당근!

어느새 약방 골목이었다. 어시장 난전에서 장사를 하는 괴물이 거기 있었다. 순간 내 가슴에서 도마 위의 칼 치는 소리가 타타타, 났다. 형도 괴물을 본 모양이었다. 누가 먼저랄 것도 없이 우리는 재빨리 골목 모퉁이로 몸을 숨겼다. 내가 쿵쿵거리는 가슴을 한 채 말했다. 괴물이 여기엔 웬일이야? 형이 되받았다. 그러게 말이야. 그렇다고 설마 우리 죽일 사약을 구하러 온 건 아니겠지? 우리는 한동안 숨어서 괴물의 행동을 지켜보았다. 직립보행이 불편한 구식 괴물은 변함없이 구부정한 자세로 걸어가기만 했다. 혹시 괴물이 낡아 수리받으러 가는 길은 아닐까? 내가 혼잣말을 하자, 형이 되쏘았다. 그럼, 병원 가야지, 약방 골목엔 왜 와! 형의 말에 난 고개를 끄덕이지 않을 수 없었다. 형이 또 말한다. 네 말대로 괴물이 고장 난다는 건 우리의 일용할 양식을 잃는 엄청난 대재앙이긴 해. 기회는 이때다 싶어 나도 지지 않고 쭝얼거렸다. 하여튼 이 동네는 이상해, 괴물에다가 악어까지 설쳐대니 말이야.

악어를 처음 본 곳은 동찬 형의 집 앞에서였다. 형과 나는 그 집에서 나오던 길이었다. 잽싸게 대문을 빠져나오다가 나도 모르게 **악!**, 소리를 지르고 말았다. 큼직한 보퉁이를 든 여자와 부딪치고 만 것이다. 여자의 덩치는 코끼리만 했는데 뼈대 또한 어찌나 단단한지 쇠에 부딪친 듯 아팠다. 하지만 괴물이 달려올지 몰랐으므로 도망가지 않을 수 없었다. 그런데, 형과 내가 바닷가 작업 창고에서 부른 배를 두들기며 놀다가 집에 들어갔을 때, 두 사람의 입에서 합창하듯이 **어?**, 소리가 터지고 말았다. 거기, 여자가, 아니 우리가 악어라고 부르게 된 여자가 누워 있었던 것이다. 방문을 연 우리는 한동안 우체통처럼 꼼짝할 수 없었다. 방을 거의 다 차지하고 누워 악어는 태연하게 잠에 빠져 있었다. 드르릉거리는 콧소리는 장마철의 천둥, 그 자체였다. 두 사람은 서로의 얼굴만 쳐다보며 물음표를 교신했다. 이 여자가 어떻게 여기에 와 있을까?

우리 삶과 영혼의 아지트. 드디어 작업 창고였다. 이곳에서 악어를 퇴치할 긴급 대책회의를 갖기로 했던 터였다. 창고 위에는 갈매기 서넛, 액세서리처럼 떠다니고 있었다. 형과 나는 안으로 들어갔다. 할머니가 사라진 후 창고에는 거의 오지 않았다. 다른 잠녀들마저 입수를 꺼려 사용하지 않는지 창고 안은 형편없었다. 갯강구와 그리마가 어깨동무를 한 채 놀다가 인기척에 우왕좌왕할 정도였다.

이 주소로 찾아가봐. 끄응. 어느 날 아버지가 내게 말했다. 그게 무슨 말씀이세요? 끄응, 할머니가 이사를 가지 않았으면 거기 살고 계실 거란 얘기다. 그럼 아버지는 어떡하구요? 내 걱정은 마. 아버지가 나을 동안만 거기서 지내는 거니깐. 끄응. 아버지는 말을 마친 후 고개를 푹, 꺾었다. 영도구 신선동 400번지. 그때까지만 해도 영도라는 섬에 집이 총 사백 채만 있는 줄 알았다. 그랬기에 아주 가볍게 사백 번만 물어도 찾을 수 있을 거라 믿었다. 하지만 영도구 신선동만 해도 집이 사천 채는 넘었다.

신선동에 신선처럼 살고 있을 거라 믿었던 할머니. 하지만 민관이 합동으로 찾아준 할머니는 중세 마녀나 마찬가지였다. 게다가 할머니와 집이 기막히게 초절정의 조화를 이룬 모습을 보자 어안만 벙벙했다. 내가 넋을 놓고 있을 때, 할머니는 대뜸 험악한 말부터 쏟았다. 미친놈! 책임도 못 질 거면서 새끼는 와 슬었누. 네? 너 말고 네 아비 말이다. 할머니는 까만 가죽옷을 챙기기 시작했다. 뭐 하시게요. 보면 모르냐? 할머니는 생전 처음 본 손자에게 밥 대신 지청구부터 먹인 다음 바다로 향했다.

할머니가 나간 다음 나는 집 주변부터 살피지 않을 수 없었다. 집 뒤에 엄청나게 큰 바위가 금세라도 집을 덮칠 듯 앉아 있어 불안해서였다. 큰 바위 아래에는 여러 개의 돌들이 떠받치고 있는 형국이었다. 책에서 봤던 고인돌 모양이었다. 가까이 가보니 아래의 돌들도 생각보다 덩치가 컸다. 틈새의 어두운 공간이 마치 낯선 세계로 향하는 출입구 같았다. 나를 빨아들일 듯한 두려움에 얼른 방으로 들어왔다. 그런데 방 구조 또한 특이했다. 출입문을 열고 들어왔는데 눈앞에 또 뙤창문 같은 작은 문이 나 있었던 것이다. 혹시 뒷문인가 싶어 열었더니 우둘투둘

한 바위벽이 가로막고 있었다. 그런데도 큰 바위 아래에 섰을 때처럼 으스스한 바람이 불어왔고 이상한 소리도 들리는 듯했다. 나는 재빨리 문을 닫았다. 나갈 수도 들어올 수도 없는 문. 그런데 왜 문을 내놓은 거지?

이상할 거 하나도 없다. 이사 올 때부터 있었으니까. 할머니의 대답은 의외로 간단했다. 그럼 할머니, 혹시 마녀나 무당은 아니었어? 무슨 얼토당토않는 소리, 이 할미는 평생 잠녀였을 뿐이다. 잠녀? 너희들이 해녀라 부르는 잠녀 말이다. 해녀든 잠녀든, 그게 중요한 게 아니었다. 중요한 건 이상한 집 구조에 있었다. 하지만 할머니는, 별걸 걱정한다는 듯 콧방귀를 뀌더니 자리에 누워버렸다. 물일을 오래해 귀까지 잘 들리지 않는 사오정이니 긴 얘기조차 나눌 수도 없었다.

할머니의 귀는 먹통이었지만 눈만은 밝았다. 고둥이며 해삼, 돌멍게, 미역이나 다시마, 문어 등속을 보는 대로 잡아 올렸다. 운 좋으면 전복을 캐기도 했다. 물론 그건 한 달에 한 번 정도 있을 만한 일이었지만. 나는 물결 위의 꽃봉오리처럼 노니는 할머니를 바라보며 작업 창고에서 시간을 보내곤 했다. 무료하면 아버지와 어머니를 떠올렸고, 함께 살면 좋겠다는 생각을 간절히 하기도 했다. 오늘은 복날이구먼! 전복을 캐는 날을 할머니는 '복날'이라 했다. 그런 싱글벙글 좋아하던 복날, 복장 터질 소식이 날아들었다. 아버지가 영영 가족으로부터 이탈했다는 거였다.

이거 한 알 먹어봐라. 할머니가 건넨 것은 하얀 은단처럼 생긴 거였다. 이상하게 요게 하나씩 생겨난단다, 이 집에서는. 할머니의 말에 나는 뒷문부터 살피기 바빴다. 문이 열려 있었다. 씁쓰레한 입 안 가시는 데는 요만한 것도 없다, 먹어봐. 아버지의 소식에 난 속이 아렸기에 은단을 삼키고야 말았다. 그나저나 나도 곧 떠나야 하는데 지놈이 먼저 가다니. 쯧쯧. 그래도 애야, 명심해라. 사람은 누구나 보석이란 걸. 그래서 사람은 죽어도 누군가의 가슴에 보석이 되어 박힌다는 사실을. 할머니가 젖은 목소리로 말했다. 할머니의 말 탓인가. 싸한 향이 입에서 몸으로, 몸에서 다시 가슴까지 퍼져나갔다. 그러다가 명치끝이 은단이 박힌 듯 싸르르 아려왔다. 나는 재빨리 뒷문을 닫았다. 그리고 해오던 버릇대로 할머니의 팔과 다리를 주무르기 시작했다. 여전히 눈길은 텔레비전에 박은 채였다. 화면 속에서는 세 바퀴만 돌면 잘록한 허리에도 불구, 괴력을 뿜어내는 '원더우먼'이 맹활약 중이었다. 날아가는 헬리콥터를 끌어내리기도 했고 엄청난 바위를 집어 던지기도 했다. 케이블TV의 원더우먼이 부러웠다. 나도 저런 힘을 가진다면 이 세상의 삽자루를 전부 부러뜨리고 아버지를 다시 구해올 수 있을 것만 같았다. 하지만 나는 '언더우먼'인 할머니를 마사지하는 애처로운 아이일 뿐이었다.

언더우먼 할머니랑 산다고? 난 술고래랑 산 적이 있는데. 처음 작업 창고에서 만난 형이 한 말이다. 술고래가 누군데? 응, 그건 우리 아버지야. 형의 손에는 외계인처럼 생긴 낙지 한 마리가 꿈틀대고 있었다. 그게 신기해 형의 손만 쳐다보았다. 마치 외계 인간 같았다. 먹어볼래? 형이 말했다. 내가 고개를 젓자 형이 또 말했다. 이걸 씹으면 엄마 생각이 나. 엄마라는 말에 솔깃했다. 다리 하나를 이빨로 물어뜯자 입 안에서 꿈틀대기 시작했다. 천천히 씹어봐. 그럼 엄마 젖꼭지 맛이 날걸? 정말 엄마 젖꼭지를 빨듯 천천히 씹었다. 엄마 젖 맛이 나는 것도 같았다. 하지만 형이 건넨 낙지를 모조리 삼켜도 엄마 얼굴은 까만 성경 표지였다.

하이고, 이 일을 어쩌누, 이 일을 어쩌누. 할머니의 단짝 잠녀의 넋두리였다. 뒤에 따라오는 줄 알았는데 돌아보니 할머니가 보이지 않더라고 했다. 하지만 난 짐작하고 있었다. 할머니도 아버지처럼 내 곁을 떠나리란 걸. 다만 예고가 없었다는 것이 속을 아리게 했을 뿐이었다. 그때, 뒷문이 열려 있었고, 방바닥에 은단 한 알이 반짝이고 있었다. 할머니가 웅크리던 몸이 뭉쳐 하얀 보석이 되었을까. 난 할머니가 은단 한 알만 남긴 채 사라진 사실을 형에게 알리고 싶었지만 그날따라 형은 보이지 않았다. 쓰린 속을 달래려 은단을 집어삼켰다. 쓰르르, 은단향이 입 안에 퍼지면서 동그란 눈물이 솟구쳤다. 그래도 이상하게 힘이 솟는 느낌이었다.

 넌 상어가 되기보단 상어 사냥꾼이 돼야 해. 아버지는 상어처
럼 거침없이 세상을 헤맸다. 하지만 아버지는 고작 몇 푼의 월
급을 요구하다 삽자루에 허리를 맞은 뒤 누워만 지냈다. 네 아
버진 이제 노동 면에서나 성적 측면에서나 완전 실업자로구나.
엄마가 집을 나서기 전에 마지막으로 한 말이다. 어머니는 현재
10년째 가출 중이다. 운이 좋은 건지 나쁜 건지 그동안 난 엄마
의 얼굴도 잊고 말았다. 형, 상어도 구할 수 있어? 설마 시장통
에 흔한 개상어를 말하는 건 아니겠지? 내가 당연하다는 표정
을 지었다. 형이 물었다. 근데 왜 상어가 먹고 싶은 거야? 상어
사냥꾼이 되고 싶어서. 상어가 아니라 상어 사냥꾼? 형이 알듯
말듯한 표정으로 되물었다. 그러더니, 잠시만 기다리라고 했다.
역시 형의 손재주는 알아줄 만했다. 상어는 헤엄치는 걸 멈추면
상어가 아니지. 최고의 사냥꾼에서 먹이로 둔갑하는 순간이야.
형이 내 앞으로 생선덩이를 내밀었다. 상어의 고깃살인 '돔배
기'였다. 난 꽁꽁 언 고깃살을 우적우적 씹고 또 씹었다. 마치
이놈의 상어가 아버지와 할머니를 삼킨 것처럼. 마지막 살점까
지 다 집어삼켜도 내 식욕은 줄어들지 않았다. 형, 나랑 같이
살지 않을래? 형은 잘 알고 있다는 듯이 말했다. 알았어, 대신
당분간이야.

일단 네 엄마 얼굴부터 떠올려봐. 혹시 몸집이 컸어? 모르겠
어. 그랬던 것 같기도 하고 그렇지 않은 것 같기도 하고. 네가
기억하지 못해서 그렇지 엄마일 가능성이 커. 그렇다면 왜 내게
알은척을 안 해? 그거야 당연하지. 악어는 자고 있었는데 뭘.
그럼 동찬이 집 대문 앞에서 만났을 때는? 그때야 당연히 다급
했으니깐 얼굴 확인할 짬이 있었겠냐? 형이 엄마일 확률이 높
다고 단정했지만 난 아무리 머리를 굴려도 엄마 얼굴이 떠오르
지 않았다. 머리를 굴리면 굴릴수록 엄마 얼굴보다는 배만 고파
올 뿐이었다. 내 기억력을 살피던 바다도 지쳤는지 물러나는 중
이었다. 참아, 그렇다고 여기서 바닷물을 마실 순 없잖아. 그럼,
동찬이 집에 다시 가. 형이 대뜸 말을 받았다. 동찬이도 지금쯤
굶고 있을걸? 이 시각이면 괴물이 와 있을지도 모르고. 하긴 형
의 말이 옳았다. 밥통의 밥이며 냉장고의 반찬까지 우리가 싸
악 핥아버렸으니 먹을 게 있을 리 없었다. 하지만 배가 너무 고
픈걸. 형은 한동안 말이 없더니 결국 마음을 굳힌 듯 엉덩이를
들었다. 할 수 없지 뭐. 일단 악어를 퇴치하려면 생태부터 파악
할 수밖엔. 형이 게릴라처럼 재빨리 녹슨 칼을 주머니에 집어
넣었다.

혹시 간첩이 아닐까. 이곳에 오래전에 무장간첩도 침투했었
대. 주린 배를 움켜쥔 채 내가 말했다. 여자 간첩도 있냐? 형이
퉁박을 주었다. 있을 수 있지. 〈쉬리〉란 영화에 나오는 간첩도

여자잖아. 그럼 신고할까? 신고하면 우리 둘 다 수용 시설로 가게 될지 몰라. 그럼 좋은 방법은 없어? 우리 스스로 간첩 같은 여자를 내몰 수밖에. 그물로 생포하면 어때? 동물원에 팔아도 제법 많은 돈을 벌 수 있을 거야. 걷다 보니 파도 소리도 사라지고 없었다. 처치하려면 칼보다는 총이 더 낫지 않을까? 내가 형에게 다시 물었다. 총을 구하는 게 문제지. 감천항에서는 러시아산 총도 구할 수 있대. 형의 재주로 슬쩍하면 되잖아. 형은 어처구니없다는 듯 나를 보며 말했다. 있는 곳을 알아내는 게 더 어려운 법이야. 그런 물건은 '돔배기'와는 달리 취급하거든. 형의 말대로라면 총으로 제거하는 방법도 우리에겐 무리였다. 어느새 대책 없이 신선동 400번지 앞이었다.

골목에는 약 냄새가 진동하고 있었다. 냄새의 발원지는 동찬형네 집이었다. 괴물할매가 약방 골목을 왜 배회하는지 알 것 같기도 했다. 최근 들어 부쩍 탕제 달이는 냄새가 오래 풍겼다. 냄새를 맡자 환자가 된 것처럼 머리가 어지러웠다. 배가 고파서 그런 거야. 조금만 참아. 형이 주머니 속의 칼을 매만지며 말했다. 우리는 조심스레 문 앞으로 다가갔다. 안에서는 인기척이 없었다. 혹시 싶어 조심스레 문을 당겼다. 어? 악어가 사라졌어!

악어가 서식지를 옮긴 걸까. 악어가 저절로 사라진 걸 믿을 수 없었다. 형이 말했다. 이건 뭐지? 형이 턱짓으로 가리키는 곳에 뭔가 놓여 있었다. 악어가 가슴에 품고 있던 보퉁이는 아니었다. 악어가 갑자기 밥상으로 둔갑이라도 한 걸까. 우리는 서로의 얼굴을 쳐다보며 눈망울만 키웠다. 형이 덮어놓은 신문지를 걷었다. 밥상 위엔 하얀 이밥에 미역국, 그리고 몇 가지 반찬까지 가지런히 놓여 있었다. 와우, 케이블TV 속의 원더우먼이 다녀가셨나? 내가 혼잣말을 하자 형이 되받았다. 아니, 우렁각시가 다녀갔다고 보는 게 더 맞는 얘기 같아. 그럼, 우렁각시가 덩치가 그렇게 커? 그건 나도 모르지. 우렁각시를 책 밖에서는 한 번도 보질 못했으니깐. 좌우간 배 속 충전부터 하고 볼 일이었다. 우리는 걸신들린 귀신마냥 밥을 입으로 퍼 넣기 시작했다. 살다 보니 희한한 날도 다 있네? 내가 웃으며 말하자 형이 말했다. 그나저나 부작용이 있을지 모르니깐 빨랑 네 엄마 얼굴이나 기억해내!

부작용은 없었다. 부른 배를 공처럼 통통 두들겨도, 마구 뒹굴어도 피부에 반점 하나 생기지 않았다. 우리는 나란히 자리에 누워 TV를 켰다. 악어가 없으니 방이 두 배로 늘어난 느낌이었다. 화면 속에는 까만 피부의 아이들이 목다리를 신고 춤을 추며 거리를 행진 중이었다. 나도 저런 거 신고 싶어. 아마 저걸 신으면 하늘도 한층 가까이 보일 거야. 세상도 눈 아래로 보일 거고? 맞아, 신발값도 왕창 절약할 수 있겠지. 우리는 서로 맞장구를 치며 깔깔거렸다. 그러다가 이내 잠에 빠졌다. 그게 악어와의 신경전 탓인지 뜻밖의 포식 덕인지 알 수 없었지만 오랜만에 꿈도 꾸었다. 엄마는 나를 끌어안고 잠이 들었고 나는 엄마의 가슴을 쥔 채 코를 곯았다. 그런데 꿈이 너무 생생했다. 마치 현실 속에서 엄마의 젖가슴을 만지는 기분이었다. 나도 모르게 눈을 떴다. 내가 만진 건 악어의 가슴이었다. 악어가 언제 다시 온 걸까. 주위를 아무리 살펴도 형은 보이지 않았다.

와우, 이거 형이 만든 거야? 작업 창고에서 형을 보자마자 소리치고 말았다. 날렵한 몸에 펄럭일 듯 솟아오른 돛과 마스트. 이물과 고물의 멋진 문양이 완전한 범선이었다. 당장 바람만 분다면 바다로 달려나갈 태세였다. 역시 형의 솜씨는 놀라워. 형이 씨익, 웃었다. 기다려봐. 이제 실제 범선을 만들 테니깐. 형은 당장 범선을 만들고 말 것처럼 쓸 만한 자재를 고르기 시작했다. 형은 처음엔 나처럼 비행사가 되고 싶어했다. 하지만 이나라에는 현실적으로 제약 조건이 포도송이처럼 많다는 걸 알고는 항해사로 꿈을 바꿨다고 했다. 시간이야 좀 걸리겠지만 형은 자신이 직접 만든 배로 항해를 할 날이 올 것이다. 적어도 나는 그렇게 믿고 있다. 형은 배를 몰고 어디로 갈 거야? 산호섬으로. 가다가 해적들이 숨긴 보물섬을 찾으면 부자가 될 수도 있을 거야. 나도 따라가고 싶어. 그건 곤란해. 난 여기를 떠나면 두 번 다시 돌아오지 않을 테니깐. 형은 목재를 다시 다듬기 시작했다.

악어가 형의 엄마일 수도 있어! 형이 실눈을 한 채 말했다. 난 엄마 얼굴을 정확히 기억하고 있는걸. 하지만 성형을 했을 수도 있잖아. 그래도 엄마의 얼굴이며 피부색은 절대 아냐. 엄마는 적도의 태양 아래 자라 새까맣거든. 그럼 저 여자는 누구야? 그야 뻔하지. 형이 나를 물끄러미 쳐다보았다. 내 엄마가 아니라니깐. 기억도 못 하면서 그걸 어떻게 알아? 그냥 직감으로. 그럼 엄마가 보고 싶지 않아? 보고 싶어. 형은 바다를 향해 돌팔매를 날렸다. 펑, 바다가 깊이 우는 소리를 냈다. 형, 그럼 떠날 거야? 생각 중이야. 우리 같이 살아. 약속했잖아. 그건 엄마가 없을 때의 이야기지. 다시 형이 팔매질을 했다. 펑. 형의 표정이 건드리기만 해도 눈물을 펑, 쏟을 것만 같았다. 얼른 집에 들어가. 시간이 제법 흘렀어. 난 이상하다. 배가 아픈 건 참아도 고픈 건 참을 수 없다. 이게 형과 나의 차이일까.

집 앞에 오니 한약 냄새가 또 풍겼다. 동찬 형이 아픈 걸까. 형은 스무 살인데도 아이 같다. 해서 그냥 동찬이라고도 부른다. 동찬 형은 밥숟갈도 제대로 쥐지 못한다. 뜬금없이 괴물할매의 목소리가 골목을 휘감았다. 망할 놈들! 어떤 놈인지 걸리기만 해봐라. 다리몽둥이를 분질러놓을 테다! 어디 할 짓이 없어 남의 밥그릇을 훔쳐 먹어. 얼른 골목으로 몸을 숨겼다. 그

소리가 마치 나를 보고 외치는 것만 같았다. 괴물할매는 내게 밥을 같이 먹도록 부탁하기도 하고 내 밥까지 준비해두곤 한다. 그런데 형까지 가세했으니 양이 모자랄 수밖에 없다. 어쩌면 할머니는 밥도둑을 잡기 위해 몸을 강하게 하려는 것은 아닌지 모르겠다. 동찬 형의 비명 소리가 들린다. 억지로라도 먹어야 살지. 할미가 평생 널 챙겨주고 있을 줄 아냐!

대문을 들어서기 무섭게 태풍 소리가 났다. 악어는 곤한 잠에 빠져 있었다. 내가 문을 열고 들어서도 마치 거친 바다를 헤엄치듯 푸푸, 거센 파도 소리를 낼 뿐이었다. 나는 가만히 여자의 얼굴을 들여다보았다. 아무리 봐도 나를 닮지 않았다. 그러고 보니 얼굴이며 온몸에 상처며 흉터 자국이 많았다. 그런데 악어가 나 없는 사이에 일어났던 것일까. 구석에 놓인 밥상이 보였다. 밥상보도 신문지에서 예쁜 레이스가 장식된 것으로 바뀌었다. 밥상보를 들추니 아직 따스한 온기가 배인 밥과 반찬이 놓여 있었다. 배가 고팠으므로 나는 숟갈부터 들었다. 배가 부르자 형 생각이 났다. 악어는 여전히 코를 골며 자고 있었다. 부엌에서 그릇을 꺼내 밥과 반찬을 담았다. 그때였다. 또 나가는 거니? 돌아보니 악어가 일어나 있었다. 그런데 악어의 눈이 이상했다. 눈에는 까만 눈동자 대신 하얀 먹구름이 가득 뒤덮여 있었다. 마치 수온이 올라가는 철에 강의 상류로 거슬러 올라오는 숭어의 흐릿한 눈 그 자체였다. 너무 늦지 않도록 해라. 악어는 마치 마지막 유언처럼 뱉듯 나직하게 말하더니 다시 잠자리에 쓰러졌다.

배를 만든다더니 이건 뭐야? 창고에 도착하기 무섭게 내가 물었다. 배가 하루아침에 만들어지는 게 아니지. 우선 떠나기 전에 네게 선물할까 하고. 떠난다는 말에 심장이 멎는 듯했다. 사람에겐 발이 날개래. 발이 없으면 갈 수 없으니깐. 아마 내 몸처럼 느껴지려면 많은 연습이 필요할 거야. 형은 TV에서처럼 정말 긴 목다리를 만들어놓았다. 우와, 세상이 다 보여! 나도 모르게 소리치고 말았다. 담 너머 보이지 않던 사람들의 삶이 보이고 장독이 보이고 나무의 끝이 보이고 가려졌던 건너편 큰 길도 보였다. 높은 하늘의 별들도 다 보일걸. 사라진 사람들은 저렇게 하늘로 올라가 반짝인대. 형이 말했다. 형의 말처럼 하늘에 반짝이는 수없이 많은 소행성들까지 보이는 듯했다. 그럼 우리 아빠랑 할머니도 저기 있겠네? 형은 흐뭇하게 웃었다. 형 것도 만들어. 형은 고개를 저었다. 난 엄마 때문에 이미 바다를 택했는걸. 내게 필요한 건 오로지 배뿐이야. 형의 표정이 점점 어두워지고 있었다. 형은 정말 바다로 떠나려는 것일까. 나는 입을 닫지 않을 수 없었다. 형이 다시 목재를 다듬기 시작했다. 멋진 다리를 선물한 형이 자랑스러웠다. 하지만 형이 떠난다니 기분이 우울했다. 형이 떠난다면 나는 또 혼자가 될 것이다. 어떤 수를 써서라도 악어를 물리쳐야 했다.

네 엄마가 아닌 게 확실해? 형이 덥석 내 말을 물었다. 나는 확신에 찬 듯 고개를 끄덕였다. 엄마 얼굴이 똑똑히 기억이 났어. 부러 나는 진지한 포즈를 취했다. 엄마도 아닌 그년이 내게 폭력까지 휘두르고 험한 욕까지 해댔는걸. 형의 얼굴이 전기스토브처럼 붉어지기 시작했다. 이러다간 집까지 빼앗아갈까 봐 무서워죽겠어, 형! 내가 생각해도 진짜 거룩하고 굉장한 거짓말이었다. 형은 한동안 침묵을 지켰다. 그러더니 결심을 굳혔는지 어금니에 힘을 실었다. 좋아! 내 용기를 무이자로 빌려주지. 나는 마치 악어를 물리친 것처럼 기분 좋았다. 악어의 약점은 흐릿한 눈 같아. 아무것도 보질 못해. 형은 내 말에도 아무런 대꾸 없이 걷기만 했다. 형이 천천히 항구 쪽으로 접어들었다. 예리한 송곳 같은 걸로 찔러도 놀라 도망갈 것 같은데. 형은 어떻게 생각해? 너 도마뱀이 급할 때 어떻게 도망가? 꼬리를 끊지. 바로 그거야. 엄마가 얘기해준 적 있어. 엄마의 고향엔 악어가 많았었대. 그럼 악어도 꼬리만 자르면? 와우, 나는 함성을 지르고 말았다.

잠깐! 앞서 가던 형이 손으로 내 걸음을 막았다. 약방 골목으로 들어가는 괴물이 보였다. 우리는 목적도 잊은 채 괴물의 동정을 살피기 시작했다. 괴물은 한약방 앞 쓰레기봉투 앞에 서더니 주위를 두리번거렸다. 그러더니 쓰레기봉지를 쥐고선 종종 걸음을 쳤다. 우리는 서로 마주 보며 눈을 키웠다. 형, 근데 한

144

약재쓰레기도 약이 될 수 있어? 어차피 약이니깐 쓰레기도 약이긴 마찬가지겠지. 근데 저걸 왜 먹는 거야? 둘 다 버티기 작전이지. 하나가 쓰러지면 끝장이니까. 형의 말에 나도 모르게 생각이 깊어졌다. 제에미, 동찬이 밥 훔쳐 먹는 것도 쉽지 않을 것 같다야. 형은 얼굴에 잔뜩 먹구름을 만들고 있는 중이었다.

꼬리를 자를 연장이라면 정박한 배 어딘가에 있을 것이다. 날은 아직 훤했으나 일단 물건이 있는 장소와 현장 주변을 파악할 필요가 있었다. 모처럼 스릴 있는 밤이 될 것 같았다. 근데 형, 짜구가 뭐야? 내 물음에 형이 대답했다. 그냥 나무를 깎는 연장 중의 하나야. 나중에 그게 '자귀'라는 걸 알았지만, 스릴을 꿈꾸던 그날 밤 우리는 그 자귀에 맞아 죽을 뻔했다. 아무도 없는 배라고 생각해 기계실에 숨어들었는데 당직 선원이 나타난 거였다. 어, 이 도둑고양이 새끼들 좀 보소? 우리는 비명 소리 하나 지르지 못했다. 나보다 한 뼘은 큰 형이었지만 멱살을 잡히자마자 공중부양을 당했고, 그러고는 끝이었다. 졸지에 우리는 곧장 해양경찰서 직행 노선을 타고 말았다.

니네들 집도 절도 없는 녀석들이지? 내가 꿈꾸던 상어 사냥꾼이었던 경찰. 하지만 경찰은, 보면 보이지만 인상은 남지 않는 그렇고 그런 얼굴로 나그치기만 했다. 만약에 부모 연락처나 집 주소 말하지 않으면 수용 시설로 확 처넣어버린다. 내 꿈은 경찰의 말 한 마디 한 마디에 박살 나고 있었다. 꼬박꼬박 대꾸를 잘하던 형도 그 질문 앞에서만은 아무 말이 없었다. 모든 걸 체념한 듯한 형의 일그러진 얼굴이 너무 안타까웠다. 갑자기 마음에 호랑이 얼룩무늬가 생겨나는 기분이었다. 수용 시설은 안 돼요. 우린 집도 있고 거기엔 악어도 살고 있는 걸요! 나도 모르게 소리를 지르고 말았다. 경찰은 악어라는 말에 크하하, 웃어젖혔다. 그렇다고 설마 악어가 나타날 거라고는 생각도 못했다. 코끼리 발자국 같은 소리가 경찰서 바닥을 흔들 때까지 우리는 설친 잠 때문에 코를 고는 중이었다. 십자군원정대처럼 씩씩하게 걸어 들어오는 악어를 보는 순간 나는 까무러치고 말았다.

두부 한 모와 우유 1.5리터 하나 사오렴! 집에 도착하자마자 악어가 말했다. 돈이 없는데요. 악어는 내 그럴 줄 알았다는 듯이 자신의 주머니를 뒤지더니 만 원짜리 한 장을 꺼내 던졌다. 순간 형이 내 눈치를 살폈다. 빨랑 가지 않고 뭐 하니? 악어는 생각보다 말랑말랑한 말투를 지니고 있었다. 형과 나는 재빨리 골목으로 향했다. 우리 엄마는 만날 투덜거리기만 했는데. 내가 낮게 말했다. 형이 말을 받았다. 나도 엄마 생각이 나. 형의 엄마는 어땠는데? 그런 건 묻지 마, 마음 아프니깐. 나는 형의 잔뜩 일그러진 표정에 입을 다물 수밖에 없었다. 형이 말했다. 일단 악어의 말을 듣자, 그런 다음에 행동해도 늦진 않을 테니깐.

146

어서 먹으렴! 거의 천사 수준의 발언이었다. 자세히 보니 악어의 눈을 휘감고 있던 하얀 구름 같은 것은 보이지 않았다. 그 바람에 우리는 더 철통같은 경계 태세를 갖춘 채 악어의 눈치를 살피지 않을 수 없었다. 너희들, 왜 사람들이 감방서 나올 때 두부를 먹는 줄 아니? 내가 고개를 저었다. 새로워지기 위해서다. 빨랑 먹어보렴. 형이 먼저 두부를 우적우적 씹었다. 덩달아 나도 두부를 입 안 가득 깨물었다. 형이 목이 메는지 가슴을 쳐댔다. 가만히 지켜보던 악어가 우유팩을 형 앞으로 내밀었다. 뺏어 먹지 않을 테니 천천히 먹어. 형과 나는 우유를 나눠 마셨다. 생각 같아선 내 젖이라도 짜주고 싶다만 말라비틀어진 지 오래라 미안하구나. 여자는 그 말을 끝으로 피곤한지 다시 누워버렸다. 우리는 우유를 깡그리 비운 다음 멍하게 악어의 눈치만 살폈다. 이제 보따리 싸서 내 눈앞에서 사라져,라는 말이 나오지 않은 게 다행이라 여겼다. 눈을 감고 잠을 청하던 악어가 배시시 눈을 떴다. 여기 살던 애들이랑 다 어디들 갔는지 아니? 처음부터 우리가 살고 있었는데요. 그럼, 너희만 한 애들을 본 적이 없다는 얘기니? 두 사람이 합창하듯 고개를 끄덕였다. 여자가 다시 방 안을 휘둘러보았다. 이상해. 달라진 건 하나도 없는 것 같은데. 혹시 말이다. 아직 은단은 나오니? 그제야 난 그 여자는 이 집에서 쉽게 쫓아낼 수 없는 존재임을 알아챘다. 내 아이들을 한 번만이라도 보고 싶었는데. 엄마 없이도 훌륭하게 자라는 모습을 보고 싶었는데. 여자가 방바닥에 얼굴을 묻더니 으으으, 슬픈 소리를 냈다. 악어의 눈에 은단 같은 하얀 눈물이 고이는 걸 우리는 보았다. 너희들도 엄마가 보고 싶지? 엄말 미워하는 건 아니지? 형과 나는 서로 눈치만 살폈다. 사는 일이란 건 정말 힘들구나. 그래도 절대 포기해선 안 돼. 알겠지? 슬픈 자세로 쓰러져 있던 악어는 잠시 뒤, 코를 골기 시작했다. 마치 그 모습이 겨울잠을 자는 곰 같기도 했다. 우리는 조심스레 집을 나섰다.

골목으로 나오니 동찬 형이 보였다. 동찬 형은 집을 나가는 방법은 알아도 돌아오는 방법을 모른다. 해서 몇 번 고생한 형의 할머니는 일을 나갈 때마다 대문을 잠갔다. 동찬 형, 여기서 뭐 해? 할매, 할매! 안 왔쩌. 할머니가 안 오다니. 그럼 간밤에 무슨 일이 있었단 말인가. 함께 집에 가보자. 형이 말했다. 집은 텅 비어 있었다. 며칠 집을 비웠는지 밥그릇은 물기 하나 없이 말라붙어 있었고 김치그릇에도 보글보글 거품이 일고 있었다. 개수대에도 그릇들이 지들끼리 말타기를 하고 있었다. 할머니가 어디로 가버린 걸까?

악어가 죽인 건 아닐까? 내가 말하자 형이 내 머리를 쥐어박았다. 일단 어시장부터 가보자. 도둑질한 보상은 해야잖니. 혹시 경찰이 또 우릴 붙잡으면 어떡해? 내가 물었다. 형이 웃으며 말했다. 우리에겐 악어 엄마가 있잖아. 아하, 그렇구나. 나도 덩달아 웃었다. 우리는 동찬 형과 함께 어시장으로 향했다. 좌판을 벌이던 곳에도 할머니는 보이지 않았다. 혹시 싶어 약방 골목까지 살폈다. 거기에도 할머니는 없었다. 지친 우리는 방파제 난간에 걸터앉아 바다만 바라보는 처지가 되고 말았다. 그래도 동찬 형은 넓은 바다를 보며 히죽히죽 웃기만 했다. 저 위대한 인간을 치유하는 처방전은 왜 없을까. 형이 이기죽거렸다. 거리에 불빛이 하나둘 돋아나기 시작했다. 다리가 아팠지만 큰길까지만 가보기로 했다. 하지만 그곳에서도 할머니의 소식은 쥐꼬리만큼도 얻을 수 없었다. 우리는 주저앉은 수레처럼 허탈한 심정으로 길바닥에 엉덩이를 부렸다. 맘마, 밥! 동찬 형이 어눌하게 말했다. 그러고 보니 나도 배가 고팠다. 형, 집에 가. 악어가 저절로 사라질 시간이야. 내가 말했다. 형도 마지못해 일어서는 느낌이었다.

형, 혹시 악어도 야행성동물인 거 아냐? 야행성인가 그건 몰라도 착한 동물인 건 확실해. 방 안에 놓인 밥상을 끌어당기며 형이 말했다. 밥상보를 들추자 밥상 위에는 낯선 반찬들이 놓였다. 계란 프라이에 미역국, 그리고 생선 조림과 마른 김 조각. 우리에게는 진수성찬이었다. 동찬 형은 끼니를 굶은 지 제법 오래였던지 허겁지겁 달려들었다. 우리도 서둘러 숟가락을 쥐기 바빴다. 갑자기 숟갈질을 하던 형이 방바닥을 내려다보고 있었다. 거기 무언가 하얀 것이 반짝이고 있었다. 난 대번에 그게 무언지 알아챘다. 동찬 형을 물끄러미 바라보았다. 동찬 형은 제 입에 밥을 퍼 넣느라 정신없었다. 이게 어디서 나왔지? 형이 은단을 보며 물었다. 난 부러 못 들은 척했다. 마치 아주 멀리서 반짝이는 소행성 같아. 그건 먹어도 되는 거야. 사람은 죽어도 완전히 사라지는 게 아니래. 사랑하는 사람의 가슴에 보석이되어 남는대. 누가 그래? 우리 할머니가. 나는 은단을 집어 형에게 내밀었다. 형이 갑자기 동찬 형을 바라보았다. 그러더니천천히 고개를 저었다. 이건 내 몫이 아냐. 난 어차피 바다라는 우주를 항해해야 하니까. 동찬 형에게 은단을 내밀었다. 동찬 형은 은단을 냉큼 삼켜버렸다. 그럼, 정말 떠날 거야? 형이 다른 곳으로 눈길을 보냈다. 어차피 난 토종 한국인도 아니잖아. 더군다나 이제 너도 많이 컸고.

머릿속에서 파도 소리가 일고 물살을 가르는 형의 거친 숨소리가 들렸다. 눈을 떠보니 동찬 형만 내 곁에서 코피리를 불며잠들어 있었다. 형은 보이지 않았다. 덩치 큰 악어도 없었다. 밖은 훤하게 밝아 있었다. 나는 형이 나가는 걸 눈치챘다. 하지만눈을 감고 잠든 척했을 뿐이었다. 형은 걸음을 멈칫하더니 내이마에 키스를 했다. 그때 직감했다, 형이 떠난다는 사실을. 그리고 가슴에 뭔가 뭉클, 하고 맺히는 것을. 형은 지금쯤 산호섬으로 향하고 있을까. 아니면 엄마를 만났을까. 역시 방바닥에하얗게 빛나는 은단이 보였다. 그런데 그게 하나가 아니라 두

알이었다. 게다가 하나는 이전의 은단 크기와 사뭇 달랐다. 마치 작은 구슬만 했다. 순간 뒷문을 바라보았다. 문이 활짝 열려 있었다. 그런데 거기서 자꾸 쏴아쏴아, 하는 파도 소리가 났다. 꿈이었던가. 알 수 없었다. 덩치 큰 악어는 바다를 질주하고 있었고, 악어의 등에는 분명히 형이 타고 있었다. 방문을 열고 밖으로 나왔다. 눈앞에 은단같이 하얗게 빛나는 태양이 떠 있었다. 어, 저건 언제부터 있었지?

(『좋은소설』 2007년 가을호)

바닷가
그 집에서, 이틀

야, 이상만! 너 운전 초보지? 혜주가 계속 신경 거슬리게 잽을 날리는 중이다. 졸지에 즐거워야 할 길이 삐걱대고 있다. 그대도 인생 초보시잖아요? 혜주의 입에서 핏, 소리가 터진다. 꼴에 뿔난 성질 더 건드렸다간 돌아가자고 난리를 피울 것 같다. 이쯤에서 분위기 뒤집어야겠다. 내가 슬쩍 눙친다. 그러게 급한 성질머리 좀 죽이시든가 하지 않고는. 니가 웅덩이에 빠진 게 내 잘못이야? 발밑부터 확인했어야지, 장마철인데. 그렇다고 웅덩이에 차를 대는 기사새끼가 어딨어? 아, 씨발. 차 밑에 있는 웅덩이를 내가 어떻게 다 아나? 그러니까 확실히 살펴보고 차를 세워도 세워야지! 이렇게 팽팽하게 나가다간 내가 먼저 열 뻗쳐 돌아버릴지 모른다. 안 그래도 날씨마저 한짜증, 하는 중인데. 할 수 없다, 내가 저 성깔이 더러워서라도 참아줘야지. 이제 거의 다 왔으니까 동만이 잡아 멋진 휴가 보낼 생각이나 하자. 그래도 혜주는 지지 않고 깐죽거린다. 그럼, 그게 휴가야? 사냥 가는 거지. 괜히 긁어 부스럼이다. 거참, 되게 까칠하게 구네. 그럼, 처음부터 따라나서지 말든가. 누가 먼저 가자고 했는데? 니가 먼저 고민이 눈처럼 폭폭 쌓여 미치겠다고 했잖아! 그런 기분을 누가 먼저 잡쳤냐고! 아, 알았다, 알았어. 미안하게 됐다. 그래도 잘못했단 소리는 끝까지 안 하네, 미친놈이? 그게 그거지. 아냐, 미안하다는 말과 잘못했다는 말은 달라. 어째서? 잘못한 건 잘못한 거니까 미안하다고 해선 안 되는 거지. 나 참, 여자애가 성깔 하나는 타고났다. 그게 뭐 다르다고 저리 똥고집일까. 저런 애를 뭐가 좋다고 달고 나설 생각을 했을까. 어쩌면 그때부터 내 머리가 이상했는지 모르겠다. 혜주는 더 이상 입방아 찧기 싫다는 듯 창밖만 내다보고 있다. 빵빵, 하는 소리가 울린다. 뒤에 왜건 한 대가 바짝 붙어 있다. 여차하면 추월할 기세다. 안 그래도 열선 뻗쳐 죽겠는데 저것까지 개지랄이다. 저런 새끼는 내가 아무리 초보라도 용납을 못 하신다. 액셀러레이터를 힘껏 밟는다. 주행거리 18만 킬로미터를 넘어선 낡은 액센트 자동차가 부르르 떤다. 서서히 알피엠이 오른다. 와우, 스릴 짱이다. 달리다 보니 눈앞에 속도 감시 카메라가 나타난다. 하지만 상관없다. 어차피 딱지가 날아와도 내 몫은 아니니까. 더 힘껏 밟는다. 한참 달린 후에야 뒤를 살피니 왜건이 보이지 않는다. 샛길로 빠졌거나 추격을 포기한 모양이다. 그제야 속력을 늦춘다. 한소끔 소낙비가 내렸지만 햇살이 장난 아니다. 덥다 못해 뜨거울 정도다. 에어컨은 켜나 마나다. 등허리로 수십 마리 벌레가 단체로 이동하는 것 같다. 혜주는 여전히 벌레 씹은 표정이다. 괜히 마음이 켕긴다. 청바지에 자꾸 눈길이 간다. 바지에는 황토색 물무늬가 오롯이 돋아 있다. 근데 그 무늬가 이전부터 웅덩이에 빠져 지낸 것처럼 혜주에게 딱 어울린다. 부러 만들려 해도 만들 수 없을 정도로.

달릴수록 자동차는 더 헉헉거리는 기분이다. 엔진 소리 때문에 큰 소리가 아니면 대화조차 불가능할 지경이다. 전화 오잖아! 갑자기 혜주가 소리친다. 시디 보관함 속에 놓아둔 휴대폰이 깜빡이고 있다. 누군지 좀 봐줘. 내가 왜? 아, 씨발. 지금 초보께서 존나 운전 중이시잖아. 혜주가 마지못해 인상을 구기며 휴대폰을 낚아챈다. 그러더니 화면의 발신자 번호를 확인하며 내게 디민다. 받아, 준수 선배! 그래? 그럼, 그냥 둬. 보랄 땐 언제고 이젠 또 왜 놔두래? 아, 니기미. 뻔히 알면서 그러냐? 그제야 상황 파악이 끝난 듯 혜주가 쏘아본다. 초보에 이젠 도둑운전까지 하서, 이 미친 잡놈께서? 할 말이 없다. 인정한다. 하지만 너랑 같이 있고 싶어서 그랬다는 말은 하기 싫다. 쪽팔리게 남자가 어찌 그런 말을 할 수 있는가. 휴가비 털린 것도 존심 꽉꽉 구겨가면서 겨우 말했는데. 준수 형이야 똥줄이 타든 말든 우리의 여정은 계속되어야 한다. 눈앞에 수용포 마을이라는 안내판이 보인다. 드디어 사냥터다. 마을은 길 아래로 휘어진 해안을 따라 들어서 있다. 집들은 이제 막 파도에 떠밀려온 듯 질서가 없지만 그런대로 한 번은 봐줄 만하다. 초입으로 들어선다. 생각보다 경사가 심하고 길도 좁다. 씨발, 길이 왜 이리 좆같냐? 내가 이렇게 만들라고 했어, 왜 나한테 시비야? 말을 말아야겠다. 대화가 계속될수록 분노 게이지만 치솟는다. 차는 바닷속으로 기어들어가는 것만 같다. 신경이 쭈뼛쭈뼛 선다. 허락 없이 몰고 나와 차까지 박살 내놓았다가는 준수 형에게 난타 공연을 당할 거다. 제기랄, 손바닥에 끈적끈적하게 땀이 밴다. 혜주에게 긴장하고 있는 모습까지 들킬까 봐 그것마저 신경 쓰인다. 드디어 선창이다. 선창 주변에는 작은 배들이 묶여 있다. 동만이 없으면 어쩔 건데? 혜주가 기다렸다는 듯이 따지고 든다. 집에 간다고 했으니깐 있겠지. 없으면? 없으면 찾아서라도 인간 개조 확실히 시켜놔야지, 씨발. 꼴값을 떠서요, 미친놈께서. 눈앞에 마을회관이 보이고 그 곁에 물건을 파는 구판장도 보인다. 회관 앞 공터는 제법 널찍하다. 저기 가서 마지막으로 녀석의 집이나 확인하자. 이 몸께서는 꼼짝 못한다는 거 알지? 혜주는 진지 모드 작동 중이다. 차를 세운 뒤 혼자 터벌터벌 가게로 향한다. 가게 안에 졸라 괴상하게 생긴 영감탱이가 앉아 있다. 꼭 외계 생명체 같다. 그는 손님이고 뭐고 밀려오는 더위가 더 성가시다는 듯 부채질에만 열중이다. 생수 두 병을 쥐고 영감 앞에 주소를 내민다. 영감이 턱을 올려 세운다. 장동마이 갸는 와 찾노? 예, 볼일이 있어서요. 무슨 볼일? 까다롭게 구는 영감탱이다. 생긴 것도 외계인 같은 주제에. 할 수 없이 내가 몇 마디를 보태자 영감이 입을 연다. 그라만 여서 저짜 모티로 가. 갯가 마지막 철제 대문! 그게 끝이다. 영감은 선풍기 머리채 낚아채기 바쁘다. 니미럴, 무슨 저런 싸가지 쌈 싸 먹은 주인이 다 있다냐그래. 생수병을 쥔 채 밖으로 나오니 혜주가 서 있다. 날씨가 이래서 금세 새까만 흑인 되겠다고 까탈을 부리더니 왜 납셨냐? 미친놈, 너 마중 나온 줄 알아? 혜주의 눈길이 머문 바다 위에 나비가 날고 있다. 혜주는 노랑나비만 쳐다본다. 마치 날개 달린 꽃이라도 본 꼴이다. 헌데 가만 보고 있자니 꽁하던 표정의 그녀가 아니다. 저게 바다 냄새에 살짝 맛이 가셨나. 분위기 파악도 할 겸 부러 흰소리를 쳐본다. 혹시 너 온다고 환영 나온 거 아냐? 혜주가 마빡을 구기며 되쏜다. 꿀값도 없어 여기까지 온 주제에 계속 꼴값이셔요. 괜히 무안해진다. 어째 저리 분위기를 모를까. 하긴 그러니 그 졸라 흔한 대학생 될 생각도 않겠지. 준수 형네 호프집에서 알바 뛸 때부터 알아봤어야 하는데. 차가 다시 움직이기 시작한다. 얼마 가지 않아 길이 툭 끊기며 해안이 펼쳐진다. 끝 집이라, 그러면 저 집 같은데? 그제야 혜주도 길게 목을 뽑는다.

　몇 번이고 인기척을 냈지만 개 소리뿐이다. 이 집구석엔 개새 끼들만 사는 모양이네? 내가 빈정거려도 개는 짖어댄다. 그런데 소리가 이상하다. 컹컹이나 멍멍도 아닌 먹먹, 이다. 그 바람에 이 몸까지 먹먹해지는 기분이다. 아버지한테 잔소리를 먹을 때 먹먹해지던 것처럼. 혹시 이 자식 눈치채고 튄 거 아냐? 내 말에 혜주가 이죽거린다. 그깟 돈 몇 푼에 줄행랑을 쳐? 영영 안 볼 짜식도 아닌데. 일단 작전상 철수하고 요 앞 선창가에서 망이나 때리자. 혜주가 버럭 언성을 높인다. 이 꼴로 선창엘 가 자고? 그럼 어떡해, 아무도 없는걸. 생각하는 게 바늘구멍이 따로 없다니까. 혜주가 문을 부수기라도 할 것처럼 다가간다. 잠시 뒤 대문에서 삐이익, 소리가 난다. 어어? 나도 모르게 입이 벌어진다. 혜주가 대문 안으로 들어선다. 야, 근데 대문이 잠기지 않은 건 어떻게 알았냐? 내가 뒤따라가며 묻자 혜주가 턱짓을 한다. 마당 구석에 개집이 보인다. 그 앞에 온몸이 허연 개가 노려보고 있다. 엉덩이를 깔고 앞다리를 세운 꼴이 세상의 단맛 쓴맛 다 본 영락없는 노인이다. 가축이 집에 있는 한 절대 문을 잠그지 않아. 그건 또 왜 그러냐? 이 구제 불능의 초딩 같으니라구. 그럼 먹이는 어떻게 처먹냐? 저처럼 묶여 있는데도? 넌 이웃집엔 왜 사람이 산다고 생각해? 개는 낯선 사람이 다투는 게 더 재미있는지 짖지도 않는다. 확실히 영악한 놈이다. 혜주가 안의 동정을 살피기 시작한다. 그 꼴이 제법 노련해 보인다. 대문이 열려 있다면 안에 사람이 있을 수 있다. 어쩌면 지금 한창 낮잠에 빠져 있을 수도. 하지만 예상은 완전히 빗나간다. 계십니까, 장동만! 실례합니다, 주무십니까? 안에 아무도 없어요? 다양한 장단으로 합창을 해도 쥐 새끼 소리 하나 없다.

160

할 수 없이 현관문을 당겨본다. 대문과 달리 굳게 닫혀 있다. 확실히 비었네. 니미럴, 이제 어쩐다냐? 혜주가 다시 한 번 주위를 살핀다. 그러더니 성큼성큼 개집으로 향한다. 그녀가 다가가자 개가 머리를 곤추세우고 혜주를 쳐다본다. 그사이에 나는 집 주변을 살핀다. 생각보다 집이 아담하다. 동백나무며 대문 앞에 꽃대를 올린 산나리도 졸라 예쁘다. 이런 집에 한번 살아봤으면. 뜬금없이 아버지 생각이 난다. 아 씨발, 이래선 안 되는데. 휴가까지 와서 이게 뭔 쓸데없는 생각이람. 혜주가 열쇠 꾸러미를 쥐고 서 있다. 어, 어디서 찾았냐? 잘 봐, 개밥그릇이 몇 갠지. 그러고 보니 밥그릇이 두 개이다. 두 갠데 하나는 왜 엎어놓았겠냐? 내가 눈을 씀벅이자 혜주가 입을 연다. 열쇠를 감췄다는 건 멀리 출타를 감행하셨다는 거지. 혜주는 마치 자기 집이라도 되는 듯 당당하게 문을 딴다. 그러더니 먼저 안으로 들어선다. 혜주의 대갈빡 굴리는 솜씨가 여간 아니다. 인문계와 실업계는 다르다고 염병을 떨더니 역시 인문계답다. 같이 오길 잘했다는 생각이 든다. 좋다. 일단 집에서 기다리자. 그러면 녀석이 올 것이다. 동만이만 만나면 휴가는 본 게임에 접어들 수 있다. 설령 동만이를 못 만나도 상관없다. 어차피 녀석의 부모에게 받아내도 받아내고 말 테니까. 그때 휴대폰이 눈치 없이 운다. 씨발, 또 준수 형이다. 사정없이 전원을 꺼버린다. 우와, 에어컨도 다 있네? 혜주가 탄성을 지른다. 내가 봐도 실내가 어촌 집답지 않게 깔끔하다. 마치 주인의 꼼꼼한 성격을 보는 듯하다. 정갈한 가구와 배치들, 게다가 현대식으로 개조한 부엌은 휴가지 펜션에 도착한 것만 같다. 주인의 조심스런 성격을 닮았는지 안방문도 조용히 열린다. 정면에는 문갑이 놓였고 그 위에 차곡차곡 정리해놓은 약상자와 봉지들도 보인다. 젊어서는 밥 힘, 늙어서는 약 힘이라더니 아예 약을 재놓고 사는 양반들이구만. 내 말에 혜주가 눈살을 찌푸린다. 이 정도의 약이면 부모 중에 어느 한 사람이 심각하단 거야, 이 미친 분아! 그럼, 부모 약값으로 훔쳐갔을 수도 있으니 나더러 도둑놈과 붕우유신이라도 하란 얘기야? 내 말에 혜주가 이마에 갈매기를 띄운다. 그러거나 말거나 난 반대편 방으로 향한다. 예상대로 녀석의 방이다. 책상 위의 사진액자 속에서 동만이가 웃고 있다. 마치 나를 놀리듯 천연덕스러운 웃음이다. 캬, 녀석의 얼굴에 침이라도 뱉어주고 싶다. 녀석은 내가 찾아올 줄 꿈에도 생각 못 했을 것이다. 녀석이 내 성질머리를 몰라도 너무 몰랐다. 이제 녀석이 나타나면 얼굴을 완전히 리모델링해버릴 거다, 씨불남! 야, 잘 됐다. 이 자식 올 동안 여기서 죽때리자. 내 말에 혜주는 딴청이다. 난, 우선 몸부터 씻을래. 다리가 썩는 기분이거든. 혜주가 욕실 앞에서 서둘러 바지를 벗는다. 엉덩이에 앙증맞게 걸려 있는 팬티가 보인다. 노란색이다. 마치 좀 전에 본 바다 위를 날던 나비, 그 나비가 날아든 것 같다. 혜주가 힐끗 돌아보더니 소리친다. 바지나 빨아서 널어, 볕 좋을 때 마르게! 갑자기 열선 뻗는다. 내가 네 옷을 왜 빨아! 운전을 그따위로 하신 미친

놈이 누구신데? 또 그 소리. 그래, 이렇게 나오는 이상 일단 참자. 하지만 그냥 고분고분할 순 없다, 명색이 사내새끼가. 야, 넌 문 닫을 줄도 모르냐, 기집애가? 그래도 혜주는 문 닫을 생각은 없이 휘파람만 불어젖힌다. 바지를 거머쥔 채 마당으로 나선다. 마당가에 수도꼭지가 있는 걸 봤으니까. 거실로 돌아올 때까지 욕실의 노랫소리는 멈추지 않는다. 열린 욕실문 틈으로 혜주의 엉덩이와 가슴이 드러났다 숨기를 반복한다. 저게 꼭 나를 놀리는 것 같다. 하지만 이대로 치고 들어갔다가는 낭패 보기 십상이다. 혜주의 지랄 같은 꼭지가 또 돌 수 있으니까. 열없이 녀석의 방으로 건너온다. 책상 서랍이고 간이장롱을 살펴도 돈이 될 만한 물건이 없다. 그 흔한 구형 엠피스리플레이어도 안 보인다. 거실로 나와 넉장거리를 한다. 가동되기 시작한 에어컨 성능 죽여준다. 더위가 금세 가시는 듯하다. 장거리 운행 탓인지 눈이 뻑뻑하고 하품이 절로 터진다.

발자국 소리가 난다. 이어 스테인리스 그릇이 뒹구는 소리도 요란하다. 재빨리 상체를 일으켜 밖으로 나선다. 개집 앞에 웬 노파가 쪼그리고 앉아 있다. 누구시죠? 노파가 놀랐다는 듯이 휙 돌아본다. 아니, 묻는 총각은 대체 누고? 노파의 표정이 딱딱하다. 아, 예. 전 이 집에 사는 동만이 친군데요. 동마이? 네. 집에 놀러 오라고 해서 왔는데 보이질 않네요. 그라몬 이짝으로 피서 온 기라? 난 옳다구나 싶어 고개부터 끄덕여 보이고는 호

기롭게 되묻는다. 근데 식구들은 죄다 어디 갔나요? 요즘 이 양
반들이 대중이 없어. 할매가 시도 때도 없이 앓아싸서. 노파는
끙, 소리를 내며 무릎을 편다. 앞에 놓인 그릇에 개밥이 수북하
다. 노파는 제 할 일은 다했다는 듯 대문 쪽으로 향한다. 혜주
가 바깥 동정을 살피다가 웃으며 말한다. 노인네들 안 오면 완
벽한 민박집이네. 혜주의 웃는 꼴로 보아 기분이 조금 풀린 모
양이다. 헌데 혜주의 웃음이 야릇하다. 성깔도 죽었으니 이쯤이
면 대시해도 까탈을 부릴 것 같지 않다. 좋다. 어차피 빈집, 분
위기도 띄울 겸 필 왔을 때 한번 붕 뜨는 거다. 혜주의 귀에 기
쁜 소식이라도 퍼 넣듯 속삭인다. 야, 우리 지금 한 게임 뜰까?
빅 사이즈야. 혜주는 여관에서와 달리 내게 퉁바리를 날린다.
알아서 해결해. 화장실로 직행하든지, 제풀에 지쳐 작아질 때까
지 참선을 하든지. 어, 이게 아닌데. 여전히 기분이 다운 상태인
가? 그렇다고 내친걸음 물릴 수 없는 법. 그래, 누가 이기나 해
보자. 그녀를 뒤에서 와락 끌어안는다. 그러자 혜주가 몸을 돌
리더니 눈에 힘을 싣는다. 야, 이상만. 내가 아무 데에서나 가
랑이 벌리는 거 봤어? 잠시 머쓱해진다. 이런 상태라면 한판
떠도 내 거시기만 존나 고생할 게 뻔하다. 기분 왕창 구겨진다,
니미럴.

　개 짖는 소리가 난다. 도둑커피를 한창 마시던 중이다. 두 사
람은 서로 눈치를 살핀다. 차문 닫는 소리가 일더니 잠시 뒤 발

자국 소리까지 점점 커진다. 혜주가 눈짓을 한다. 마지못해 엉덩이를 들고 밖으로 나선다. 시간이 제법 흘렀는지 대문의 그림자도 길게 늘어졌다. 하따, 날씨 한번 쥑이주네. 영감님 안에 기슈? 개집 앞에 웬 중년 사내가 쪼그리고 앉아 있다. 희한하다. 오늘따라 오는 사람마다 왜 죄다 개집 앞에 모인다냐. 어, 영감님 아들인가 보네? 옳거니, 말하는 꼴로 보아 동네 주민은 아닌 모양이다. 왜 그러쇼? 부러 거드름을 피우며 묻는다. 거 왜 전번에 영감님 말한 것처럼 해주겠수. 애지중지 키웠다니까 대신 내가 손해 보고 몸에 좋은 약재 팍팍 넣어 고아줄 테니깐 약발받으면 이리로 전화라도 한번 때려주슈, 헤헤. 사내는 사람 좋은 웃음까지 처바르며 명함까지 건넨다. 개가 사내의 말을 알아듣기라도 했는지 사정없이 짖어댄다. 변함없이 먹먹, 하는 소리다. 조용히 안 해? 나는 부러 주인처럼 큰소리까지 친다. 허어, 요놈 조상이 서당 먹물을 먹고 살았나 보이. 소리 한번 요상시럽네. 사내는 주저 없이 개의 목줄을 잡아챈다. 동물도 사람을 알아보는 것일까. 아니면 사내에게서 풍기는 냄새 탓일까. 목줄이 잡히자 개는 더 요란하게 짖는다. 그러더니 애원하듯 나를 집요하게 바라본다. 괜히 시선을 다른 곳으로 옮겨버린다. 개는 끌려가지 않으려 버틴다. 어허, 요놈이 이 집에서 잘 먹고 잘 살았으면 효도해야지! 사내는 개를 냉큼 안아 올린다. 개의 몸이 허공으로 떠오른다. 그러거나 말거나 난 잽싸게 돌아선다. 잠시 뒤 엔진 소리가 나고 이내 소리는 멀어진다. 주위는 다시

고요해진다.

밤이 깊다. 혜주와 나는 나란히 차 안에 앉아 있다. 주인 없는 집에서 밤까지 새울 순 없어 나온 길이다. 주인이 나타나면 다시 쳐들어갈 작정이었다. 하지만 어둠이 짙어져도 아무도 나타나지 않자 후회가 인다. 동만이 이 새끼는 왜 문자까지 씹어재껴? 이럴 줄 알았으면 저녁까지 충전하고 나오는 건데, 씨. 덩달아 혜주도 왕짜증이다. 이대로 계속 죽칠 거야? 이왕 참은 거 조금만 더 기다려. 이젠 거의 팔십 프로는 우리 펜션이니까. 주인도 없겠다, 돈 들 일도 없겠다, 이처럼 기막힌 경우가 어디 있을까. 차라리 아무도 안 왔으면 좋겠다 싶기도 하다. 그때 혜주가 솔깃한 말을 뱉는다. 야, 술 땡기는 데 이왕이면 한잔 꺾으면서 잠복근무라도 때려. 씨발, 이건 너무 밍밍하잖아! 그래 맞다. 까짓것, 이왕 휴가를 위해 나선 길 아닌가. 조금 빨리 분위기 띄우는 것도 나쁘지 않다. 동만이야 어차피 눈앞에 있으니 그물만 던지면 그만이니까. 좋아. 분위기 화끈하게 업시켜보자구. 두 사람은 차를 몰고 가게로 향한다. 대신 오늘은 전부 '깡'으로 마시는 거다? 혜주가 가게로 들어서기 전에 불쑥 내뱉는다. 그대 쪼대로 하세요. 혜주는, 작정이라도 했는지 정말 '깡' 소주에 새우깡, 감자깡, 고구마깡만 골라잡는다. 가게 주인은 평생을 그렇게 살기로 작정했는지 여전히 무뚝뚝하다. 진짜 밥맛이다. 가게를 나온 우리는 선창가 가로등 아래 다시 차를 세운다. 가로등 불빛이 바다 위에 기름처럼 떠서 일렁거린다. 상현달도 보인다. 장마철에 모처럼 보는 광경이다. 우리는 나란히 강소주를 마신다. 번갈아가며 병나발을 불자 금세 취기가 오른다. 달빛 탓일까. 아니면 빈속에 마신 술 탓인가. 몸은 금세 달과 함께 둥둥 떠올라 일본을 지나 아프리카까지 나아가는 기분이다. 혜주가 생각났다는 듯이 입을 연다. 야, 우리 심심한데 진실게임 한번 깔까? 혜주의 혀가 어느새 살짝 꼬여 있다. 조금이라도 쌩깐다거나 구라 치면 안주 없이 나발 불기, 어때? 나쁜 제안은 아니다. 어차피 남아도는 건 시간. 어떻게 보내든 보내야 한다. 조오치, 바로 플레이 걸어. 그럼 시작한다. 너, 왜 독립군 생활하냐? 첫 질문치고는 너무 빡세네, 씨. 진실대로 말하면 되잖아, 짜샤. 집에 가기 싫어서. 왜? 잠시 침묵이 흐른다. 말을 하려니 어째 좀 쪽팔린다. 하지만 게임이라니 답은 해야 할 것 같다. 아버지 땜에. 아버지가 어쨌길래? 그건 일급비밀이라 말하기 곤란해. 씨불남, 처음부터 규칙 어기고 나서시네. 진실을 말하지 않는 것과 구라랑은 달라. 뭔가 감춘다는 건 상대방을 속이는 거야. 숨기는 게 전부 상대방을 속이는 건 아냐, 상대방을 배려하는 거지. 너하고 계속 이빨 까고 싶지 않아. 빨랑 술이나 처마셔. 어쩔 수 없이 벌컥벌컥 술을 들이켠다. 다음 질문! 혜주가 다시 말을 잇는다. 왜 너만 질문해, 씨발녀야! 나중에 너도 하면 되잖아, 씨불남아! 치밀어 오르는 화를 새우깡에게 풀어버린다. 아삭아삭. 소리가 제법 날카롭다. 너, 왜 째고

쌘 직업이 육지에도 많은데 선원 됐어? 먹고 자는 게 완전 공짜거든. 그래서 뭍과 물을 오가는 양서류 생활을 힘들게 자청했다? 생각보다 그렇게 힘든 건 아냐. 그렇게 돈 모아서 뭐 하려고? 집 사려고. 집 사서 뭐 하게? 남 눈치 안 받고 맘껏 떠들며 살고 싶어서. 집 사고 나면? 그때 되면 내가 하고 싶은 거 하며 살 거다. 뭐 하고 싶은데? 운반선 같은 작은 것 말고 졸라 큰 배 몰고 먼바다를 항해하고 싶어. 그게 쉬워? 쉽진 않으니까 고민 중이지. 아버지 얘기 좀 해줘. 일급비밀이라고 했잖아, 인마! 내 거친 목소리에 혜주가 잠시 말을 잃는다. 그러더니 다시 입을 연다. 넌 내가 막산다고 생각해? 그럼 아니냐? 난 씨불남들 생리를 조사 중이야. 넌 왜 남자를 조사하고 다니냐? 그건 남자란 잡것들을 믿지 못하겠으니까. 믿지 못하게 한 그 잡것들의 이름은? 둘인데? 그럼, 둘 다 이름을 대. 말 못 해! 이름 따윈 두 번 다시 입에 담고 싶지 않으니까. 씨발, 너도 진실을 숨기고 있잖아. 혜주가 기다렸다는 듯 입을 연다. 그럼 하나만 물어보자. 넌 누굴 정말 사랑해본 적 있어? 아니. 누굴 잊으려고 노력해본 적은? 어디서 많이 들어본 노랫말 같다? 그딴 거 집어치우고 대답이나 해, 짜샤! 사랑한 적은 없지만 사랑하게 된다면 열나 사랑하고 싶어. 그래? 열나 사랑하면 얼마나 잊는 게 힘든 줄 알아? 내가 눈을 치떠도 혜주의 말은 계속이다. 난 애새끼까지 낳을 각오였어. 그런데 그 새낀 안 그랬어. 아빠처럼 무책임한 놈이었지. 니네 아빠는 어떤 사람이었는데? 너도 아버지 얘긴 안 했잖아, 쌔꺄! 성질 한번 더럽다. 나 또한 입 섞기 싫어 바다만 바라본다. 차 안은 한동안 정적만 휩싸인다. 간간이 술병 홀짝이는 소리가 일 뿐이다. 파도 소리가 슬쩍슬쩍 옆구리를 건드린다. 나쁜 분위기는 아니다. 혜주의 눈치를 살핀다. 참 난감하고 이상한 애다. 하지만 혜주의 그런 화끈한 성격이 마음에 든다. 아니면 오늘같이 가슴 까발릴 기회도 없을 테니까.

야, 강혜주! 재미난 얘기 하나 해줄까? 응, 하고 혜주가 코맹맹이 소리를 낸다. 제법 술에 취한 모양이다. 한 장애인이 지하철 선로 위로 떨어졌어. 지하철을 기다리던 사람들은 선로 밑만 내려다보며 발만 동동 굴렀지. 혜주가 눈망울을 키운다. 그때 기차를 기다리던 대학생 한 명이 가방을 내던지고 뛰어들었어. 불쑥 혜주가 말꼬리를 잡아챈다. 씨발, 하필 대학생이냐? 왜, 대학 다니는 친구 년들이 또 내장 뒤집디? 아, 몰라 씨발. 하던 얘기나 계속해! 알았어. 어쨌든 그 대학생이 장애인을 무사히 구출해냈어. 헌데, 문제는 그새 노트북에 지갑 든 가방이 감쪽같이 사라져버린 거야. 혜주가 또 나선다. 스토리 뻔해지네, 그래서? 어떤 검정색 점퍼를 입은 남자가 가방을 열어보고는 잽싸게 튀는 게 CCTV에 잡혔지. 그게 공중파를 탔고. 혜주가 고개를 돌리며 묻는다. 감아산 그 새끼 완죠니 봉 잡았네. 근데 그 얘길 왜 해? 그 남자를 내가 잘 알고 있거든. 혜주가 뚫어져라 나를 쳐다본다. 그 남자, 젊은 나이에 아내와 사별했대. 암이었다나 봐. 재혼도 않고 혼자서 열심히 자식들 키워왔는데 아이엠에프를 맞아 직장까지 잃었고. 혜주가 침을 삼킨다. 하루살이 일용직으로 겨우 먹고살아가는데 하필 퇴근길에 자기 앞에서 일이 벌어진 거지. 사람들은 선로 쪽으로 몰려가 있지, 막내 생각은 나지, 순간적으로 눈깔 뒤집힌 거지. 막내가 왜? 그 잡것이 컴퓨터 느리다고 바꿔달라고 생떼를 썼거든, 사는 꼴 뻔히 알면서. 혜주는 아무 말이 없다, 창밖만 바라보며 깊은 생각에 빠진 듯이. 나도 모르게 숨소리가 거칠어진다. 술병에 저절로 손이 간다. 그제야 혜주가 나직이 입을 연다. 미안해. 뭐가? 새끼라고 욕해서. 괜찮아. 나도 처음엔 TV 보며 아버진 줄 모르고 좆나게 욕했으니까. 혜주가 느닷없이 소리치며 입을 연다. 야, 이상만. 나도 재밌는 얘기 해줄까? 어떤 인간이 있었어. 엄청나게 술만 마시고 무책임이 도를 넘친 괴짜였지. 그 인간은 손에 돈보다는 몽둥이를 쥐고 들어오는 날이 더 많았대. 헌데 그런 개 버릇을 가진 작자가 물건 하나는 끝내줬던지 씨발녀까지 생긴 거야. 여자가 가만있었겠어? 당연히 이혼을 요구했지. 그때 아마 아이가 여섯 살인가 그랬대. 내가 불쑥 끼어든다. 이건 정말 형편없이 잘못하신 개잡놈 이야기네. 혜주는 피식 웃더니 계속 말을 잇는다. 미안하다와 잘못했단 말을 이제 제대로 이해했네. 근데, 재밌는 건 그 개잡놈께서 제 핏줄이라고 딸한테 연락을 한 거야. 구라 까는 건지 몰라도 미안하다면서 한번 보고 싶다고. 혜주는 깊은 눈길로 바다만 바라본다. 그래서 넌 어떡할래? 모르겠어, 씨발. 혜주가 머리를 뒤흔든다. 그런 다음 혜주는 눈을 지그시 감아버린다. 나는 딱히 해줄 말을 찾지 못해 그녀의 손만 끌어당긴다. 바다 위엔 별들이 수북하다. 우리는 나란히 손을 잡은 채 앉아 있다. 더없이 포근한 느낌이다. 그때 혜주가 갑자기 소리치며 나선다. 야, 우리 필 꽉 꽂히는데 여기서 한 게임 뜰까? 갑작스런 말에 어리둥절해진다. 근데 여긴 좀 불편하지 않겠냐? 욕실보다야 훨 낫잖아. 혜주가 먼저 바지를 벗기 시작한다. 나도 서둘러 바지를 벗는다. 내 거시기가 벌써 빵빵해져 터질 지경이다.

눈을 뜨자마자 주위부터 살핀다. 거실이다. 그제야 간밤의 축제를 집까지 이은 것이 떠오른다. 그러나 언제, 어떻게 잠이 들었는지는 도통 기억나지 않는다. 구석에는 밤새 우리를 지켜보기라도 한 듯 빈 술병들이 꼿꼿하게 서 있다. 주위에는 과자 부스러기가 어지럽다. 혜주가 보이지 않는다. 몸을 일으키자 머리가 복숭아 통조림처럼 꿀럭거린다. 미치겠다. 이런 적이 별로 없었는데. 축제 분위기는 정말 캡이었다. 우선 냉장고부터 연다. 물을 마시니 한결 머리가 맑아지는 것 같다. 동만의 방에도, 안방에도 혜주는 없다. 대문 밖으로 나선다. 늦잠을 잤는지 햇살이 장난 아니다. 이 정도의 더위라면 바로 바닷물에 뛰어들어도 될 것 같다. 하늘은 장마철이라는 게 의심스러울 정도로 맑

다. 해변 갯바위에 앉아 있는 혜주가 보인다. 깊은 생각에 잠긴
듯 미동이 없다. 먼바다를 바라보며 무슨 생각을 하는 걸까. 언
제 저런 모습을 보여준 적이 있었던가. 어젯밤 기억들이 하나둘
떠오른다. 혜주가 그렇게 가슴 아린 계집애인 줄 몰랐다. 천천
히 바다로 향한다. 가까이 가도 혜주는 바다만 바라보고 있다.
무슨 생각을 그리하고 있냐? 짐짓 시치미를 떼고 묻는다. 혜주
가 나직이 입을 연다. 그냥 바라보는 중이야. 바다를 바라보고
있으니까 생각이 존나 넓어지고 깊어지는 것 같아서. 어쭈, 외
계어 같은 소리 하네. 혜주가 돌멩이를 주워 바다로 던지기 시
작한다. 얄랑이는 물결에 닿자 퐁, 하는 가벼운 소리가 난다. 그
소리가 마치 휴대폰 문자 뜨는 소리 같다. 혜주는 바다에게서
무슨 답장이라도 기다리는 것처럼 돌을 던지고 또 던진다. 덩달
아 나도 돌멩이를 던져본다. 생각보다 흥이 나지 않는다. 야, 우
리 바다가 얼마나 넓고 깊은지 직접 확인해볼까? 내가 먼저 윗
옷을 벗어젖힌다. 지켜보던 혜주가 입을 연다. 난 수영은 잘 못
해. 어릴 때부터 이상하게 물속에 들어가는 게 두려웠거든. 그
래서 웅덩이에 빠져 그 지랄을 떠신 거야? 그만해라, 양서류!
혜주가 입매를 일그러뜨린다. 한꺼번에 세수며 샤워까지 작살
내버리는 거다! 아침 날씨라 그런지 바닷물이 차갑다. 그래도
견딜 만하다. 너도 어서 들어와, 기분 짱이다! 혜주는 우두커니
바라보기만 한다. 들어와, 내가 죽어도 네 생명은 끝까지 지켜
줄 테니까! 독수리 오형제 같은 소리 하고 있네. 말은 그렇게

해도 혜주는 싫지 않은 모양이다. 혜주가 천천히 물속으로 들어온다. 물결이 허리까지 닿자 헤엄을 치기 시작한다. 근데 저건 무슨 수영 자세람. 버터플라이? 아니다. 웅덩이에 빠진 나비가 빠져나오려 허우적거리는 것 같고, 어떻게 보면 몸에 묻은 이물질을 털어내려는 발악 같기도 하다. 큭큭, 웃음이 터진다. 혜주가 이내 가쁜 숨을 내쉰다. 그러더니 근처의 갯바위에 올라앉는다. 혜주가 숨을 고를 동안 나는 배영 자세로 물살 위에 눕는다. 드러눕고 보니 온통 하늘이 파랗다. 천천히 팔을 젓는다. 마치 하늘을 날고 있는 기분이다. 한동안 그런 느낌이 좋아 배영을 즐긴다. 그러다가 타고 온 낡은 자동차처럼 부르르 떨리는 어깨도 달랠 겸 혜주 곁으로 간다. 혜주가 기다렸다는 듯이 입을 연다. 이곳이 이상하게 점점 마음에 들어. 어? 나도 방금 그 생각을 했는데. 그럼 너도 뭔가 확 씻겨 내려가는 기분을 느낀 거야? 그럼, 우린 통하는 게 많잖아. 통하는 게 뭐 있냐? 혜주는 시큰둥한 표정이다. 하지만 그다지 싫은 기색은 아니다. 생각해봐. 우선 둘 다 부모 중 한 사람이 없다는 점이 그렇고. 이혼과 사별은 다르지. 둘 다 나이도 같고. 생일은 달라. 둘 다 사랑을 간절히 원한다는 점. 난 그렇지 않은데? 둘 다 꿈꾸는 중이고. 난 꿈도 꾸지 않는 애늙은이야, 엄마가 될 뻔도 했고. 그래도 다시 시작하고 싶다는 점은 같을걸? 그만해, 씨발! 혜주가 버럭 소리를 지르더니 일어선다. 하지만 그런 모습조차 어째 귀여워 보인다.

욕실에 들어간 혜주는 나올 기미가 없다. 젖은 몸으로 거실에서 그녀가 나오기만을 기다린다. 바닷물에 들어갔다 나와 그런지 대갈통은 맑다. 하지만 배는 고프다 못해 쓰리다. 어서 씻고 라면 국물이라도 마시면 좋겠다. 성님, 인자 왔능교? 낯선 소리가 나더니 더럭, 현관문이 열린다. 마을 전체가 경로당 분위기이더니 이번 방문객도 노파다. 그런데 어제 왔던 노파가 아니다. 노파는 낯선 사람을 보자 아래위를 훑는다. 대체 젊은이는 누고? 이런 일을 몇 번 당하자 대답하기 짱 난다. 동만이 친군데요. 아하, 난 성님이 온 줄 알았더이 막내아들 친구였구먼. 그라만 아까 갯가서 헤엄치던 양반이라? 예, 하고 나는 마지못해 억지 고개까지 끄덕여 보인다. 그래 밥은 묵었는가? 아뇨, 아직이요. 멸치 그물에 오늘따라 딴 괴기가 몰려들어 몇 마리 가이꼬 왔어. 갓 잡아 싱싱하이 쩨져 묵어봐. 보이 처자도 같이 온 것 같으이. 노파는 내 앞으로 생선이 든 그릇을 불쑥 내민다. 그러더니 상대방 사정은 아랑곳 않고 곧장 돌아선다. 발소리가 점점 멀어진다. 그제야 혜주도 기다렸다는 듯이 욕실문을 열고 나온다. 이게 뭐야? 보면 모르냐. '바다의 보리'라는 고등어 선생이시지. 그래? 그럼 라면 대신 이걸로 조져볼까? 쌩까기는. 너 생선 조림이나 할 줄 알고 하는 얘기야, 지금? 양서류께서 그것만 다듬어주신다면야 못 할 것도 뭐 있냐. 깐에 여자라고 나서는 꼴이라니. 지가 언제 이런 음식이나 해봤으라고. 하지만 혜주는 작정한 듯 팔을 걷어붙이고 개수대 앞으로 간다. 좋다,

두고 보자. 나로서야 생선 손질은 이미 운반선 생활에서 이골이
나게 얻은 내공이니 손해볼 것도 없다. 혜주가 냉장고를 열고
양념을 찾아 설치더니 본격적인 요리 작업을 서두른다. 개수대
에 나란히 서 있으니 어째 신혼부부 같다. 아, 이렇게 살고 싶
어 아버지는 집을 갖고 싶었던 것일까. 아버진 먼저 보낸 어머
니 때문에 얼마나 많은 요리를 대신했을까. 갑자기 코끝이 시큰
거린다. 아, 씨발 내가 왜 이러나. 정신을 차리니 구수한 냄새가
실내를 장악하고 있다. 나중에 집주인 양반도 먹게 왕창 해버렸
다, 씨발. 설마 욕먹진 않겠지? 혜주가 착한표 공주처럼 히죽거
린다.

여전히 동만의 휴대폰은 꺼져 있다. 녀석의 행방이 지금처럼
궁금하기는 처음이다. 동만이 이 새끼는 정말 어디로 잠수를 탄
걸까. 혹시 우리가 온 거 다 알고 있는 거 아냐? 내가 되받아친
다. 안다고 노인네들까지 세트로 잠수 탔겠냐? 그냥 휴가 갔다
가 오는 길에 들러. 휴가비는 어쩌구? 있는 것만 쓰면 되잖아.
남은 돈으론 하루 방값도 모자란다구. 혜주가 답답하다는 듯 인
상을 구긴다. 아, 씨발. 그럼 어떡할 거야? 할 수 없지, 좀 더
기다리는 수밖에. 누구를? 이왕 이렇게 된 거 누구든 무슨 상관
있어? 하여튼 대책 없는 양서류라니깐. 난 이제 갈 거다, 너 혼
자 기다리든지 말든지 알아서 해. 난감하다. 그렇다고 이대로
무작정 죽치고 있을 수도 없다. 혹시 주인 내외한테 사고가 난

건 아냐? 혜주가 날카롭게 되쏜다. 아예, 돈 때문에 생사람까지 잡고 있네, 미친놈이. 답답하니깐 하는 소리 아냐, 씨발. 혜주는 다시 가방을 꾸린다. 떠나려니 아쉽다. 모처럼 동행한 혜주와의 추억을 여기서 쫑내야 한다니. 야, 우리 온 김에 진짜 마지막으로 섬 일주나 한번 할까? 혜주가 물끄러미 바라본다. 혹시 녀석을 우연히 맞닥뜨릴지도 모르잖아? 그러면 휴가 다시 시작할 수도 있고. 그때, 대문 앞에서 트럭 멎는 소리가 난다. 이번에는 또 누구람. 차문 닫는 소리가 나고 발소리가 들려온다. 밖으로 나와 보니 어제 왔던 사내다. 사내는 양손에 약제 박스를 들고 있다. 하따, 영감님 급하실까 봐 서둘렀네요. 어르신은 또 안 계슈? 예, 아직요. 아, 그래요. 사내는 마루에 약상자를 내려놓는다. 이게 뭡니까? 뭐긴, 개소주죠. 사실 녀석이 비곗덩어리라 이런 식으로 장사하다간 망하기 십상입죠. 하지만 개업인사로다가 손해 무릅쓰고 드리는 거니깐 담에 보약 지을 때는 꼭 우리 흑염소 집을 애용해달라 이겁니다, 헤헤. 사내는 볼일이 끝난 듯 이내 돌아선다. 몹시 서두르는 꼴이 꽤나 바빠 보인다. 사내가 떠나고 우리는 마루에 놓인 약상자만 뚫어져라 내려다본다. 갑자기 뇌리에 쌈박한 생각이 스친다. 야호, 쾌재를 부르자 혜주가 입을 내민다. 잘 먹고 잘 쉬고 공짜 민박까지 했는데 물건까지 감으실려구? 지금 우리에겐 돈이 필요하다구. 돈이 없으니까 휴가도 접어야 할 처지잖아. 혜주가 시큰둥하게 말한다. 그럼, 그걸 어쩌려고? 뻔하지, 따라오기나 하서!

억지 춘향 격으로 앉은 혜주는 말이 없다. 제법 높은 건물들이 하나둘 눈에 띄기 시작한다. 인파도 꽤 많다. 이윽고 혜주가 입을 연다. 야, 근데 이걸 사기는 해? 그야 중탕집이라면 만드니깐 당연히 사겠지. 혹시 중탕집이 그 사내 집밖에 없는 거 아냐? 야, 넌 여기가 시로 승격된 지 얼마나 오래됐는지 몰라서 그러냐? 시장은 생각한 것보다 훨씬 규모가 크다. 눈앞에 대형 건물이 줄줄이 서 있다. 잘 살펴봐. 혜주가 갑자기 소리친다. 저기 있네! 혜주의 말대로 흑염소 전문이라는 큼지막한 간판이 걸려 있다. 중탕집 근처에 차를 세운다. 유리문 안쪽에 주인인 듯한 남자가 부지런히 오가는 게 보인다. 생각보다 젊다. 야, 아무래도 네가 나서는 게 좋을 것 같아. 혜주가 어처구니없다는 듯 정색을 한다. 미친놈. 미인계 쓰는 거야, 지금? 금액이 문제가 아니라 무조건 팔아야잖냐. 더군다나 네가 나보다 캐릭터 잡기도 편하고. 혜주는 한동안 움직이지 않는다. 좀 봐달라고 하소연이라도 하고 싶은 심정이다. 하지만 남자 주제에 꿀리고 싶지는 않다. 일단 마음을 다잡을 때까지 지켜보기로 한다. 잠시 뒤 혜주가 작정한 듯 거칠게 차문을 민다. 성질머리 하나는 진짜 지존이다. 파이팅! 등 뒤에 대고 외쳐도 혜주는 거들떠볼 생각도 않는다. 혜주가 유리문을 열고 들어간다. 주인이 알은체를 한다. 혜주가 뭐라고 하자 주인이 고장 난 로봇처럼 가만히 서 있기만 한다. 혜주는 다시 애원하는 표정을 지어 보인다. 주인 사내가 잠시 난감해하는 듯하더니 팩 하나를 거머쥔다. 맛까지

본다. 주인이 이윽고 고개를 살래살래 젓는다. 혜주는 계속 말하고 주인 사내는 도리머리만 친다. 생각보다 일이 쉽지 않은 모양이다. 혜주는 포기한 듯 약상자를 든 채 돌아선다. 잔뜩 뿔이 난 게 확실하다. 그녀가 차에 앉기도 전에 묻고 든다. 뭐라 그래, 저 새끼가? 그녀는 대답 대신 팩부터 쥐어뜯는다. 뭔 탕제를 넉넉히 넣었다는 게 꼭 짜장면 국물 맛이 난댄다, 씨발. 너도 한번 먹어봐. 나는 약봉지에 입을 갖다 댄다. 맛이 이상스럽기는 하다. 약보다 물이 더 많으니 사겠어? 아, 그래도 니기미 약은 약 아냐? 혜주가 인상을 구긴다. 내가 말한다. 니미, 중탕집이 어디 여기 하나뿐이냐. 다른 중탕집을 찾아 나선다. 하지만 몇 군데 더 돌아봤지만 역시 마찬가지다. 우리는 해동식품처럼 맥이 탁 풀린다. 이제 더 이상 파는 거고 뭐고 귀찮아질 지경이다. 더운 날씨마저 한 부조 톡톡히 한다. 혜주가 힘없이 투덜거린다. 아, 씨발. 이제 어떻게 해? 방법은 원위치밖에 없네 뭐. 가져온 걸 되가져가자고? 그럼 이딴 약을 싣고 가서 뭐하게. 그런다고 훔친 걸 도로 갖다놔? 혹시 아냐. 또 그사이에 동만이 새끼가 와 있을지. 없으면? 이게 다 누구 때문인데? 혜주의 입이 서너 발은 튀어나와 있다.

서서히 땅거미가 지고 있다. 우리는 흠칫 놀라고 만다. 마당에 철거 직전의 가로등처럼 웬 노인이 서 있기 때문이다. 대비까지 든 걸 보니 동만이 아버지가 확실하다. 혜주가 걱정스럽다는 듯이 묻는다. 이제 어떡할 건데? 어쩌긴, 그냥 밀어붙이는 거지. 그렇다고 우리가 나쁜 짓 한 건 아니잖아. 그럼, 이 개소 주는 뭐고? 이거야 주려고 도로 가져왔잖냐. 내가 먼저 대문으로 들어선다. 인기척을 느낀 영감이 돌아본다. 꾸뻑 인사부터 댕긴다. 혹시 동만이 아버님 되시나요? 동마이 친구들이가? 예, 동만이 만나려고 왔더니 집에 아무도 없어서요. 그래서 집에서 기다렸더냐? 예, 갈 데도 없고 먼 길이라 돌아가자니 엄두가 나야 말이죠. 그라만 집에서 푹 쉬제, 날도 더분데. 안 그래도 쉬다가 섬 한 바퀴 구경하고 오는 길인걸요. 영감은 알겠다는 듯이 고개를 끄덕이더니 입을 연다. 이, 잘혔네. 그라고 잘 왔어. 어여 그늘로 들어서. 예, 근데 동만이는 안 왔나요? 내가 묻고 싶은 말이라. 병원 한본 찾아오고선 함흥차사니. 혹시 갈 만한 곳은 모르시나요? 모리지, 어디를 싸댕기는지. 연락할 만한 데는요. 전화를 받아야 말이지. 망할 눔이 밥은 묵고 댕기는지 걱정이 이만저만이 아이라. 병원서 할망구는 지 뒈질 건 생각도 않고 막내 생각만 하고……. 낭패가 따로 없다. 이제 어떡한담. 갑자기 머리통이 깨질 것 같다. 어여 들어가. 아뇨, 저흰 이제 가야죠. 말을 뱉고 보니 아차 싶다. 이게 아닌데, 휴가비며 우리 처지를 얘기해야 하는데 이상하게 말이 꼬이고 말았다. 햐, 이거 오늘따라 내가 왜 이러지. 하지만 도로 주워 담을 수도 없고 미치겠다. 그냥 보내면 내가 서분해서 안 돼. 밥이라도 묵고 가. 아, 아닙니다. 지금 떠나지 않으면 너무 늦어서요. 허어, 고것 참. 덕분에 나만 끼니 호강을 했구먼. 주인장이 혜주를 넌지시 바라본다. 혜주는 쑥스러운 듯 고개를 꺾는다. 사실 다시 온 건 이걸 깜빡해서요. 이기 뭐라? 어떤 사람이 전해달라고 부탁한 건데 차 안에 두었다가 그만. 동만의 아버지는 내막은 모른 채 건네는 물건만 바라본다. 약이구먼. 예, 어떤 사람이 어르신네와 약속했다고 집의 개를 끌고 가 만든 겁니다. 우리 개를? 네, 저기 키우던 개를, 하고 말하다가 더 이상 말을 잇지 못한다. 도저히 눈을 믿을 수 없다. 중년 사내가 끌고 간 개가 떡 하니 개집 앞에 버티고 있는 게 아닌가. 눈을 비비고 다시 보아도 틀림없는 그 개다. 혹시 개를 다시 구입하셨나요? 원래부터 있던 개를 뭐 한다꼬 다시 사? 귀신이 곡할 노릇이다. 혜주도 믿기지 않는지 눈만 홉뜨고 있다.

두 사람은 한동안 차 안에 앉아서 머리만 싸쥐고 있다. 야, 이건 씨발 셜록 홈스를 불러와야겠다, 뭐가 이렇게 정리정돈이 안 되냐? 혜주가 말꼬리를 잡는다. 차근차근 추리해보자구. 너 그 자식한테 받은 명함 있지? 응, 주머니 어디 있을 거야. 우선 그쪽으로 전화부터 걸어보는 거야. 휴대폰을 꺼내 전화를 건다. 결번이라는데? 다시 걸어봐. 역시 마찬가지다. 그럼 뻔하네. 왜 있잖아, 겨울철에 농가 전선줄을 끊어가거나 곡식을 가마니째 싣고 가거나 교문을 뜯어가는 그런 놈들. 혜주의 말을 껌처럼 되씹어본다. 사내가 어딘지 미덥지 못한 인상이긴 했다. 그럼 개는? 당연히 도망쳐 온 거겠지. 잘 생각해봐. 혜주가 계속 말한다. 너, 그 개소주 마실 때 뜨거웠냐, 차가웠냐? 차가웠지. 원래 개소주를 바로 뽑아오면 뜨겁단 말야. 여름철 개 값이 올라가니깐 슬쩍 속인 거지. 요즘 웬만한 촌구석 노인네도 티브이는 보거든. 그러니깐 확실히 믿게끔 해놓고 속였다? 알아채지 못한 것이 원통해 어금니에 힘이 실린다. 동만이보다 먼저 칼침을 맞아야 할 짜식이 따로 있었네. 내 이 개잡놈을 그냥! 참아, 어차피 우린 손해 본 거 없으니까. 왜? 생각해봐, 이 돌머리야. 그 새끼가 재주 부리려다가 개소주에 개까지 잃었으니 누가 이익이냐? 하긴 틀린 말은 아니다. 그래도 그 짜식이 나타날걸. 아니, 나타나기 쉽지 않을 거야. 사기 친 게 들통 났는데 현장에 다시 돌아올 것 같아? 적어도 대갈빡 굴리는 놈이라면 당장 자리를 뜨지. 듣고 보니 혜주의 말이 맞는 것 같기도 하다. 그럼, 우린 어쩌냐? 어쩌긴, 휴가야말로 게임 오버지. 동만이 이 새끼도 못 만났는데? 어차피 동만이 집에서 휴가 보냈잖아. 게다가 저 개소주에, 바다도 실컷 바라봤고. 뒷좌석에 놓인 개소주에 눈길이 간다. 한 상자는 어른 가져다주라며 건네는 바람에 마지 못해 실은 것이다. 그래도 목적지는 이곳이 아니잖아. 그때 뿡, 문자 뜨는 소리가 난다. 준수 형이다. 이크, 큰일 났다. 니기릴, 이쪽으로 온다니. 이 와중에 형까지 내면 복잡하게 만드네. 갑자기 머리통에 수백 개의 물음표가 떠다닌다. 그렇다고 앉아서 잡힐 수는 없는 일. 일단 튀고 보자. 모가지 쥐어잡힐 때 잡히더라도. 재빨리 시동을 걸고 출발을 서두른다. 혜주는 내 속도 모르고 창까지 내리며 지랄이다. 사실 처음 이 바다 바라봤을 때 끔찍했어. 근데, 이젠 안 그래. 까짓것, 속아줄래. 속은 셈 칠래. 속아도 얻는 건 있을 테니까. 혜주의 말을 들을수록 내 머릿속은 점점 먹먹,해진다. 차는 마을길을 빠져나와 큰길로 들어선다. 혜주는 이번에는 아예 창밖으로 상체까지 내민다. 야, 상만아. 바다가 왜 이리 보기 좋니? 너도 그러니? 마치 더러운 웅덩이에서 이제 막 빠져나온 것 같다야. 어쭈, 이것 봐라. 하는 짓이 가관이다. 미친년처럼 양팔까지 쫙, 펼치더니 야호, 소리 까지 지르고 저 난리다. 정말 대략 난감이다. 근데, 이상하다. 그런 모습을 자꾸 보자니 마음이 짠해진다. 혜주의 모습이 마치 하늘을 날아오르려는 한 마리 나비 같기만 하다. 은근히 마음 바뀐다, 니기미. 까짓것, 같이 날자. 날아서 일본을 지나 아프리카 대륙을 지나 저 우주까지 확, 가버리는 거다, 씨발! 힘껏 액셀러레이터를 밟는다. 차는 전속력으로 달리기 시작한다. 덩달아 개소주까지 혜주와 한 팀이 되어 몸을 흔든다. 아무래도 저 녀석 꼴로 보아 혜주 아버지한테나 보내버려야겠다.

(『창작과비평』 2008년 가을호)

여기 왜 왔지

할머니의 손은 발이다. 두 손으로 바닥을 짚고 몸을 끌어야 움직일 수 있기 때문이다. 마당으로 나서려면 고무바지를 입고 손에 고무신도 꿰차야 한다. 그러니까 고무신은 할머니에겐 외출용 장갑인 셈이다. 그런 할머니가 이삿짐도 부리기 전에 호미부터 그러쥐었다. 좁은 집에 갇혀 지내다가 넓은 곳에 오니 좋아서일까. 아니면 뜰이 마음에 든 것일까. 하긴 나도 모든 게 마음에 든다. 집이 너무 낡았다는 단점만 없다면 말이다. 이삿짐을 나르느라 종종걸음을 치던 어머니가 기어이 눈매를 일그러뜨렸다. 이삿짐이라도 도와주지 못하면 가만있기나 하지, 저런 몸으로 또 무슨 짓을 한대니, 글쎄. 그러거나 말거나 할머니는 앞뜰로 엉금엉금 기어갔다. 뜰에는 제법 둥치가 굵은 밤나무가 버티고 서서 할머니를 가로막고 있었다. 할머니는 밤나무를 노려보았다. 그러더니 호미로 둥치를 툭툭, 쳤다. 어서 저리 비

키라는 듯이. 하지만 밤나무는 꼼짝하지 않았다. 할 테면 해보
라는 식이었다. 이삿짐을 나르던 아버지도 이마의 땀을 훔치며
소리쳤다. 제발 쓸데없는 짓 좀 그만하세요, 언제 또 이사 갈지
모르는데? 할머니는 아예 대꾸조차 하지 않았다. 아버지의 말
처럼 우리는 정말 이사를 밥 먹듯이 했다. 처음엔 도심에서 변
두리로, 변두리에서 더 변두리로, 그러다가 끝내 도시를 떠나
이곳 소읍의 바닷가까지 당도한 것이다. 그러니 할머니에게도
이사는 지긋지긋한 일이었을 것이다. 하지만 아버지의 입장은
달랐다. 몇 년간 직장을 잃고 집구석에서 방구들만 데우던 처지
였으니 앞뒤 잴 것도 없었다. 미루적거렸다가는 겨우 얻은 일자
리마저 놓칠 수 있었다. 얘, 아범아. 이 밤나무 좀 베어삐리몬
안 되것나? 할머니가 아버지를 향해 말했다. 어머님은 왜 그러
세요, 제법 둥치가 굵어 쏠쏠한 밤톨을 공으로 얻을 나문데? 아
버지의 말이 마뜩찮은지 할머니는 다시 밤나무를 쏘아보았다.
그러더니 이내 밤나무 주위를 호미로 파기 시작했다. 풀이며 잔
돌 등이 나오면 가차 없이 담 쪽으로 내던지기까지 했다. 어느
정도 정리가 되자 할머니는 미리 가져다놓은 화초를 심기 시작
했다. 할머니, 이건 무슨 꽃이야? 내가 달려가서 묻자 할머니는
일손을 놀리면서 대답했다. 이건 꽃이 아이라 정구지라 카는 기
다. 정구지? 하모, 정구지제. 근데 왜 하필 이걸 이사를 오자마
자 심는 거야? 할머니가 웃으며 나를 쳐다보았다. 그거는 나중
에 차차 알게 될 끼다. 그러니까 내가 정구지란 채소가 '부추'의

186

사투리란 걸 알기 전의 일이었다.

연희야, 연희야! 대문 밖에서부터 고함 소리가 들렸다. 이사하고 처음으로 동네 사람이 나타난 셈이었다. 이 망할 년이, 다리몽뎅이를 뿌사삐리야 되것네. 쥔종일 뵈질 않노? 거참, 입 하나 되게 걸쭉한 양반이네. 할머니는 혼잣말을 하며 대문으로 눈길을 주었다. 대문으로 등이 호미처럼 굽은 노파 하나가 들어서고 있었다. 하이고, 밤나무 집에 이사 들어오는 모양이네. 근데 와 이리 이삿짐이 조막만 하노? 그 말에 어머니는 비위가 상했는지 고개를 외로 꺾었다. 하지만 할머니는 첫 이웃이라 그런지 과장된 웃음을 만들며 말했다. 사람 사는 게 천층만층 구만층이라잖우. 없이 살았으이 오죽하겠수? 할머니는 말끝에 박복한 자신을 탓하듯 긴 신음까지 묻혔다. 그런 다음, 두 사람은 앞뜰에서 시시콜콜한 얘기를 꽤 오랫동안 나누었다. 마치 옛 친구를 만난 듯 격의 없어 보였다. 그런 두 사람을 무연히 바라보고 있자니 나는 도지개가 틀렸다. 천천히 대문 밖으로 나섰다. 트럭을 따라오던 바다가 눈앞에 질펀히 깔려 있었다. 바다를 향해 걸었다. 썰물이었던지 갯벌이 드러났고, 거기엔 웬 여자애 하나가 쪼그리고 앉아 있었다. 계집애 앞에 시커먼 물체가 놓여 있었다. 갑자기 호기심이 일었다. 생명체가 틀림없어 보였다. 녀석은 부끄러운 줄도 모르고 아랫도리를 발랑 뒤집은 채 누워 있었다. 천천히 다가갔다. 여자애가 힐끗 나를 쳐다보았다. 우와,

새끼 고래다! 내가 말하자 여자애가 입매를 일그러뜨렸다. 병신, 물개와 고래를 구별하지 못해! 뭐, 이게 물개라구? 내가 물어도 계집애는 발치의 물체만 물끄러미 내려다보았다. 이런 곳에 물개가 산다는 게 신기했다. 하지만 그렇다 하더라도 어떻게 녀석이 여기에 누워 있는 거지. 내가 호기심으로 꽉 찬 머리를 굴리고 있을 때 여자애가 물었다. 넌 이게 암컷이라 생각해, 수컷이라고 생각해? 당연히 나는 배꼽 아랫부분부터 살핀 뒤 암컷이라고 대답했다. 여자애가 웃었다. 병신, 잘 봐. 이놈은 수컷이야. 내가 따졌다. 수컷이면 그게 있어야 하잖아. 계집애가 말했다. 당연히 없지, 사람들이 좆을 떼어갔으니깐. 그걸 왜 떼어가? 여자들하고 섹스할 때 죽여주거든. 계집애가 야릇한 웃음을 입에 물었다. 다음에 내가 한 마리 잡으면 널 위해 떼어줄게. 그때 어디선가 탕탕, 하는 소리가 났다. 마치 그 소리가 출발신호라도 되는 듯 계집애는 잽싸게 돌아섰다. 내 이름은 연희야. 다음에 또 봐!

인근에 사격 연습장이며 군부대까지 있다는 걸 어머니도 몰랐던 모양이었다. 참고 참던 어머니가 기어이 말문을 열었다. 저놈의 총소리 때문에 미치겠어. 당신, 정말 제대로 알아보고 이사를 결정한 거야? 야간 사격훈련 때문이야, 자주 있는 건 아니니까 그냥 무시해. 하긴 아버지의 누적된 피로를 그깟 총소리가 앗아갈 수 없었을 것이다. 조선소는 고된 곳이니까. 하지만 어머니는 그런 아버지의 피로는 안중에도 없었다. 어머니가 다시 되쏘았다. 틈만 나면 들려오는 이리 큰 소리를 어떻게 무시해? 잔말 말고 다시 집 알아봐. 안 그러면 내가 나가버릴 테니까. 듣고 있던 나마저 속이 뜨끔할 정도였다. 어머니의 표정으로 보아 지금부터 치마라도 꼭 쥐고 잠들어야 하는 건 아닌지 고민이 될 정도였다. 아버지가 잠이 어룽진 눈으로 말했다. 어차피 오래 살 집도 아니잖아. 조금만 참아. 곁에서 지켜보던 할머니가 나섰다. 내사마 총소리보다는 저놈의 밤나무만 없으몬 좋것다야. 어머니는 어처구니가 없다는 듯 이맛금을 깊게 만들어 붙였다. 아니, 어머님은 그게 무슨 말씀이세요? 총소리는 괜찮고 소리도 안 내는 밤나무만 없으면 좋겠다구요? 이젠 노망까지 드신 거 아니에요? 내가 생각해도 할머니가 이상했다. 소리는 괜찮고 밤나무는 싫다니? 할머니와 나의 관계가 한 뼘 멀어지는 것 같았다.

할머니의 고집은 대단했다. 며칠이 지나자 밤나무 대신 살구나무를 심는 게 어떻겠냐고 말했다. 어머니에게 또 목청 높일 빌미를 제공한 셈이었다. 밤나무를 자른다는 게 가당키나 해요? 제발 그만 말 함부로 하지 마세요. 어머니의 말은 약발이 듣지 않았다. 할머니는 저녁에 퇴근해온 아버지를 붙잡고 또 하소연을 했다. 애, 아범아. 난 아무래도 살구 보는 기 낫것다. 밤나무만 보몬 앞이 캄캄한 거맹쿠로 영 싫구만. 허허, 참. 밤나무가 해를 끼치는 것도 아닌데 왜 그러세요? 남의 집에 살구나무를 심어 주인 좋은 일 시키게요? 자식된 도리로서 가지 몇은 잘라줄 수 있었지만 아버지는 그러지 않았다. 대신 제발 이제부터 그런 얼토당토않는 고집은 부리지 말라는 투로 소리만 높였던 것이다. 그러니 아버지가 살구나무 묘목을 구해오는 건 있을 수 없는 일이었다. 아버지가 구해온 건 오토바이뿐이었다. 요놈이 아버지 차비를 왕창 아껴줄 거다. 어때, 너도 마음에 들지? 아버지는 동생이라도 생긴 것처럼 기뻐했다. 비록 낡은 것이긴 했지만 녀석은 강아지처럼 아버지의 말을 잘 들었다. 무거운 아버지를 태우고도 말썽 하나 부리지 않았으니까. 나는 아버지가 쉬는 날을 손꼽아 기다렸다. 쉬는 날이면 오토바이가 내 몫이므로. 물론 내 나이에 직접 시동을 걸고 밖으로 나설 수는 없었다. 하지만 안장에 앉아 거리를 달리는 상상만으로도 즐거웠다. 오토바이를 몰고 연희의 비트를 찾아가는 나. 그리고 연희를 태워 거리를 신나게 달리는 두 사람. 정말 멋진 영화 속의 한 장면이었다.

연희는 동네 전체가 놀이터인 양 종횡무진 나부댔다. 하지만 주로 노는 곳은 갯바위 근처였다. 나 또한 오락실 같은 놀이공간을 잃었으므로 이곳저곳으로 쏘다니는 게 유일한 놀이였다. 연희는 햇볕에 그을린 까만 피부 때문에 억세게 느껴졌다. 하지만 어딘가 끌리는 데가 있는 계집애였다. 마치 내게 마법을 부리는 듯이. 연희의 아버지는 직업군인이라 했다. 지금은 멀리 떠나 있었고 할머니와 단둘이 살고 있다고도 했다. 엄마는 없어? 내가 물었을 때 연희는 무덤덤하게 말했다. 도망갔어, 조선소 남자랑. 연희는 깊은 바다도 무서워하지 않았다. 군인 따위도 무서워하지 않았다. 길에서 매복 훈련을 다녀오는 군용 트럭만 보더라도 손을 이마에 갖다 붙이며 충성, 하고 인사를 할 정도였다. 그래도 건빵 봉지가 날아오지 않으면 제 치마를 홀러덩, 까뒤집기도 했다. 그러면 어김없이 건빵 봉지가 땅바닥에 떨어지곤 했다. 연희의 말마따나 군바리들은 역시 여자 아랫도리만 보면 사족을 못 쓴다. 운 좋게 건빵을 얻으면 그 마른 건빵을 먹으면서 바다로 달려가곤 했다. 갯바위 틈에 만들어놓은 연희의 아지트를 향해서. 연희는 할머니가 있는 집은 싫다고 했다. 우리 할매는 잡종 개처럼 이빨을 드러낸 채 으르렁거리기만 한다고. 연희의 비트에는 없는 게 없었다. 요리할 수 있는 낡은 냄비에 성냥, 군인용 수통과 칼이며 도마까지 갖추고 있었다. 연희는 출출하면 갯터에서 조개며 고둥 등을 잡아 삶아 먹기도 했다. 연희에게 바다는 주전부리를 제공하는 일종의 구멍가게인 셈이었다.

날씨가 더워지면서 앞뜰의 정구지도 키를 키웠다. 할머니가 정구지를 수확하기 시작했다. 할머니는 정구지를 다듬어 일정량으로 나누어 묶었다. 이거, 또 시장에 내다 팔라고? 내가 묻자 할머니가 대답했다. 아이다, 이거는 이웃과 나눠 묵을 끼다. 이거 근처 밭에 되게 흔하던데? 그래도 정 굳히는 선물로 이것만 한 것도 없다. 나중에 할무이 대신 니가 좀 나눠주고 오이라. 난 싫어, 할머니가 가! 할무이는 다리가 없어 과자가게도 몬 가는데 그 돈을 다 우야노? 정말 성가신 일이었다. 하지만 용돈이라는 말에 코가 꿰어 정구지 단을 쥐지 않을 수 없었다. 이웃집 대문을 차례로 밀었다. 할머니가 갖다드리래요, 하면 다들 반갑게 맞아주었다. 하지만 딱 한 집은 그렇지 않았다. 바로 연희 할머니였다. 연희 할머니는 나를 보자마자 벌 쏘듯이 앵앵거렸다. 니, 우리 연희랑 자꾸 어불려 댕길래? 니놈이 온 다음부터 아예 집구석의 걸레 쪼가리도 안 빨아놓는다, 망할 년이. 나도 모르게 얼굴이 후끈 달아올랐다. 마치 욕먹기 위해 찾아온 기분이었다. 나는 서둘러 돌아섰다. 결국 그날 일로 할머니야 목적을 이루었는지 모르지만 난 적 하나를 만난 셈이었다.

언젠가 대문 앞까지 나와 있는 할머니에게 물은 적이 있다. 왜 할머니는 자꾸 대문 앞에 나와 있는 거야? 할머니가 대답했다. 밤나무 바라보는 기 답답해서. 잠시 바다를 바라보던 할머니가 잊은 것이 있다는 듯 내게 말했다. 그나저나 아가, 할에미 바다에 한본 데꼬가몬 안 되것나? 내가 빈정거렸다. 바다에는 왜? 니 할아비 생각이 나서. 할아버지하고 바다가 무슨 상관이야? 니 할아비가 배를 탔거든. 그럼, 선원이었다는 거야? 하모,

하고 할머니가 고개를 끄덕였다. 그러면서 다시 깊은 눈으로 바다를 바라보았다. 내가 물었다. 근데 할아버지는 지금 없잖아. 그래 말이다, 온다고 연락하고 몇 십 년째 오질 않으니. 니 할아비만 돌아왔어도 내가 이리 되진 않았을 낀데. 할머니는 없어진 두 다리를 내려다보았다. 마치 지난날의 사고를 떠올리듯이. 하긴 그 트럭만 아니었다면 대문 앞까지 기어가듯이 가야 하는 일도 없을 것이다. 그러니 지금 할머니는 어쩌면 할머니를 친 그 뺑소니 트럭이 두 다리를 싣고 돌아오기를 간절히 바랄지도 모른다. 하지만 그건 나와는 전혀 상관없는 일이었다. 아버지도, 어머니도 그런 할머니의 마음속에 출렁이는 바다를 알아주지 않으니까. 더군다나 어머니와 아버지는 모두 일 때문에 제 몸 다스리기도 힘드니까. 아버지는 조선소에서 녹을 제거하고 오면 녹초가 되었다. 녹이 얼마나 많은지 늘 잔업의 연속이었다. 그렇게 많은 녹을 제거해도 우리 가족의 삶은 반짝이지 못했다. 보다 못한 어머니도 덩달아 나섰다. 인근의 생선 통조림 제조공장이라고 했다. 거기서 어머니는 서툰 손으로 생선의 배를 갈랐다. 부모님이 동시에 일터로 향하자 나는 더욱 심심할 수밖에 없었다. 할머니는 숨바꼭질조차 할 수 없는 상대였다. 그런 할머니를 위해 바다로 간다는 건 마음 내키지 않았다. 더군다나 할머니를 업기에는 내 몸피가 너무 약했다.

연희야, 연희야! 이 망할 년이 빨래 좀 해놓으라 했더이 그새 또 어디로 내뺄 기고! 연희의 할머니 목소리가 골목에서 들려왔다. 할머니는 제 손녀에게 하는 말이 귀에 거슬리는지 고개를 절래절래 흔들었다. 동네 사람들이 욕을 하는 이유가 다 있구먼, 쯧쯧. 할머니는 마치 동네 소문을 앉아서 다 듣고 있는 사람처럼 혀까지 찼다. 난 재빨리 대문 밖으로 나섰다. 연희 할머니는 그새 모퉁이를 돌아갔는지 보이지 않았다. 내처 바다로 향했다. 어두워지는 중이라 돌아올 일이 걱정이긴 했다. 연희는 비트 안에서 잠들어 있었다. 야, 너 여기서 뭐 해. 네 할머니가 찾고 있잖아. 부스스 눈을 뜬 연희가 말했다. 망할 할망구가 또 정신이 회까닥한 모양이네. 넌 할머니를 왜 그렇게 싫어해? 그냥. 그냥이 어딨냐? 그냥, 모든 게 맘에 안 드니까. 그래도 나처럼 할머니가 불구는 아니잖아. 차라리 불구면 좋겠어. 눈 뜨면 달려들어 왈왈왈, 짖을 줄밖에 모른다니까. 그래서 집에 안 들어갈 거야? 응, 나 오늘부터 여기서 잘 거야. 너도 같이 잘래? 싫어! 병신, 잔다면 내 거 보여줄 수 있는데. 연희는 곧장 등을 돌려버렸다.

집 아래에서 호미질을 하는 어머니가 보였다. 공장에서 일찍 돌아온 모양이었다. 엄마, 거기서 뭐 해? 내가 물어도 어머니는 밭을 고르기만 할 뿐이었다. 여기서 뭐 하느냐구! 그제야 내 말에 어머니는 등을 펴며 거친 숨을 내몰았다. 주인한테 허락을 받았단다. 여기에 배추랑 무 등속을 심을 작정이다. 어머니는 다시 일손을 놀리기 시작했다. 그럼 우리도 밭이 생기는 거야? 어머니가 배시시 웃었다. 그럼, 이제 여기서 싹도 볼 수 있을 걸? 어머니의 말은 거짓이 아니었다. 며칠 뒤에 하나둘 움이 돋아나기 시작했다. 바다로 향하는 길목에 위치하고 있었으므로 나는 매일 싹을 들여다보았고 물을 길어다가 뿌려주기까지 했다. 그날 저녁엔 모처럼 식구들이 모여 환하게 웃었다. 주연은 아버지가 사온 오리였지만, 오리를 부른 것은 할머니가 키운 앞뜰의 정구지인 셈이었다. 아범아, 이것 좀 먹어봐라. 녹 가루 독성 없애는 데는 이만한 채소도 없다. 아버지도 피곤한 눈을 한 채 풀썩풀썩, 웃으며 말했다. 이러다가 우리 여기서 정 굳히고 사는 거 아냐? 하지만 어머니는 엇나가기로 작정했는지 분위기에 초를 쳤다. 아무리 정 굳히는 것도 좋지만 내 땅에 살구 봐야 정도 붙는 거지, 그렇지 않음 정 굳혀 뭐 해? 어머니는 빨간 루주를 바른 입을 삐죽거렸다. 내가 말했다. 근데 이 오리 날 수 있어요? 날 수 있으면 죄다 도망갔지 우리 식탁에 오를 수 있었겠니? 어머니가 날 수 없는 오리를 생각하는지 말투가 냉장고 속의 떡처럼 딱딱했다. 고기를 뒤집던 아버지가 어머니의 말에 속이라도 뒤집혔는지 투덜거렸다. 근데, 당신 오늘처럼 일찍 들어올 수 없어? 몸도 불편하신 어머님이 꼭 저녁 준비를 해야 해? 어머니가 입을 삐죽거렸다. 내가 놀러 다녀? 직장 생활을 하다 보면 늦을 수도 있는 거잖아. 아버지는 한동안 그런 어머니의 모습을 한동안 째려보았다. 나는 모처럼 포식한 탓인지 배꼽이 뽕, 하고 솟구칠 것 같아 배만 누르고 있었다.

니 저 밤나무 좀 잘라줄 수는 없것나, 밤느정이가 피기 전에? 할머니가 파릇파릇 잎이 돋아난 밤나무를 가리키며 말했다. 난 밤 열리면 따 먹고 싶은데? 내 말에 할머니는 서운한 표정을 지었다. 저기 꽃을 피우는 걸 보는 게 이 할에미는 두렵구나. 할머니의 말을 나는 이해할 수 없었다. 밤꽃이 왜 두려워? 할머니가 점점 이상해지고 있어. 밤나무 잎이 무성해지면서 공장으로 나가는 어머니의 행동도 굼뜨기 시작했다. 거울 앞에서 보내는 시간도 많아졌다. 밤꽃이 하나둘 피기 시작했다. 그러자 한낮이면 덥다는 느낌이 들 정도로 후덥지근해졌다. 이런 날씨라면 바다에서 먹을 감는 것도 가능할 것 같았다. 바다로 곧장 내달렸다. 연희는 춥지도 않은지 물안경을 쓴 채 바닷속을 뒤지는 중이었다. 나는 멀찍이서 연희의 행동만 바라보았다. 무릎 근처의 수심에서 찰방거리고 있을 때 연희가 다가왔다. 그물로 된 망태기 속에는 해삼이며 소라가 제법 들어 있었다. 연희는 곧장 비트로 향했다. 비트에 도착하자마자 연희는 녹슨 칼을 이용해 해삼의 내장을 따기 시작했다. 그런 다음 입으로 가져갔다. 소라는 돌멩이로 두들겨 껍질을 깬 다음 날것 그대로 먹었다. 그냥 먹으면 맛있어? 연희가 어이없다는 듯 웃었다. 맛이 있는지 없는지 너도 먹어봐. 연희는 배가 부른지 바닥에 벌러덩 드러누웠다. 그 바람에 젖은 팬티가 드러났다. 팬티가 얇아 거시기의 형상이 흐릿하게 드러나 있었다. 난 한동안 연희의 아랫도리만 들여다보았다. 연희의 도드라지기 시작한 가슴이야 몇 번이고 눈여겨봤지만 아랫도리는 처음이었다. 연희가 이상한 눈치를 챘는지 몸을 일으켜 세웠다. 너, 내 거 보고 싶어? 나도 모르게 눈이 커졌다. 그럼 네 것부터 먼저 보여줘봐. 연희가 말했다. 나도 모르게 후다닥 일어서서 온 힘을 짜내듯 외쳤다. 싫어!

외국 대통령 일행이 조선소를 방문한다고 비상이야. 어느 나라 대통령이 온대? 아버지의 말에 어머니가 물었다. 몰라, 아마 무시할 수 없는 국가의 원수쯤 되겠지. 그 양반들이 조선소에 뭐가 볼 게 있다고 와? 모르는 소리 마. 이래 봬도 군함이며 군수산업의 핵심 시설을 갖추고 있다구. 그러니까 그걸 왜 보러 오냔 말이야? 나라마다 군함 만드는 기술이야 탐낼 만하지. 당신이야 그것하고는 아무 관계가 없는데 밤을 새워? 아버지가 부러 헛기침을 했다. 그거야 사정상 그럴 수도 있는 거지. 근데 당신은 왜 또 만날 늦어? 아버지의 말에는 가시가 있었다. 이상하게 이사 오고 난 뒤 집안 분위기가 험한 방향으로 흐르고 있었다. 어머니는 되쏠 듯하더니 끝내 아무 말도 하지 않았다. 이윽고 아버지는 말머리를 내 쪽으로 돌렸다. 그나저나 너도 함부로 부대 근처나 사격장 같은 델 나다니지 마라. 군인들이 쫙 깔렸으니까. 곁에서 조용히 앉아 있던 할머니가 나섰다. 난 군인들보다 저 밤나무만 사라졌으면 원이 없겠다. 아버지가 흠흠,

헛기침을 했다. 또 한 번의 어색한 저녁 시간이었다.

할머니는 자신의 뜻을 포기하지 않았다. 어느 날 밖에서 놀다가 돌아왔을 때, 할머니는 불구의 몸을 이끌고 밤나무 아래에 가 있었다. 손에는 커다란 톱을 쥔 채로. 할머니 거기서 뭐해? 내가 놀라서 물었다. 니 눈으로 보문 모르나? 이놈의 밤꽃 향기가 더 짙어지기 전에 베어삐리야것다. 할머니는 다시 톱질을 시작했다. 할머니 돌았어? 아버지가 안 된다고 했잖아! 그래도 할머니는 톱질을 멈추지 않았다. 잠시 망설이던 나는 할머니의 손에 쥔 톱부터 빼앗았다. 뺏고 보니 나무는 심하게 생채기를 입은 다음이었다. 나무 아래 심어놓은 정구지 밭도 엉망이었다. 이리 안 줄 끼가? 안 돼, 절대 안 돼. 난 가을에 꼭 밤 따 먹을 거야! 나는 톱을 쥔 채 돌아섰다. 할머니가 새된 목소리를 질렀다. 두 번 다시 이런 일이 일어나지 않도록 톱부터 꼭꼭 숨겨야 했다. 그러지 않으면 또 이런 일이 벌어질 수 있었다. 나는 할머니가 찾을 수 없는 아주 높고 은밀한 곳을 찾아 헤맸다. 그러다가 집 뒤의 처마 밑을 발견했고 사다리를 이용한 다음에야 일을 마칠 수 있었다. 마당으로 돌아왔을 때에도 할머니는 밤나무 아래에 앉아 있었다. 할머니는 왜 그렇게 밤나무가 싫은지 알수 없었다. 그 사실을 아버지에게 고해바쳤다. 어머니, 정말 왜 이러시는 거예요? 할 말 있으면 제게 하세요. 애꿎은 나무한테 풀지 마시구요. 아버지도 하나밖에 없는 어머니의 속을 알 수

없는지 쓴입을 다셨다. 어머니는 자신 때문에 난리가 난 것처럼
아무 말이 없었다.

　며칠 뒤의 저녁이었다. 평상시면 돌아올 시각이었지만 늦게
까지 아버지도, 어머니도 돌아오지 않았다. 무료함도 달랠 겸
바다로 향했다. 연희는 갯바위 비트 주변을 서성이고 있었다.
손에는 망치를 쥔 채였다. 집을 새로 지을 생각이야. 너도 도와
줄래? 나는 좋다고 했다. 연희와 함께 떠밀려온 나무를 주워 기
둥을 세웠다. 그리고 합판도 주워와 지붕도 만들어 덮었다. 생
각보다 그럴듯한 집 모양이었다. 이제 제법 아늑해졌어. 며칠
더 고생하면 멋진 집이 될 것 같아. 연희가 손을 털며 말했다.
그때 근처 바닷가에 위치한 모텔의 간판이 화들짝, 켜졌다. 우
리는 나란히 모텔의 네온사인을 바라보았다. 너 여자랑 해봤
어? 뭘 말이야? 그거 말이야, 섹스. 아니, 하면서 동시에 고개
를 저었다. 너 어른 되려면 그것부터 할 줄 알아야 돼. 따라와.
연희가 앞서 성큼성큼 걸어갔다. 도착한 곳은 모텔 건물 뒤쪽이
었다. 연희가 자세를 낮추었다. 지금부터 입 다물고 저기 저 창
문을 봐. 산 중딕을 깎아 지은 탓에 우리가 마치 모텔 3층에 있
는 듯했다. 날씨가 더워 그런지 창문이 활짝 열려 있었다. 침대
위에 벌거벗은 남녀가 크림산도처럼 찰싹 달라붙어 있었다. 머
리 모양이 군인인 듯했다. 연희가 목소리를 낮추었다. 군바리들
면회 오면 여기서 죄다 섹스를 해. 나도 모르게 연희를 돌아봤

다. 연희는 자주 봤던지 아주 태연한 표정이었다. 천천히 남자의 엉덩이가 움직이기 시작했다. 그러자 여자도 덩달아 야릇한 비명을 질러댔다. 갑자기 아랫도리가 딱딱해졌다. 연희의 얼굴이 이상하게 보였다. 나는 후다닥 돌아서서 달리기 시작했다. 집에 도착하니 어머니가 부엌에서 설거지를 하는 중이었다. 나는 곧장 부엌으로 달려가 어머니한테 물었다. 엄마, 엄마는 섹스 해봤어? 누, 누구랑 말이니? 어머니가 말을 더듬었다. 남자랑 섹스 해봤냐구? 어머니가 얼른 주위부터 살폈다. 뺨이라도 맞은 듯 어머니의 얼굴은 벌겋게 달아올라 있었다. 얼마나 벌겋던지 손만 갖다 대도 데일 것 같았다. 어머니가 무릎을 낮추어 나를 쏘아보았다. 다음부터 그따위 질문하면 용서하지 않는다, 너! 나는 어머니가 왜 그렇게 화를 내는지 이해할 수 없었다.

그날 밤이었을 것이다. 퇴근해 온 아버지의 표정이 예사롭지 않았다. 술이라도 한잔 걸쳤는지 불콰한 얼굴로 어머니만 노려보았다. 어머니가 놀란 듯 소리쳤다. 왜 이래, 갑자기? 내가 왜 이러는 줄 정말 몰라서 물어? 두 사람의 눈빛이 허공에서 번쩍, 부딪히는 것 같았다. 그제야 할머니도 부부 싸움이 예사롭지 않음을 눈치챘는지 입을 열었다. 싸워서 털어야 할 일이라면 싸워라. 하지만 집에서는 안 된다. 그러고는 할머니는 넌지시 나를 돌아보았다. 두 사람은 조용히 밖으로 나갔다. 잠시 뒤 오토바이 소리가 났다. 할머니가 잠자리를 종용했지만 잠이 오지 않았다. 할머니는 한숨만 푹푹, 내쉬었다. 저게 다 망할 놈의 밤나무 탓이다. 깜빡 잠이 들었을까. 발자국 소리가 났다. 그 바람에 나는 화들짝, 눈을 떴다. 두 사람이 나란히 한밤중에 바닷가에서 수영이라도 했는지 물 떨어지는 소리가 났다. 깨끗하다는 말, 제발 이제부터라도 믿게 해줘. 아버지가 말하자 어머니가 대꾸했다. 그렇다고 바닷물에 사람을 집어넣어? 너도 날 끌어당겨 빠뜨렸잖아. 깨끗하지 못한 건 너도 마찬가지야. 남자와 여자가 같냐? 다른 건 또 뭐 있어? 그러고도 한동안 두 사람은 티격태격, 말이 많았다. 잠시 뒤 부스럭거리는 소리가 났고 그걸로 끝이었다. 난 다시 잠에 빠졌으니까.

아버지의 잔업은 끝이 없었다. 내가 잠들면 돌아왔고 눈을 뜨면 회사로 나간 다음이었다. 아버지는 집안일을 어머니한테 일임한 듯 직장에만 열심이었다. 어머니도 그런 아버지가 마음에 드는지 예전처럼 늦지 않았다. 공장에서 돌아와 밥이며 반찬을 만들고 청소며 빨래를 해댔다. 입술을 붉게 칠하는 일도 없었다. 어머니가 갑자기 루주를 바르지 않는 게 궁금했다. 엄마, 이젠 왜 루주 안 발라? 어머니가 돌아보며 말했다. 응, 그건 다 너 때문이다. 내가 왜? 어머니는 대답 대신 겸연쩍게 웃었다. 할머니도 밤꽃이 진 탓인지 더 이상 밤나무 얘기를 하지 않았다. 대신 날씨가 무더워져서 그런지 할머니는 누워서 일어날 줄 몰랐다. 겨우 아버지가 사온 약으로 버티는 중이었다. 그러던 어느 날이었다. 놀다가 집으로 돌아오니 할머니가 대문 앞에 앉아 있었다. 할머니 여기서 뭐 해, 아프다면서? 할머니는 아무 말 없이 무연한 눈길로 바다만 바라보았다. 부엌에서 대충 밥을 찾아 먹은 뒤 다시 나갔을 때도 할머니는 그 자리에서 바다만 바라보고 있었다. 아가, 할에미 저 바다에 데꼬가몬 안 되것나? 내가 업고 가기에는 할머니는 덩치가 너무 커. 그라만 이다음에 커몬 꼭 데꼬가줄래? 그런 건 아버지가 할 몫이잖아. 내가 쏘아붙이자 할머니는 아무 말이 없었다. 난 곧장 바다로 향했다. 연희는 먼저 비트에 와 있을지 몰랐다. 바닷가 밭에서 배추와 무, 상추, 고추, 호박 따위가 제법 제자리를 잡고 품새를 뽐내고 있었다. 배추는 제법 무성하게 자라 제 속까지 알차게 채우는 중이었다. 이 정도로 자란 걸 안다면 어머니도 기뻐할 터였다. 그때 연희가 아닌 연희 할머니가 저만치 걸어가고 있었다. 손에는 배추 몇 포기가 들려 있었다. 나도 모르게 배추밭을 살폈다. 아니나 다를까 채 마르지 않은 흙이며 이 빠진 듯 배추가 사라진 곳이 눈에 걸렸다.

이상해, 누가 우리 배추를 가져가는 것 같아. 어머니가 말했다. 내가 되묻지 않을 수 없었다. 그게 무슨 말이야? 솎아서 제자리를 잡게 만들었는데 자꾸 빈다. 배추가 날개가 달린 것도 아니고 자꾸 사라지니, 원. 어머니는 그간 노력이 헛수고가 된 것이 아쉽다는 듯 혀까지 찼다. 그러면서 대청마루에 앉은 할머니를 흘낏 바라봤다. 마치 집에서 그런 도둑조차 감시할 수 없는 할머니가 야속하다는 듯이. 고깟 배추 포기 땜새 이웃들을 죄다 도둑으로 몰지 마래이. 나눠 묵는 것도 나쁜 일은 아이니까. 그걸 누가 몰라요? 그 정도 예의가 있는 이웃이 없으니까 하는 말 아네요! 어머니가 언성을 높이자 할머니는 무안한지 부러 딴청을 부렸다. 그러자 어머니는 이야기의 바늘을 내게로 돌렸다. 너, 앞으로 밭 감시 잘해라. 너도 밥 먹는 몫은 해야잖니. 그제야 나는 이때다 싶었다. 도둑은 연희 할머니야. 우리 밭에서 배추를 뽑는 걸 봤어. 뭐? 그, 그게 사실이니? 어머니가 눈을 키웠다. 나는 확신하듯 고개를 끄덕여 보였다. 어머니의 표정이 굳어졌다. 힘을 주어 어금니를 깨문 것으로 보아 드디어 복수의 기회를 잡은 듯했다. 모처럼 어머니 마음에 드는 일을 해 기분이 좋았다. 콧노래를 흥얼대며 바다로 향했다. 연희는 비트에서 고둥을 삶고 있었다. 탱자나무 가시를 이용해 속을 까먹는 건 이곳에서만 맛볼 수 있는 별미였다. 그때 찌지직거리는 무전기 소리가 들려왔다. 군복을 입은 사람들이 비트를 향해 걸어오고 있었다. 군인들은 한결같이 어깨에 총을 메고 있었다. 야, 너희들 여기서 뭐 하나? 보면 몰라요. 연희가 날카롭게 쏘아붙였다. 지금 당장 집으로 가, 여긴 작전 구역이니까. 여긴 내 집인데요! 연희가 다시 목청을 높이자 군인은 어이없다는 듯 웃었다. 그러더니 이내 표정을 험악하게 바꾸었다. 이 꼬딱지만 한 새끼를 그냥 콱! 이 시각 이후부터 근처에 얼찐거리면 총살이다. 십 초 안에 꺼져, 빨랑! 나는 후다닥 일어섰다. 하지만 연희는 쉬 물러서지 않았다. 혀를 날름거리며 주먹감자를 먹이고 서야 도망치기 시작했다. 나도 덩달아 연희를 따라했다. 바지를 까 내리고 엉덩이까지 씰룩거렸다. 군인들은 멍하니 서 있더니 초소를 파는 작업을 서둘렀다. 하는 양으로 보아 군인들은 밤에도 떠나지 않을 모양이었다.

대문을 들어서자마자 할머니가 어서 오라고 손짓을 했다. 나는 무슨 일인가 싶어 눈을 키웠다. 내가 가까이 가자 할머니가 다급하게 입을 열었다. 이 할에미한테 거짓말 보태지 말고 대답하거래이. 무슨 일인데 그래? 할머니가 되묻는다. 니 참말로 연희 할무이가 우리 배추 훔치는 걸 봤더나? 응, 이 두 눈으로 똑똑히 봤지. 곰곰이 잘 생각해보거래이. 확실히 니 눈으로 본 기 맞나? 참말로 우리 밭에서 배추를 뽑아 나오더나? 응, 하고 또 대답했지만 할머니가 자꾸 채근하자 이상하게 자신이 없어지고 있었다. 연희 할머니를 본 건지, 안 본 건지 그것 자체도 확신할 수 없었다. 초 단위로 불안감만 늘어갔다. 이거는 중요한 일이다. 니 엄마랑 연희 할무이랑 그것 땜에 엄청 크게 싸웠으니께. 그제야 내 가슴은 마구 쿵쾅거리기 시작했다. 당장이라도 연희 할머니가 달려올 것만 같았다. 더군다나 연희 할머니의 성질도 걱정이었지만 어머니한테 당할 일도 걱정이었다. 나도 모르게 울상이 되었다. 그러자 할머니가 내 손을 끌어 쓰다듬으면서 다

독였다. 개안타. 대신 할에미 말 단디 기억해놔라이. 나는 할머니를 뚫어져라 쳐다보았다. 연희 할무이 필시 또 찾아올 끼다. 그 성깔에 당하고 있것나. 그러이 니한테 혹시 물으몬 이리 대답해라. 할무이가 우리 밭 배추를 훔치는 거는 몬 봤지만 할무이가 배추를 들고 가는 거는 봤다고. 그, 그런 다음에는? 내가 턱을 덜덜거리며 물었다. 그라몬 끝이다. 나머진 이 할에미가 책임지마. 알것제? 할머니는 내 엉덩이를 두들기며 방으로 들어가라고 채근했다. 나는 잽싸게 방으로 들어와 책을 펴고 숙제를 하는 척했다. 할머니의 예견은 맞아떨어졌다. 잠시 뒤, 대문 앞이 와자했다. 어디서 본데없이 젊은 년이 늙은 년을 모함을 해? 어디 믿을 게 없어 제 집구석 아새끼 말만 믿노 말이닷. 이 쥐새끼 같은 놈 어딨노, 당장 안 나올 끼가? 연희 할머니의 목청을 듣자 나도 모르게 어깨가 옹송그려졌다. 어머니의 역정도 대단했다. 순진한 애가 거짓말할까 보냐고 맞짱을 떴다. 할머니는, 어른한테 무슨 막말이냐, 아가리 닥치라며 되레 어머니에게 막말을 쏟았다. 평상시 보이지 않던 할머니의 태도였다. 그러자 어머니도 놀랐는지 입을 다물어버렸다. 할머니는 연희 할머니부터 다독거리기 시작했다. 철없는 애 때문에 언성을 높이는 것도 어른답지 않수. 뭐 그리 화낼 일이라고 난리우. 할머니는 연희 할머니를 대청마루에 걸터앉게 했다. 그런 다음 어머니에게 얼른 정구지 좀 베라고 부탁했다. 날 더불 땐 인삼보다 낫다잖우. 더군다나 나이 들수록 성미는 재우고 기운은 세우라 그캤우. 성깔대로 한다면 이 몸이야 여러 번 죽어도 죽었지 살았겠수? 이게 다 자식 때문인 게지. 새된 목소리를 내던 연희 할머니도 점점 목청을 가라앉히기 시작했다. 이때다 싶은지 할머니가 방에 있는 나를 나직이 불렀다. 내가 마루로 나가자 할머니가 부러 눈치를 주며 물었다. 나는 할머니가 시킨 대로, 우리 밭 배추를 뽑는 건 못 봤고 할머니가 배추를 들고 가는 것만 봤다고 얘기했다. 그러자 그다음은 할머니가 하나하나 수습해나가기 시작했다. 얘가 거짓말한 건 아니고 애가 보기에 연희 할머니가 오해 살 일을 했다고 말이다. 그러자 연희 할머니도 누명을 풀어 다행이라는 듯 마루에서 엉덩이를 쑥, 뽑아 올렸다. 어머니 또한 할머니의 중재에 만족스러운지 아무 대꾸가 없었다.

할머니는 자신의 몫을 다한 후 다시 몸져누웠다. 이런저런 약을 다 복용해도 차도가 없었다. 할머니의 병치레는 반복적이었다. 워낙 운동을 할 수 없는 몸이니 소화부터 말썽이었다. 그래서 상비약으로 준비하는 것이 소화제 종류였다. 하지만 이번 병은 예사롭지 않았다. 그렇다고 다리 없는 할머니 곁에 머무는 건 지루했다. 해안에 주둔한 군인들도 며칠이 지나자 경계심을 잃고 시시덕거렸다. 아저씨, 그 총 한 번만 빌려주면 안 돼? 연희가 물었다. 뭐 하려고? 누구 좀 한 방 쏴버리게. 군인이 어이없다는 듯 웃으며 말했다. 그럼, 치마 한번 벗어봐. 빌려줄게. 곁에 있던 군인들이 낄낄거렸다. 그러더니 연희의 치마를 들추며 눈을 갖다 댔다. 하지 마! 연희가 소리쳤다. 그러자 군인이 놀란 듯 정색을 하며 입을 열었다. 야, 인마. 사실 총은 아무나 쏴 죽이는 데 쓰는 물건이 아냐. 그럼 어디에 써? 연희가 되물었다. 적에게만 쓰는 거지. 내가 죽이고자 하는 사람도 적이거든. 이 기집애, 완전 돌았구먼, 후딱 안 꺼져? 연희가 돌아서면서 침을 테엑, 뱉었다. 씨발 새끼, 내가 총이 생기면 저 새끼부터 쏴버릴 거다! 그때까지 나는 몰랐다. 연희가 그렇게 화를 낸 게 아버지 때문이었음을. 군인인 아버지가 새엄마를 대동하고 나타났음을.

연희는 이전의 모습이 아니었다. 마치 화가 난 듯 거칠게 굴었다. 그게 아버지 탓이란 걸 알았지만 내가 도울 일은 없었다. 그사이에 해안에 매복하고 있던 군인들도 떠났다. 하지만 연희는 비트에 나타나지 않았다. 연희는 아버지를 따라 아주 멀리 떠나버린 것일까. 그냥 떠났다면 연희는 너무 야속하지 않은가. 그렇게 내 속의 뭔가가 퍽, 하고 깨져버린 것같이 아픈 날이 이어지고 있었다. 그런 어느 날, 연희가 다시 비트에 나타났다. 하지만 연희는 나를 봐도 알은체하지 않았다. 내가 잠시 고민하다가 말했다. 너 내 거 보고 싶다 했지. 내 거 보여줄까? 연희는 아무 말이 없었다. 정말 보여줄 수 있다구, 지금 당장! 나는 부러 바지를 내렸다. 자, 보라구. 그제야 연희가 설핏 실눈을 했다. 그럼, 너 나랑 섹스도 할 수 있어? 내가 머뭇거리자 연희가 말했다. 섹스를 하면 어른이 된 거래. 왜 그렇게 넌 어른이 되고 싶어하는 거야? 어른이 되면 내 맘대로 할 수 있다고 했으니까. 연희의 말이 쉽게 와 닿지 않았다. 하지만 그런 마음을 이해할 수 없는 건 아니었다. 좋아. 내가 널 어른으로 만들어줄게. 내가 팬티를 무릎 아래로 내렸다. 연희가 힐끗 내 아랫도리를 쳐다봤다. 내 것 정말 이상하게 생겼어, 길쭉하게 툭 튀어나온 게. 그러더니 연희가 치마는 올리고 팬티는 내렸다. 내 것도 봐. 내 생각엔 연희의 것이 더 이상하게 생겨먹었다. 하지만 나는 말을 뱉지는 않았다. 연희가 반듯하게 누웠다. 나는 무릎을 꿇고 연희의 가랑이 틈으로 내 성기를 갖다 댔다. 아야! 연희가 비명을 질렀다. 미안해, 많이 아파? 응, 무지 아파. 등에 돌이 박혔나 봐. 이후 아무리 애를 써도 연희의 몸속으로 들어갈 수 없었다. 모텔의 군인처럼 엉덩이를 이리저리 흔들어도 마찬가지였다. 참다못한 연희가 나를 밀쳤다. 병신, 그만해. 숨 막혀 죽겠어. 연희는 팬티를 올리곤 밖으로 나가버렸다.

며칠 뒤, 연희의 집 앞에 군용 트럭 한 대가 멎었다. 세간들이 하나둘 들려 나오기 시작했다. 난 재빨리 연희네 집으로 달려갔다. 연희는 보이지 않았다. 다시 바닷가로 뛰었다. 연희는 비트 안에 앉아 있었다. 연희의 얼굴을 보자 할 말이 사라졌다. 우리 둘은 말없이 비트 속에 앉아 있었다. 어디선가 연희야, 하는 소리가 들렸다. 연희는 할머니의 소리를 듣고도 가만있기만 했다. 그러더니 이윽고 작심한 듯 엉덩이를 들었다. 이 집 네가 가져. 난 언제 돌아올지 모르니까. 연희는 그 말을 끝으로 제 집으로 향했다. 연희의 충혈된 눈이 눈앞에 어른거렸다. 잠시 뒤 연희와 연희 할머니를 태운 트럭이 출발했다. 할머니는 오랫동안 아버지의 등에 업혀 눈시울을 붉혔다. 어머니도 아쉬운 듯 트럭의 꽁무니를 바라보았다. 그리고 그게 끝이었다.

연희가 떠나고 나는 중학생이 되었다. 코밑까지 거뭇해지기 시작하자 목에 힘을 주지 않았는데도 저음의 목소리가 나왔다. 밤이면 누군가 내 몸속으로 흘러들어왔고 다음 날 나는 흘려보내지 않을 수 없었다. 나는 자전거 대신 몰래 오토바이를 몰고 나와 비트를 찾곤 했다. 아버지도 내가 오토바이를 타는 걸 눈치챘으나 나무라지 않았다. 비트에서 발기한 내 성기를 흔들며 자위를 하곤 했다. 그러면 마음은 한결 가벼웠다. 연희와 섹스가 안 된 이유도 알게 되었다. 내가 몸피를 키울수록 할머니의 몸은 급속히 까무러지기 시작했다. 아예 자리보전만 하며 몸을 일으켜 세우는 일도 버거워했다. 그런 할머니에게 내 마음이 자꾸 쑥, 끌려가기만 했다. 할머니에게 말했다. 할머니, 바다 구경 안 가고 싶어? 할머니가 눈을 키웠다. 할머니를 위해 이미 집도 지어놨어. 할머니가 무슨 마음인지 힘을 내어 상체를 일으켰다. 나는 할머니를 등에 업었다. 생각보다 할머니는 가벼웠다. 두툼한 옷을 준비한 다음 오토바이에 태웠다. 그런 다음 천천히 바다로 향했다. 할머니, 어때? 기분 좋아? 응, 다시 두 발이라도 달린 것같이 좋아. 보지 못해도 할머니가 계속 환하게 웃고 있는 게 상상이 되었다. 바닷가에 도착해 할머니를 업고 비트로 걸어갔다. 비트는 제법 낡아 있었다. 할머니는 비트에 자리를 잡고 앉자마자 빙그레 웃었다. 여가 연희랑 놀던 곳이라? 네, 하고 내가 대답했다. 근데, 연희가 니를 몹시 좋아한 모양이다. 돌덩이를 이리 빙 둘러 담을 쌓아놓은 걸 보이. 할머니의 말을 듣고 보니 담이 눈을 파고들었다. 그러고 보니 담 모양도 예사롭지 않았다. 하트를 닮았던 것이다. 오토바이 타고 올 때 바라본 여게 바다도 같은 모양이더라. 그거 니도 알고 있었나? 할머니의 말에 난 놀라고 말았다. 단 한 번 보고 해안선의 모양까지 알아채다니. 역시 할머니는 그냥 늙은 게 아닌 모양이었다. 연희가 몹시 그리웠다.

바다로 간 게 무리였을까. 할머니의 몸은 더욱 까무러졌다. 나는 혹시 아버지로부터 꾸지람을 들을까 조바심이 나 아무 말도 할 수 없었다. 할머니는 가랑잎처럼 납작하게 누워서 가르랑거리는 소리만 냈다. 간혹 살아 있다는 걸 알리듯 밭은기침을 하면서. 할머니는 아무리 좋은 약을 써도 이부자리를 털지 못했다. 그제야 나는 앞뜰의 밤나무가 왜 그리 할머니를 성가시게 했는지 궁금해졌다. 할머니는 왜 저 밤나무가 싫어? 할머니는 합죽입만 했다. 대답하기도 버거운 듯했다. 그래도 나는 듣고 싫었다. 밤나무가 싫은 이유를. 밤나무가 싫은 이유를 말하지 않으면 할머니를 평생 미워해도 돼? 그래도 돼? 할머니는 두 눈을 쏨벅이더니 나직이 입을 열기 시작했다. 할애비가 돌아오지 않자 시장 바닥을 헤맸제. 살아볼라꼬, 살구 보자 싶어서. 근데 하필 시장에서 돌아오는 길에 밤 자루를 잔뜩 실은 트럭을 만날 줄이야. 그제야 나는 알아챘다. 저 밤나무가 자꾸 할머니 가슴을 찌르고 있었다는 것을. 할머니는 지금껏 저 밤나무와 싸워왔음을. 할머니는 더 이상 이야기하기가 숨이 찬다는 듯이 입을 닫았다. 어쩌면 그때부터 나는 소금을 훔쳐 밤나무 밑에 뿌렸는지 모른다. 어서 빨리 소금기를 견디지 못하고 말라죽으라고. 하지만 밤나무는 꽤나 끈질겼다. 겨울은 가고 다시 봄이 오는 중이었다. 그런 어느 날, 아버지가 모처럼 웃는 얼굴로 대문을 들어섰다. 손에 묘목 한 그루가 쥐어져 있었다. 어머니, 이게 뭔지 아세요? 아버지는 자리보전하고 있는 할머니 앞에 묘목을 흔들어 보였다. 이게 살구나무란 말이에요. 어머니가 살구 보자, 살구 보자 노래를 하던 그 살구나무라구요. 이제 이 나무를 심을 수 있다구요, 저기 저 밤나무를 베고요. 이 집이 드디어 우리 집이 되었단 말입니다, 하하하. 아버지는 들뜬 채 마구 말을 쏟아놓았다. 그러자 할머니는 아픈 몸에도 환하게 웃었다. 그러더니 감회가 느꺼운지 천천히 눈을 감았다. 이제 한밤중같이 떠돌며 사는 건 끝났다는 듯이. 삐죽, 감은 할머니의 눈에서 눈물이 새어나오고 있었다. 나는 갑자기 서러워졌다. 재빨리 숨겨놓은 톱을 찾아 쥐고서 뜰로 내달렸다. 그러고는 밤나무에 톱질을 하기 시작했다. 금세 이마에 땀방울이 맺혔다. 톱질을 하다가 쉬면서 안방의 할머니를 바라보았다. 이윽고 톱질을 견디던 밤나무가 으드득, 이를 가는 듯한 소리를 내며 쓰러졌다. 우리 가족은 박수를 치며 환호했다. 그리고 그 자리에 살구 보자, 꼭 살구 보자며 정성을 다해 살구나무를 심었다. 하지만 할머니는 끝내 살구를 보지 못했다. 살구를 맺기 전에 밤나무의 뒤를 따랐으니까.

할머니는 바다 위에 떠 있는 한 척의 배였다. 그래서 정박할 곳을 찾아 평생을 떠돌았는지 모른다. 하지만 이제 할머니의 소원은 이루어졌다. 할머니가 돌아가신 다음부터 해마다 살구나무를 심기 시작했으니까. 그게 벌써 앞뜰의 빈터를 가득 채울 정도가 되었다. 나무를 심을 때마다 한 그루 한 그루에 이름까지 붙였다. 제일 먼저 심겨진 나무는 할머니나무. 다음엔 아버지와어머니나무. 그 뒤로 내 나무도 심겨졌다. 며칠 전에는 헌집을 허물고 새집도 들어섰다. 동네 사람들도 밤나무집이 아닌 살구집이라 부르는 중이다. 할머니가 살아 계셨다면 흡족하게 웃으며 말할지 모르겠다. 이제야 '정 굳히고 살구 볼 만한 집'이 되었다고.

생각하니
점점

누나는 노을이다. 기다림의 황홀감을 선사하기 때문이다. 저 골목에서 이제 누나가 짜잔, 하고 나타나겠지 상상하는 즐거움. 그때의 마음은 얼마나 설레는지 모른다. 그래서 아이스크림 중에서도 '설레임'이 제일 좋다. 지금처럼 설레임의 꼭지를 물면 누나의 젖꼭지를 빠는 기분이니까. 야, 인마. 넌 어째 어른한테 인사도 할 줄 모르냐! 소리가 들리기 무섭게 뒤통수에 탁, 하는 충격까지 전해진다. 그 바람에 물고 있던 아이스크림까지 톡 떨어진다. 돌아보니 완꼭수 형이다. 형의 얼굴을 보니 노을처럼 붉게 달아오른 내 감정의 체온이 뚝, 떨어진다. 그렇다고 불알 속에 숨긴 용기를 꺼내 맞짱을 뜨지도 못한다. 겨우 내가 할 수 있는 거라곤 뒤통수가 금이 간 건 아닌지 어루만지면서 소리만 지를 수밖에. 왜 아침부터 재수 옴 붙게 뒤통수를 치고 그래요? 그래도 꼭수 형의 태도는 되레 당당하다. 이 새끼, 표정이 영

불순하네. 사람이 예의가 있어야지. 내가 되쏜다. 형이 뭔 어른이에요? 자식이 말하는 꼴 좀 보소. 너, 나이키 어찌 되냐? '나이'야 군대 갈 만큼 먹었고 '키'야 백칠십육이죠. 그러니까 하는 얘기잖냐. 열두 살 '띠동갑'이라면 몰라도 넌 나하고 열세 살씩이나 차이가 나잖냐? 더 이상 입 섞기가 싫다. 더 길게 이었다가는 내가 꼭지가 돌아버릴지 모른다. 안 그래도 욕지거리를 무슨 눈보라처럼 휘날리는 잡종이니 말이다.

맞은편 누나의 횟집은 여전히 문이 닫힌 채다. 출근이 제법 늦다. 누나에게 무슨 일이 있는 것일까. 괜히 조바심이 나서 창밖만 기웃거리게 된다. 퀵서비스119 사무실 안은 여전히 휑뎅그렁하다. 경기가 위축되면서 같이 일하던 사람들도 하나둘씩 앉은 자리를 털고 떠났다. 내가 오고 난 뒤 두 사람이 더 떠났다. 그래서 남은 사람은 얼마 되지 않는다. 그러니, 꼭수 형이 이러다간 고스톱도 못 치는 거 아냐? 하는 말을 흘려들을 수 없는 처지다. 그렇다고 남은 사람들이 의욕이 넘치느냐, 그런 것도 아니다. 그러니 '칼퇴근'은 있을지 몰라도 '칼출근'을 하는 이는 없다. 사무실은 그저 잡것들이 모여 잡다한 썰이나 풀면서 시간만 죽이는 곳이니까. 그나저나 좆만아! 형은 '종만'이란 이름을 두고 꼭 좆만이라고 한다. 내가 고개를 돌리자 형이 다시 말을 잇는다. 너 주나 씨 어디가 그리 좋냐? 순간 내 마음을 들킨 듯 어깨가 움찔한다. 하지만 실토할 필요는 없다. 내가 불퉁

스럽게 대꾸한다. 그렇다고 싫어할 이유도 없잖아요? 그럼 물
어보자, 좋은 이유가 뭐냐? 그냥요. 그냥이라니, 사나이는 말이
야 좋아하는 데는 수백 가지 이상의 이유를 댈 수 있어야 돼,
인마. 또 잘난 척 풍월이다, 우리의 완꼭수 씨. 자기는 좋아할
이유가 없어 여자도 못 만나고 노총각으로 사나? 내 입에서 핏,
소리가 터진다. 사무실 앞에 세워둔 형의 오토바이가 보인다.
완꼭수라 불리게 된 건 저 오토바이에 붙여놓은 로고 탓이다.
물론 맡겨만 주시면 꼭 완수하겠습니다,라는 뜻이지만 '꼭'을
강조해 가운데 박아놓다 보니 '완꼭수'가 되고 만 것이다. 그나
저나 씨부랄, 오늘도 죽 쑤는 거 아냐? 형이 소파에 등을 묻으
며 딴소리를 한다. 하긴 배달전화가 없으면 사무실 폐업 선고해
야 한다. 형은 퀵서비스의 사장이다. 형의 돈으로 사무실을 내
고 일정액의 수수료를 챙기면서 운영하니까. 지금은 그마저 힘
들어 밤에는 대리운전 기사까지 뛰는 중이고. 한때는 밤마다 대
리운전 기사로 뛰면서 화장실에서 볼일 보고 좆 볼 짬도 없다고
투덜거렸다. 그런데 지금은 볼일 보고 거시기 볼 여유가 너무
많아 큰일이라며 설레발이다. 하여튼 형한테는 세상은 이래저
래 씨부랄이다.

　내가 꼭수 형의 사무실에서 일하게 된 건 찬우 형 때문이다.
찬우 형은 애인에게 차이고 너무 아파서 진통제 삼아 술 마신
뒤 집으로 돌아가다가 사고를 당했다. 다행히 직업정신을 발휘

해 오토바이는 무사했지만 몸은 그렇질 못했다. 뼈가 붙으려면 최소한 삼 개월 이상은 누워 있어야만 했다. 꽝, 소리가 나서 정신을 차리니 난간인 거 있지. 하마터면 찍, 소리도 못 하고 하늘로 직장 옮길 뻔했다니까. 찬우 형은 팔다리에 깁스한 채 낄낄거렸다. 그래도 형은 열심히 사니까 인생의 종점에 꽝, 소리는 없겠지. 내가 최고의 병문안 선물을 안기듯 설레발을 쳤다. 그렇게 이런저런 얘기를 주고받던 중 갑자기 형이 제안하고 나섰다. 혹시 너, 입대 전까지 알바 뛸 생각 없냐? 폐건전지처럼 방구석에서 뒹구는 것도 좀 그렇잖아? 나쁠 것도 없었다. 악수로써 계약이 완료되자 찬우 형이 한마디 덧붙였다. 일할 때 꼭수 형, 조심해. 왜? 성질이 개 같거든, 개는 원래 인내를 모르잖아. 그래서 알았다, 완꼭수란 양반이 인내가 약한 직립 인간이라는 것을. 하지만 무엇보다 결심을 굳히게 한 건 누나다.

사실 나는 동갑내기나 동생뻘 되는 계집애와도 사귀어봤다. 하지만 내 가슴은 선천적으로 불구였던지 별다른 감정을 느낄 순 없었다. 그게 엄마 없이 커서 그런지 모른다. 게다가 아버지의 사랑을 받기에는 아버지의 직장이 멀리 있었고, 그나마 할머니는 오로지 시장통에서 노후를 보내는 중이었으니까. 어쨌든 그런 나에게 누나가 나타났다. 누나만 보면 가슴에서 샘물이 퐁퐁, 솟아나는 기분이었다. 누나랑 사귀면 좋은 점도 많잖은가. 뭐, 실수를 해도 귀엽게 봐줄 수 있다는 점, 억지나 떼를 써도 된다는 점, 책임감을 전혀 느끼지 않아도 된다는 점, 이따금 모성애도 느끼게 해준다는 점, 미래를 약속하지 않아도 된다는 점 등등. 하지만 아직 누나에 대한 얘기라면 할 말이 없다. 나이? 모른다. 사는 곳? 모른다. 결혼 유무? 그딴 거 관심 없다. 대신 이름은 안다. 준화. 그런데도 사람들이 그냥 '주나'로 부른다.

배달 사건 이후부터 그냥 내 마음은 누나에게 쫘악, 끌려가고 말았다. 무슨 배달 사건이냐고? 그러니까 내가 입대 날짜를 앞두고 집에서 노란 이불만 칭칭 감은 채 핫도그처럼 뒹굴 때였다. 하루는 발가락이 간질거려 미칠 지경이었다. 그래서 찬우형의 사무실에 놀러 나온 길이었다. 사무실에서는 한창 포커판이 벌어지는 중이었다. 벌써 개평으로 소주에 탕수육까지 시켜 먹었는지 얼굴이 벌겋게 달아올라 있었다. 헌데 유독 찬우 형만 연신 싱글벙글했다. 일해서 벌고 포커 해서 따고 오늘은 죽여준다야. 그 와중에 전화가 울었다. 꾼들은 모두, 이 늦은 시각에 웬 전화람? 하는 표정이었다. 그런데 전화를 건 이가 바로 주나 누나였다. 배달 한번 시키지 않더니 이 밤중에 무슨 일이람, 귀찮게? 꼭수 형이 투덜거렸다. 그렇다고 이웃이니 일방적으로 거절할 수 없어 난감한 모양이었다. 눈치를 보던 찬우 형이 먼저 엉덩이를 들자 왼꼭수 형이 비꼬고 나섰다. 그래, 따서 확 튀어버릴라고? 그러더니 내게 키를 집어 던졌다. 맨 정신인 사람은 너밖에 없네? 대신 수입금은 오 대 오! 심심하던 차에 용돈까지 벌 기회까지 주시다니. 그런 기회를 놓칠 내가 아니었다. 나는 곧장 파도횟집으로 앰뷸런스처럼 달려갔다. 주나 누나는 거의 인사불성이었다. 혀가 꼬여 말도 제대로 할 수 없을 지경이었다. 산복도로 종점! 누나의 말을 들었을 때만 해도 배달할 짐은 어디 있나 살폈다. 헌데 오토바이 뒤에 누나가 올라타는 게 아닌가. 내가 놀라 눈망울을 키우자 누나가 입을 열었다. 왜? 사람은 퀵서비스 안 하냐? 이것들이 완전히 배불렀구먼! 잠시 난감해 망설이는데 다시 소리쳤다. 빨랑 가, 되게 늦었어! 호사다마라더니 일이 이렇게 꼬일 거라곤 생각도 못 했다. 할 수 없이 오토바이에 시동을 먹였다. 달리자마자 누나는 왼쪽, 오른쪽, 직진, 샛길, 참 옹골차게도 소리를 질러댔다. 그러던 누나가 갑자기 으슥한 골목 앞에서, 멈춰! 하고 외쳤다. 누나는 으슥한 곳으로 혼자 비틀비틀 걸어가더니 치마를 까고 앉는 게 아닌가. 기사 양반, 눈깔 저리 안 돌려? 그제야 나는 고개를 돌렸다. 정말 환장할 퀵서비스 물건이었다. 문제는 목적지에 도착한 다음이었다. 누나는 이제부터 걸어간다며 오토바이를 세웠다. 이웃들이 보면 쪽팔린다나. 그런 거야 나하고는 아무 상관없었다. 문제는 외상이라는 거였다. 외상이라니? 용돈이 한 방에 물거품이 되는 순간이었다. 결국, 그날 나는 이 도시의 여성 취객 하나를 노상방뇨까지 시켜가면서 안전하게 귀가시켜준 꼴이었다.

택시비를 조금 아끼려 자신을 퀵서비스하는 여자. 그런 여자라면 안 봐도 비디오다. 그러니 집 앞까지 가지도 못하는 건 당연지사. 왜냐, 요즘은 잘사는 게 찬양받는 시대이지 않은가. 그러니 보여줄 만한 집이 아니란 거지. 그렇다고 자원봉사 활동으로 끝낼 수는 없었다. 다음 날, 파도횟집으로 찾아갔다. 아줌마, 택배비! 횟집문을 들어서자마자 소리쳤다. 테이블을 닦던 누나는 대뜸 인상을 구겼다. 아줌마는 무슨 아줌마, 누나라 불러! 누나라니? 이거 초장부터 세게 나가 택배비를 떼먹으려는 수작 아냐? 솔직히 그때는 그렇게 생각했다. 택배비는 건넬 생각 없이 회덮밥부터 건넸으니까. 이거 고마워서 밥 먼저 주고 돈을 주려나? 헌데 정말 그게 끝이었다. 그런데도 이상하게 나는 누나로 부르고 싶었다. 바로 다음에 이어진 말 때문이었다. 모자라면 얘기해. 주고 욕먹고 싶진 않으니까. 먹는 것을 곯아본 사람은 안다. 배고픔이 얼마나 큰 고통인지를. 그 말 때문일까. 누나가 갑자기 예쁘게 보이기 시작했다. 그 바람에 아마 헛소리가 터졌을 것이다. 최소한 누나라 부르려면 나이키는 알아야 하는 거잖아요? 누나가 피식, 웃었다. 너만 한 동생이 세트로 와장창, 있다, 그럼 됐니? 어쨌든 누나와의 인연은 그렇게 시작되었다. 그 와중에 천우신조로 찬우 형이 사고를 당해준 거고. 찬우 형, 정말 베리 쌩큐!

내가 아이스크림을 언제부터 좋아하게 됐는지 잘 모르겠다.

그게 엄마가 돌아가신 다음부터인지, 사춘기 이후인지. 어쨌든 아이스크림만 먹으면 기분이 좋다. 게다가 날씨가 지금처럼 쌀쌀해지면 그 맛은 더 죽여준다. 문제는 아이스크림을 군대에 가서도 먹을 수 있을까 하는 거다. 하지만 걱정할 것 없다. 피엑스가 없어졌다는 소리는 듣지 못했으니까. 아저씨도 하나 드실래요? 아저씨라니? 꼭수 형이 발끈한다. 형이라 부르지 말라면서요? 그거야 씨부랄, 그냥 해본 소리지. 장가도 못 간 놈을 아저씨라는 게 말이 되냐? 형은 내가 먹던 아이스크림을 뺏더니 쭉쭉 빨기 시작한다. 그때 맞은편 횟집에서 누나가 나온다. 오늘도 어김없이 찬거리를 사러 시장에라도 가나 보다. 누나의 얼굴을 보자 어둡던 속이 환하게 개는 기분이다. 순간 내 입에서 어어, 소리가 터진다. 누나가 계단을 밟고 잠시 한눈을 판다 싶더니 중심을 잃고 넘어진다. 나는 얼른 달려가 일으켜 세워주고 싶은 마음인데, 형은 킬킬대며 흰소리다. 주나 씨 엎어진 걸 보니 불판이 따로 없네, 후끈 달아오르는 게. 개 눈에는 뭣만 보인다더니 오나가나 그 생각이다. 하긴 여자를 무슨 먹는 걸로 여기니 여자가 붙겠나. 붙자마자 포장지도 안 벗기고 먹으려 달려들 테니. 다행히 누나는 아무 일도 없었다는 듯이 치마를 털더니 걸음발을 재촉한다. 헌데 한쪽 발을 절룩거린다. 괜히 마음이 쓰인다.

수화기를 내려놓으며 꼭수 형의 표정이 험하다. 이런 씨부랄,

마수부터 어시장이냐? 하여튼 꼭수 형은 화낼 만반의 준비를 갖춘 양반이다. 툭하면 언성을 높이고 욕지거리를 퍼붓는다. 그런 양반이 뚫어져라 나를 쳐다본다. 기분 더럽다. 야, 좆만아. 니가 출동해라, 어시장 안 영아네 냉동 창고! 또 좆만이다. 그 바람에 나도 모르게 볼멘소리가 터진다. 내가 아무리 작아도 형 좆보다는 클 걸요? 형의 인상이 종잇장처럼 구겨진다. 그러거나 말거나 나는 헬멧을 쥐고 밖으로 나선다. 누나를 만나려면 서둘러야 한다. 시동을 켜서 급발진! 사실 어시장은 기사들도 다들 꺼린다. 왜냐면 화물이 거의 생선 종류이기 때문이다. 포장을 아무리 야무지게 해도 비린내는 묻기 마련이다. 그러니 깔끔한 척하는 꼭수 형이야말로 질색할밖에. 하지만 나야 어차피 찬 것 더운 것 가릴 필요가 없는 한시적 인생 아닌가. 게다가 묻어봤자 내 오토바이도 아니다. 시장 입구에 다다랐다 싶은데 장바구니를 든 누나가 보인다. 벌써 장을 다 본 모양이다. 빵빵, 클랙슨을 누른다. 누나가 묻는다. 어디 가는 길이야? 누나 태우러 왔잖아요! 배달 가는 길 같은데? 괜찮아요, 그리 바쁜 배달도 아니거든요. 그럴 필요 없어, 네 볼일이나 봐. 내가 짐을 빼앗다시피 오토바이에 싣는다. 그러자 누나도 마지못해 오토바이에 엉덩이를 걸친다. 천천히 달리기 시작한다. 근데 누나, 오늘 왜 이리 늦었어요? 그럴 일이 있었어. 무슨 일인데요? 그냥 집안일일 뿐이야. 짐도 무거운데 다음부터 택시라도 타세요. 택시 탈 돈은 누가 그냥 준대니? 그 말을 듣자 갑자기 파도광장으로 달려가고 싶다. 누나에게 파도 소리를 반주 삼아 힘내라고 응원가라도 불러주게 말이다.

배달 두어 군데 돌고 나니 점심때다. 요즘 내가 찾는 메뉴는 정해져 있다. 회덮밥. 누나가 해주는 회덮밥은 이 세상에서 가장 맛있는 음식이다. 오늘도 나는 누나의 식당으로 갈 것이다. 랄라룰루. 물론 내가 가장 먹고 싶어하는 음식은 따로 있다. 무지개송어 요리. 상상해보라, 무지개처럼 가슴에 주황의 무늬가 새겨진 물고기를. 그런 물고기가 물살을 가르며 헤엄치는 모습은 얼마나 아름답겠는가. 더군다나 그런 무지개송어를 누나와 함께 먹는다면 그 기분은 얼마나 좋을까. 그런 내 마음도 모르고 꼭수 형은 또 딴소리다. 인마, 너 입대 전에 여자 맛보고 싶어서 만날 가는 거지? 그렇지? 정말 품격 높은 말씀하신다. 사팔뜨기 눈을 해 보이고는 식당으로 잰걸음을 친다. 근데 횟집 앞에 검정색 고급 승용차 한 대가 서 있다. 누나의 가게에 모처럼 대형 손님이 왔나 보다. 헌데 들어서고 보니 분위기가 냉랭하다. 남자는 의자에 앉아 씩씩거리고 누나는 죄지은 사람처럼 허리를 꺾고 있다. 손님이 아닌 모양이다. 그렇다면 무슨 일이지. 분위기 쇄신하려 내가 부러 소리친다. 여기 회덮밥 후딱 좀 주쇼! 누나가 주방으로 향하자 마지못해 남자가 일어선다. 이런 일로 장사까지 방해하고 싶진 않소. 대신 두 번 다시 바쁜 사람 발걸음하게 하지 마쇼. 그러면 나도 가만있지 않을 테니까. 남

224

자가 헛기침을 하더니 돌아선다. 잠시 뒤 자동차 시동 켜는 소리가 나더니 이내 멀어진다. 누나, 저 건방진 놈은 누구야? 누나는 아무 일도 없다는 듯이 대꾸한다. 응, 이 가게 건물 주인! 짧게 대답했지만 누나의 발걸음은 무거워 보인다. 내가 흰소리 친다. 저런 놈은 원래 중고 오토바이나 같아요. 누나가 주방에서 고개를 내민다. 왜? 하는 표정이 역력하다. 소리는 큰데 힘은 아무짝에도 없거든요. 누나가 설핏 웃는다. 그닥 기분 나쁜 건 아닌 모양이다.

밥을 먹고 돌아서려는데 홀에 꼬마가 보인다. 헌데 꼬마 손님 표정이 야릇하다. 얼굴 가득 먹구름이 쫙 깔린 게 여차하면 울어버릴 태세다. 그렇다면 아까부터 앉아 있었던 모양이다. 근데 왜 난 못 본 거지? 주위를 둘러봐도 어른은 보이지 않는다. 그렇다면 혹시? 내가 알은체를 한다. 안녕, 꼬마야. 이름이 뭐니? 꼬마는 아무 말이 없다. 그때 누나가 주방에서 외친다. 참, 은비야, 인사해. 종만이 삼촌이야! 그제야 아차, 싶다. 아이까지 있는 이혼녀란 찬우 형의 말을 왜 흘려들었을까. 갑자기 장이 꼬이는지 속이 아리다. 근데 이런 내 마음도 모르고 꼬마가 대뜸 반말하고 나선다. 안녕, 쫑만이 쌈쫀! 이게 무슨 혀 끊긴 소리란 말인가. 갑자기 내 두 눈이 튀어나올 것 같다. 근데 문제가 더 커진다. 주방에서 또 꼬마 하나가 걸어 나온다. 이거, 혹이 둘이라니!

정말이지 참이슬을 따지 않을 수 없는 참담한 심정이었다. 그래서 며칠간 고민의 바다에 빠져 지냈다. 출근을 해도 횟집은 거들떠보기 싫었다. 점심 메뉴도 바꿔버렸다. 틈만 나면 파도광장을 찾아가 가슴에 박힌 몹쓸 여자 좀 빼달라고 용왕님께 빌기도 했다. 하지만 다 부질없는 짓이었다. 역시 난 운명적으로 물고기자리를 타고났나 보았다. 바다의 물고기가 그물에 잡히는 이유가 있다. 바로 전진만 할 줄 알았지, 후진을 할 줄 모른다는 거다. 물고기는 그물코가 앞을 가로막으면 꼬리의 힘으로 앞으로 더 밀고 나간다. 제 깐에는 그러면 빠져나갈 수 있을까 싶어서. 하지만 그게 자신의 운명을 더 옥죈다는 걸 몰라서 그렇다. 내가 그 꼴이었다. 누나가 혹이 둘이나 달린 아줌마라면 대시하는 걸 포기해야 하잖나. 근데 하루가 다르게 은비와 유비가 나를 따르자 생각도 점점 달라지는 거였다. 사실, 다섯 살이 된 은비는 좀 모자란다. 그러다 보니 두 살 아래의 남동생인 유비에게 늘 당하기만 한다. 유비가 여기 때렸어. 응, 알았어. 조금 있으면 안 아플 거야. 그리고 잠시 뒤면 또 사무실로 쪼르르 달려와 쌈쭌, 유비가 여기 때렸어, 했다. 아마 그날은 같은 말만 수백 번은 되풀이했을 것이다. 물론 그 주된 이유가 아이스크림 탓이었겠지만. 내가 이런 실정이니 누나는 얼마나 힘들까. 그런 생각을 하자 괜히 누나를 다시 생각하지 않을 수 없었다. 그래서 은비가 사무실에 오는 걸 막지 않았다. 은비는 우리 사무실이 제2의 어린이집인 셈이다. 그렇게 자주 봐서 그런지 은비가 전혀 바보는 아니란 것도 알게 됐다. 꼭수 형의 눈치를 보다가 소리를 빽, 하고 지르면 쏜살같이 내빼니까.

배달 나갔다가 돌아오니, 은비가 생각보다 일찍 사무실에 와 있다. 이상하다. 오늘은 어린이집에 안 갔나? 그렇다면 몸이 아프다는 얘기인데 여기는 웬일이람? 헌데 사무실로 들어오는 그 순간 일이 터지고 만다. 꼭수 형이 은비가 쥐고 있던 수화기를 잡아챘을 때에는 이미 늦어버렸다. 그런데도 수화기를 쥔 채 여보세요, 여보세요 외쳐댄다. 그래도 저쪽에서는 아무 응답이 없는 모양이다. 이런 씨부랄, 끊겼네? 결국, 은비를 노려보며 버럭 소리를 지른다. 야, 이 코딱지만 한 게 남의 영업까지 방해해. 후딱 니네 가게로 안 꺼져? 은비가 놀란 듯 꼼짝 않고 섰다. 내가 비꼰다. 꾸지람도 참 윤리적으로 하시네, 애한테 왜 큰소리예요? 그럼 큰소리 안 치게 생겼냐? 배달 전화가 아닐 수 있잖아요? 내가 되쏘자 형의 안색이 변한다. 은비는 한 번만 더 나무라면 저 바로 울어버릴 거예요, 하는 태세다. 형이 씩씩거리며 밖으로 나간다. 은비의 표정은 여전히 굳어 있다. 내가 아이스크림을 꺼내 은비에게 건넨다. 괜찮아. 잘못한 거 없어. 삼촌 도와주려고 전화 받은 거잖아, 그치? 은비가 고개를 끄덕인다. 그때 밖에서 형의 목소리가 울린다. 주나 씨, 은비 안 데리고 갈래? 우리 사무실이 무슨 탁아소야? 잠시 뒤 횟집문이 열리고 누나가 얼굴을 디민다. 지금 손님 있는 거 안 보여? 꼭수 씨한테 애 보라고 한 건 아니잖아! 누나가 되레 큰소리를 치자 형이 되레 어처구니없어 입을 못 다문다. 꼴에 안 봐도 훤하다. 또 이런 씨부랄, 하고 욕지기를 뱉었을 것이다.

  파도광장으로 향한다. 바람이 제법 선득선득해졌다. 사람들은 이런 날씨 때문에 한마디씩 한다. 하지만 난 걱정하지 않는다. 보란 듯이 군 복무를 끝내고 돌아올 자신이 있다. 다만, 이 년 뒤의 내 모습이 어떻게 변할지 그게 걱정일 뿐이다. 하긴 그래도 지금보다 더 성숙해 있겠지. 그러면 인생을 다시 생각해볼 작정이다. 대학도 다니고 싶고 할리데이비슨을 몰고 지구 끝까지 달려도 볼 것이다. 하지만 지금은 고작 갈 수 있는 곳이 파도광장뿐이다. 어느새 파도광장이다. 이곳의 주빈은 당연히 파도다. 계단참에 앉아 있으면 마치 웅장한 바다의 오케스트라 연주를 듣는 기분이다. 몰려왔다가 몰려가는 파도 더미들. 그건 바다가 지을 수 있는 유일한 표정이자 목소리일지 모른다. 나는 울적할 때마다 이곳에 와서 바다의 음악을 듣곤 한다. 그러면 나는 한 마리 물속을 유영하는 물고기가 된다. 온몸에 무지개 빛깔을 반짝이며 헤엄쳐나가는 멋진 물고기. 그런 모습을 상상하면 답답했던 가슴도 풀리고 마음도 정돈되는 기분이다. 은비는 먹을거리는커녕 볼거리도 없자 금세 몸을 비튼다. 은비야, 오늘은 왜 어린이집에 안 갔어. 엄마가 가지 말래. 왜? 몰라. 어디 아파? 아니. 그럼 왜 가지 말래? 몰라. 은비의 대답에 점점

생각이 깊어진다. 은비야, 그럼 네 아빠는 자주 연락 와? 내가
묻자 은비가 말한다. 몰라. 모르는 게 어딨냐, 아빤데? 그냥 몰
라. 은비는 성의 없이 말하고 돌을 찾아 돌아다니기 바쁘다. 갈
수록 은비의 대답이 의문투성이다.

초저녁부터 거리가 어수선하다. 어디서 싸움이라도 난 모양
이다. 근데 들으면 들을수록 목소리가 귀에 익다. 재빨리 누나
의 가게를 살피니 검은 그림자가 잔뜩 엉겨 붙어 있다. 나도 모
르게 누나의 가게로 달음박질이다. 누나, 무슨 일이에요? 양손
을 허리에 붙인 채 누나가 거친 숨을 내몰고 있다. 얼굴이 불콰
한 손님이 입을 연다. 아니, 손님이 그런 말도 할 수 있지. 장사
하는 양반이 그런 것도 이해 못 해주나? 그렇게 옹졸해서 장사
해먹겠어? 누나가 되받아서 소리친다. 여기가 무슨 살롱이에
요? 왜 그딴 짓을 해요? 내가 장사한다고 사람 그리 만만하게
보여요? 손님이 대꾸한다. 그럼 싫다고 말을 하든가. 우리가 남
의 속까지 알 수가 있어? 그만하라고 몇 번이나 얘기했잖아요!
허허 그 참, 하며 손님이 묘한 표정을 짓는다. 안 되겠다, 내가
나서야겠다. 계산서를 쥔 채 내가 인상을 구긴다. 점잖은 손님
들이 좋은 음식 놓고 왜 그러세요. 이 집도 장사해야 하니까 그
만합시다. 안 그래도 술맛 버렸어. 이 집에 두 번 다시 오나 봐
라. 손님이 투덜대며 엉덩이를 든다. 누가 오라고 해요? 누나가
앙칼지게 소리친다. 잠시 뒤 홀은 고요함을 되찾는다. 그제야

누나가 다시 입을 연다. 글쎄, 나더러 뭐라 그러는지 아니? 하루 얼마냐고, 오늘 수입금의 배로 줄 테니까 같이 가자더라. 그게 할 말이니? 내가 입을 연다. 장산데, 그런 말은 못 들은 척해야죠. 나도 참았지. 근데 계속 치근거리잖아. 옆에 앉으라면서 가슴까지 더듬고. 내 눈이 커진다. 그때까지는 참자 싶었어. 나란 년이 별건가 싶어서. 좋게 술 마시러 온 손님 기분 잡치게 할 것까지도 없고. 근데 이건 팬티 속의 거시기에 손가락까지 집어넣으려는 걸 어떡해? 그걸 어떻게 참느냐구. 듣고 보니 누나의 말이 틀린 게 하나도 없다. 나도 모르게 주먹을 불끈 쥔다. 다른 건 참아도 내 속까지 들어오는 건 용납할 수 없었어. 어느새 누나의 눈에 눈물이 맺혀 있다.

먹고 싶은 횟감 말해, 다 해줄 테니까. 누나의 말에 내가 되쏜다. 갑자기 웬 선심이세요? 너한테 고마워서 그래, 오늘도 그렇고 또 은비 아이스크림 값도 많이 들었잖아. 괜찮아요, 차라리 그 돈으로 은비 어린이집 회비나 주세요. 누나가 갑자기 놀란 표정을 짓는다. 그러더니 이내 아무렇지 않은 듯 입을 연다. 어차피 은비는 더 이상 다닐 처지가 못 돼. 왜요? 그건 다음에 얘기해줄게. 어서 고르기나 해. 누나가 다그치니 생각나는 생선이 있다. 하지만 그건 바다에서 자라는 물고기가 아니다. 빨리 말하라니까! 마지못해 내가 입을 연다. 무지개송어 먹고 싶어요. 무지개송어? 내가 고개를 끄덕인다. 그건 왜 먹고 싶은데?

이름이 멋있잖아요, 마치 눈앞에 무지개가 아롱대듯이. 내 말에 누나는 무지개송어를 떠올리기라도 하는 듯 잠시 무연한 눈빛을 했다. 그러더니 누나가 묻는다. 그냥 감성돔을 무지개라고 생각하면 안 될까? 메뉴에도 없는 생선을 끝까지 고집할 나도 아니다. 좋아요, 감성이란 말도 끌리는 이름이잖아요! 누나가 환하게 웃는다. 웃음은 일종의 관계 형성의 사회적 신호라 했던가. 그렇다면, 누나와 나의 관계가 예사롭지 않다는 증거다. 주방으로 향하는 누나를 향해 소리친다. 누나는 너무 예뻐요. 누나가 돌아보며 묻는다. 어느 정도로? 계절로 비유하자면 가을과 많이 닮았어요. 아름다우면서도 어딘가 사람의 생각을 깊게 만드는 점에서요. 누나가 또 웃는다, 약간은 서글프게.

누나가 정말 예쁘다. 바라보면 내가 서글퍼질 정도로. 어떨 때는 아이를 둘이나 낳은 아줌마라고는 생각이 들지 않는다. 옷도 비린내 나는 장사를 하지만 결코 허드레옷이 아니다. 그러니 누나가 이곳에서 장사한다는 게 이상하다. 아이들도 마찬가지다. 둘 다 깔끔하다. 옷이라도 더럽혔다가는 주나 누나가 가만 있질 않는다. 헤서 은비나 유비도 옷에 무엇이 묻는 걸 엄청 신경 쓴다. 그런 '깔끔을 떠는' 성미이니 이런 시장 골목과는 어울리지 않는다. 그런데도 무슨 이유인지 여기서 장사를 시작했다. 그러니 이혼녀라는 소문이 퍼졌을 것이다. 누나는 이따금 영업을 마친 다음 혼자서 술잔을 기울이기도 했다. 그렇다고 비싼 손님용 맥주는 건드리지 않는 눈치다. 볼 때마다 올라와 있는 건 소주병이었으니까. 그때 내가 물었을 것이다. 왜 이렇게 힘이 없어요? 누나가 신음 소리를 길게 끌며 대답했던가. 인체의 칠십 프로가 물이래, 그러니 액체 덩어리인 셈이지. 근데 난 내 몸이 단단하다고 믿었으니 착각이지 뭐야. 내가 묻는다. 누나는 왜 이혼했어요? 이혼은 무슨. 그딴 거라도 했으면 이 짓 하고 있겠니? 누나의 말을 듣자 누나의 과거를 뚜렷하게 떠올릴 수 없었다. 하지만 누나의 몸으로 수없이 많은 파도가 지나갔을 거라는 짐작은 갔다.

사무실로 돌아오니 완꼭수 형, 홍이 났다. 노래를 부른다는 건 배달이 계속되고 있다는 신호다. 지금부터 뛰어, 앞만 보고 뛰어, 내 인생에 태클을 걸지 마. 형의 오토바이가 어두워지고 있는 거리를 달려나간다. 멀어지는 형을 보니 부럽다. 욕을 존나 잘하고 노래도 존나 잘하기 때문이다. 사실 형은 조숙한 나이에 사회에 입문했다. 고교 시절부터 상 타는 것보다는 오토바이나 타는 걸 더 신나했다. 그래서 화류계에도 일찍 등단했다. 하지만 어느 순간 나이트클럽에서 손님 비위 맞추며 어두운 조명 아래 사는 게 죽기보다 싫더라고 했다. 사정없이 나비넥타이를 풀어버린 후 곧장 이 길로 걷게 되었다. 하지만 가라앉지 않으려 발버둥 치는 사이에 세월만 흘렀단다. 언젠가 형이 말했다. 어떤 여자든 자신의 삶을 인정해주는 여자만 있다면 과거는 따지지 않고 받아들일 용의가 있다고. 하지만 내 생각에는 아직 멀었다. 욕도 줄여야 하고 성깔도 죽여야 한다. 하지만 흥이 나면 사람이 백팔십도 달라진다. 노래를 부르면서 거리를 주름잡는 형. 그런 모습만은 이상하게 싫지 않다.

쌈쫀, 우리 집에 이상한 쌈쫀 있어. 은비가 같은 말을 되풀이한다. 성가셔죽겠다. 배달한 짐이 무거워 허리가 아직 뻐근하다. 망할 놈의 계단은 왜 그렇게 많은지. 그럴 거면 차라리 비상계단이나 치워놓든가. 짐 들고 빠져나가려다가 하마터면 입대 전에 '체험 삶의 현장'에서 순직할 뻔했다. 쌈쫀, 우리 집에 이상한 쌈쫀 있어. 은비가 계속 치근댄다. 일 때문이 아니라 은비 때문에 지쳐 쓰러지겠다. 그래, 일단 가보자. 겨울배추 뽑듯 힘들게 소파에서 엉덩이를 뽑는다. 누나의 가게 앞에 서기도 전에 남자의 목소리가 쩌렁쩌렁하다. 젊은 여자가 경우가 있어야지. 벌써 몇 달째야. 나는 뭐 자선사업 하라는 거요? 그러고 보니 전번에 봤던 주인 남자다. 은비는 무서운지 쪼르르, 달려가 제 엄마의 치마 뒤에 숨는다. 누나가 말을 잇는다. 죄송해요, 워낙 경기가 안 좋다 보니 장사가 돼야 말이죠. 남자가 되쏜다. 장사가 안 되면 가게를 빼면 되잖아. 그 돈도 안 내고 공짜로 돈 벌 작정이었소? 누나가 대꾸한다. 그런 말이 아니라, 하는 순간 남자가 누나의 말을 가로챈다. 일 없어요, 그깟 얼마 되지 않는 월세마저 못 내놓을 것 같으면 내일 당장 물건 들어내슈.

안 그래도 세 들어올 사람 줄 섰으니까! 누나가 입을 연다. 죄송합니다. 되도록 빨리 마련해볼게요. 남자는 누나의 말도 듣지 않고 돌아선다. 스치고 지나가는 남자에게서 냉기가 훅 끼친다. 남자가 나가자 누나의 입에서 긴 한숨이 터진다. 주인이란 새끼 꼬라지를 보니 돈 되게 밝히게 생겨 처먹었네. 누나, 너무 신경 쓰지 마세요. 누나가 나를 향해 흐릿하게 웃는다. 난 괜찮아. 만날 당하는 일인데, 뭐. 누나가 다시 장사 준비를 서두른다. 하지만 누나의 얼굴에는 잔뜩 그늘이 묻어 있다.

누나 생각 때문일까. 다가오는 입대 날짜 탓인가. 이상하게 마음이 무겁다. 하지만 완꼭수 형은 그런 내 감정도 모른 채 아침부터 마냥 히죽거린다. 기분 좋은 일이 있나 보다. 그러고 보니 양복까지 차려입고 손에 선물 꾸러미까지 쥐었다. 평상시 같으면 무슨 좋은 일이 있냐고 물었겠지만 오늘은 영 기분이 아니다. 야, 좆만아. 이 형님 폼 좀 나냐, 어떠냐? 대답하고 싶지 않다. 내가 그냥 멀뚱멀뚱 형만 쳐다보자 형이 또 말을 건다. 오늘 이 형님이 드디어 형수 만나러 간다. 형수는 뭔 형수람. 기껏 해봤자 선이나 보러 가는 주제에. 형은 혼자 신나서 또 떠벌리고 난리다. 나라고 홀아비로 늙을 수는 없잖냐? 안 그래, 좆만아? 내 목청이 커진다. 끝까지 종만이란 이름 두고 좆만이라 부를 거예요? 아, 씨부랄. 이 새끼 좀 보소? 왜 나라고 좋은 말 안 하고 싶을까. 이왕이면 나도 멋진 형수 만나서 행복하게 살라고 격려사를 퍼부어주고 싶다. 그래야 뒤통수 치는 일도 없을 테고. 하지만 몸이 무거워 입 벌리기도 싫은 걸 어쩌란 말인가. 형은 내 속도 모르고 히죽거린다. 하긴 가려우면 긁기 마련이라고 되게 급하긴 급한가 보다. 엿다, 받어. 엉, 해가 서쪽에 떴나. 선물을 다 주다니. 이걸 왜 나 줘요? 아, 씨부랄. 입대 얼마 안 남았잖아, 인마! 형은 벌쭉하게 서 있더니 무안한 듯 밖으로 나가버린다. 나는 이게 뭔 일인가 싶어 멀어지는 형의 오토바이만 쳐다본다. 형이 존나 멋있어 보인다.

횟집이 난리가 났다. 은비 할머니의 목소리가 여기까지 들릴 정도이다. 할머니가 무슨 일로 찾아온 거지? 나도 모르게 건너편에 눈길이 간다. 야, 이건 아이엠프보다 더 무섭다. 어째 이리 배달이 뚝 끊기냐? 이런 세상을 뭐라는 줄 아냐? 완꼭수 형이 묻는다. 내가 눈을 반짝이자 형이 말한다. 이런 세상을 한마디로 말하면 좇같다는 거지. 요즘은 위기는 산이고 기회는 바늘이라는 게 그냥 나온 말이 아니라니까. 꼭수 형의 말이 틀린 건 아니다. 미국발 금융 쓰나미가 몰려오고 나서 사무실 전화기가 우는 게 끊겼으니까. 그러면서 대신 울게 된 건 우리 같은 하루벌이 사람들이다. 겨우 서류 봉투 하나 배달하고 나니 일감이 끊어졌으니 오죽하랴. 그렇다고 끼니까지 끊을 수도 없다. 먹을 건 먹어야 한다. 아직 영업 마칠 시각은 아니다. 할머니가 무슨 일로 고함을 내지르는지 상황이라도 파악하고 싶은데 마뜩한

핑계도 없다. 잠시 머리를 궁굴리니 핑계가 없는 것도 아니다. 나는 냉동고에 넣어둔 아이스크림을 들고 밖으로 나선다. 홀에 할머니 한 사람이 모듬 숨을 올려 쉬고 내려 쉬고 해댄다. 누나는 고개를 외로 틀었다. 두 사람의 눈치만 살피던 은비가 내게 달려온다. 쌈쪈, 유비가 여기 다쳤어. 은비가 머리를 만지며 말한다. 그래, 유비 많이 다친 거야? 웅, 유비가 여기도 다쳤어. 이번에는 다리를 가리킨다. 짐작건대 유비가 많이 다친 모양이다. 그래, 걱정 마. 동생 곧 나을 거야. 은비에게 쥐고 온 아이스크림을 건넨다. 그때 할머니가 입을 연다. 그래, 다시 물어보자. 내가 무슨 죄를 지었냐? 왜 내가 늙은 나이에 아픈 다리 질질 끌어가면서 밥하고 빨래하고 애들 뒤만 쫄쫄 따라다녀야 하냔 말이다? 누나가 대꾸한다. 그럼, 집에 계시면서 애도 못 챙겨줘요? 그럼, 밖에 못 나가게 애새끼 다리라도 묶어놓으랴? 금방 집에 있던 애가 밖에 나가서 차에 치인 게 왜 내 잘못이냐? 네 잘못은 없어? 어머님도 알다시피 저는 여기 매인 몸이잖아요! 그래서, 밤늦게 술까지 퍼먹고 와서 시어미더러 해장국이나 끓이게 부려먹어? 그게 왜 부려먹는 거예요? 그러면 그게 어른 모시는 거냐? 누나가 잠시 말을 끊는다. 할머니가 다시 입을 연다. 너만 가슴 내려앉았냐, 나도 내 새끼 잃고 내려앉았다. 순간 내 귀가 번쩍 뜨인다. 할머니의 말은 계속 이어진다. 병원가서 치료하고 돌아와 전화한 사람한테 어디 언성을 높여? 그게 사람한테 할 짓이냐? 걱정되니까 순간적으로 그렇게 한 거잖아요? 그렇다고 시어미한테 소리를 질러? 아, 이런 수모 두 번 다시 당하면서 살고 싶지 않다. 니들이 싸질렀으니 다시 데리고 나가든지, 친정에 맡기든지, 고아원에 버리든지 니 맘대로 해라. 할머니는 그 말을 끝으로 횟집을 나선다. 그러거나 말거나 누나는 얼굴만 파묻고 있다.

어라, 저게 누구지. 복덕방 장 씨 아닌가. 그런데 저 양반이 어떻게 누나의 가게로 들어가는 걸까. 괜히 눈길이 쏠린다. 따라온 남자가 장 씨를 따라 횟집 안으로 들어간다. 기어이 누나가 가게를 내놓나? 하긴 이 거리에서 주인 바뀌는 일은 흔하다. 새로운 가게가 개업을 한다 싶으면 문을 닫기 일쑤다. 그래서 완꼭수 형의 말마따나 이 거리에 오래 살다 보면 세상이 보인다. 한때, 공구거리에 화장품 가게와 아동복 가게가 들어서더니 어느 날부터 모두 사라졌다. 그게 바로 장사가 안 된다는 거고, 그만큼 우리나라도 고령화 사회로 진입했다는 증거다. 헌데 지금은 분식점이나 식당 같은 가게도 하나둘 변하는 중이다. 그 정도로 사는 삶이 더 팍팍해졌다는 거다. 근데 누나마저 떠난다면 어쩐담? 갑자기 어깨가 폐가 지붕처럼 푹, 내려앉는다.

생각보다 꼭수 형이 일찍 돌아왔다. 내 삶이 너무 위험해 보인다더라. 내가 보기엔 지가 더 위험해 보이던데. 내가 눈을 키운다. 하긴 몸이 우람하니 겨울엔 보온성 하나는 끝내주겠더라만. 역시 장가가는 게 쉽지 않은 모양이다. 형의 기분도 풀 겸 내가 '급제의'를 한다. 형, 우리 회식 한번 하죠. 기분도 꿀꿀한데, 어때요? 기분이 그런지 형이 이맛금을 새기며 투덜거린다. 아, 씨부랄. 마음에 드는 제의이긴 한데 파도횟집이면 안 간다? 내가 씨익, 웃으며 대꾸한다. 누나도 먹고살아야죠, 히히. 아예, 살림 합치고 입대해라, 그냥. 형은 빈정거리면서도 그다지 싫지 않은 기색이다. 퀵서비스 식구들이 몰려오자 주방에 있던 누나의 눈이 커진다. 누나를 보자마자 꼭수 형이 흰소리를 친다. 주나 씨, 오늘은 함 주나? 누나가 테이블에 덤 안주를 올리며 퉁바리를 먹인다. 주긴 뭘 줘? 일행이 키득거린다. 그러자 꼭수 형이 또 입을 연다. 시치미 떼기는, 여자들이야 줄 게 정해져 있지. 그러자 누나가 쏘아붙인다. 주더라도 완꼭수 씨는 안 줘. 종만이면 또 몰라? 꼭수 형의 눈이 커진다. 이제 둘 사이를 공공연하게 소문을 내누만. 누나가 피식 웃으며 나를 바라본다. 그 바람에 얼굴이 홧홧거린다. 하필 나를 들먹이다니. 사람들이 한 소리씩 보탠다. 종만이는 좋겠다, 누나가 준다니 말야. 그러고는 지들끼리 또 낄낄거린다. 그러자 완꼭수 형, 또 나서신다. 나도 은비한테 아이스크림 사주지, 그럼 줄라나? 그제야 누나도 정색을 한다. 농담은 그만해, 나 계속 그럴 기분이 아냐. 그제야 사람들은 합죽이이 된다. 꼭수 형, 농담했다가 자존심만 수제비처럼 뜯겨나간 듯 인상을 구긴다. 꼴이 영 말이 아니다.

누나마저 합석하면서 자리가 거나해지고 말았다. 밤도 제법 깊었다. 사람들이 자리를 털면서 홀에는 누나와 나만 남았다. 오늘따라 누나는 폭음을 하다시피 했다. 마치 화가 난 사람처럼. 누나, 혹시 가게 내놨어요? 누나는 말이 없다. 대신 소주잔만 꺾는다. 오늘 복덕방 장 씨가 보이던데? 내 물음에 누나는 엉뚱한 말을 뱉는다. 우리 오늘 이 차로 모텔 갈래? 갑자기 웬 모텔이에요? 나는 가면 안 되나? 갈 수도 있죠, 근데 모텔 가서 뭘 해요? 네가 하고 싶은 거 해. 누가 하고 싶대요? 그거야 네 맘대로 해. 내가 잠시 머뭇거린다. 넌 누나가 떠나도 이 누나 절대 잊으면 안 된다? 누나가 엄청 취했다. 이전에는 하지 않던 말까지 한다. 빨리 일어나요, 애들이 기다리겠어요. 그런 말은 하지 마. 안 그래도 애들 생각하면 미치겠으니까. 누나가 소주잔을 또 비운다. 거리의 간판은 이미 불이 꺼진 지 오래다. 할 수 없이 내가 뒷정리를 위해 일어선다. 나도 제법 마셨는지 어지럽다. 이런 상태라면 오토바이를 운전할 수 있을지 걱정이다. 탔다가 찬우 형 짝이 날지 모르겠다. 오늘 모텔 안 가면 절대 집에 안 들어간다. 그건 또 무슨 말이에요? 그냥 기분이 그래. 혼자 잠이 드는 게 왠지 외롭겠다는 생각도 들고. 이를 어쩐담? 시간도 늦었으니 취한 사람 데리고 또 술집에 갈 수도 없고, 그렇다고 집에 가지 않겠다는 사람, 집에 데려다줄 수도 없고. 낭패가 따로 없다. 그때 뇌리로 뭔가 스친다.

야, 저게 뭐야? 수족관을 보면서 누나가 소리친다. 저게 바로 무지개송어예요. 와, 예쁘다. 누나의 반응에 여기까지 데려오길 잘했다는 생각이 든다. 배달하다가 우연히 봤거든요. 밤이라서 좀 그렇지만 멋있는 놈이죠? 그래, 저거 먹으면 진짜 마음에도 무지개가 솟는 기분이 들까? 그럼요, 아마 그 어떤 풍랑도 헤쳐 나갈 수 있을 걸요? 누나가 되묻는다. 그래? 근데 어쩌니, 식당이 문을 닫아서? 괜찮아요, 다음에 누나랑 와서 먹으면 되죠. 그럼, 우리 소주 사서 모텔 갈까? 또 모텔 타령이다. 까짓것, 누나의 소원이라니 나쁠 것도 없겠다. 휴식이 최고의 간호사라 했으니 가서 푹 쉬자. 우리는 편의점에서 술과 안주를 산 다음 모텔로 향한다. 오늘 우리가 머물 곳은 무조건 무지개모텔이라 부르는 거다. 내가 화답하는 의미로 환하게 웃는다. 누나는 방에 들어오자 술병부터 그러쥔다. 너한테 하나만 묻자. 내가 사는 게 어때 보이니? 내가 대답한다. 열심히 사는 게 너무 좋아 보여요. 진짜 그렇게 보여? 그럼요. 내가 고개까지 끄덕여 보인다. 근데 왜 난 이리 힘든 거지? 은비도 불쌍하고 은비 할머니도 불쌍하고 나까지도 왜 자꾸 불쌍하단 생각이 들까? 나는 할 말이 없어 술만 마신다. 내가 왜 모텔 오자고 했는지 아니? 모텔에 오면 은비 아빠 생각이 나거든. 나도 모르게 눈을 치뜬다. 병신 같은 게 호텔도 아니고 꼴랑 모텔에서 자살해버렸어. 그깟 사업 부도내고 빚만 남겨놓고서. 누나의 눈이 벌겋게 충혈되어 있다. 입 안이 얼어붙은 듯 말을 할 수 없다. 난 절대 무책임하게 자살하진 않아. 악착같이 살아서 아이들 보란 듯이 키워낼 거야. 두고 보라구. 어느새 누나의 눈에는 조개 국물같이 진한 눈물이 흘러내리고 있다. 내가 할 수 있는 일이라고는 손을 잡고 어깨를 쓰다듬는 일밖에는 할 게 없다. 그러자 울음을 참고 있었다는 듯이 펑펑, 울기 시작한다. 마치 목 놓아 울 곳을 찾아 들어온 것처럼.

살면서 알아야 할 것이 있고, 느껴야 할 것도 있다. 나는 이 둘 다를 깨닫게 해주는 것이 사랑이라고 생각한다. 그런데 사람들은 사랑에 대해 착각한다. 사랑은 그냥 우연히 꽝, 하고 가슴에 와 닿는 것이라고 하지만, 진정한 사랑은 느낌만으로 이루어지는 것이 아니다. 상대방의 마음까지 아는 것, 그게 참된 사랑이다. 그러니까 사랑이야말로 광맥을 찾듯이 찾는 자에게만 보이게 마련이다. 누나가 그랬다. 누나를 통해 사람이 사람을 사랑하는 일이란 얼마나 외로운 건지 알았다. 모텔에서 누나는 한동안 혼잣말을 해댔다. 그러다가 어느 순간 잠이 들었다. 사는 게 힘든지 코 하나는 끝내주게 힘차게 골았다. 나는 침대 모서리에 앉아서 누나의 잠든 모습을 바라보았다. 그리고 누나를 세상에 팽개친 채 죽은 누나의 남자를 나무랐다. 다른 곳으로 달아나는 것과 다른 곳을 꿈꾸는 것은 다르다고. 처음 사랑을 알게 해준 사람. 아이 둘의 엄마일지라도 내게 누나는 처녀였다. 나를 위해 기꺼이 옷을 벗은 처녀. 나를 구원해준 천사. 그래서 팬티를 다시 입으며 코 고는 소리처럼 힘차게 살기를 바랐다. 제발 이제는 외로워하지 말라면서. 누나의 곁에는 내가 항상 있을 거라고.

누나의 가게가 새로운 인테리어 작업에 들어갔다. 인부들이 몰려와 파도횟집 간판을 떼어내기 시작한다. 꼭수 형과 나는 멀뚱거리며 창밖만 내다본다. 형의 손에는 헬멧이 쥐어져 있다. 벽에서 떨어진 간판이 바람에 흔들린다. 마치 그 모습이 물고기가 지느러미를 흔드는 것 같다. 모텔에 간 그다음 날부터 식당 문은 점심때가 지나도록 열리지 않았다. 혹시 주방 일에 정신이 없나 싶어 안을 기웃거려도 인기척이 없었다. 다음 날도 마찬가지였다. 은비와 유비마저도 나타나지 않았다. 누가 그랬던가. 기쁨의 절반은 기다림의 황홀에 있다고. 냉동고 아이스크림은 거들떠보지 않은 지 오래다. 몸은 플라이급인데 마음은 점점 헤비급으로 바뀌는 것 같다. 누나가 사는 산복도로 골목 앞을 서성였지만 허사였다. 이제 누나를 만날 기회는 강아지처럼 도망갔다는 걸 안다. 아, 씨부랄. 아무리 그래도 그렇지, 인사도 없이 그냥 가냐? 기어이 꼭수 형도 입맛이 쓴지 한마디 뱉는다. 그러고는 밖으로 나선다. 파도횟집 간판이 서서히 땅으로 끌려 내려오고 있다.

(『리토피아』 2009년 여름호)

242

희망과 절망의 이중주

이상섭의 소설이 젊어졌다. 그의 첫 작품집 『그곳에는 눈물들이 모인다』(창비, 2006)에 모아졌던 '소설 언어의 풍요로움' 혹은 '삶의 풍부한 진실을 육체로 담은 소설' 등의 평가는, '바다, 섬, 어촌, 가두리 양식장, 어시장 난전 골목 등을 주 배경'으로 '고된 노동이 이어지는 생활공간'의 삶을 그들의 언어로 포착(황국명)한 고집스러움에서 기인하는 바 크다.

　이에 비해 이번에 선보이는 작품들은 확실히 새롭다. 초점 화자들의 연령이 아래로 내려옴에 따라 질박한 사투리는 젊음의 방언으로 채워지고 있으며, 작품의 주 배경이 되는 '바다'는 작중 인물들의 삶의 터전으로 기능하기보다는 '여행지'이거나 혹은 앞 세대들의 그리움이 반추되는 공간으로 변모하고 있다.

　이상섭은 이번 작품집을 통해 '희망과 절망의 이중주'를 젊음의 감각으로 연주하고 있는데, 집요하면서도 진지한 탐색정신과 경쾌한 문체가 교차하면서 삶의 속살을 헤집는 보기 드문 진경을 연출하고 있다. 고전적이면서도 새롭고, 익숙하면서도 낯선 풍경이다.

우리 시대 젊은이들의 삶의 이면을 상큼하면서도 진솔한 어투로 길어 올리고 있는 「바닷가 그 집에서, 이틀」은 그의 작품 세계의 변모를 이해하는 시금석이 되는 단편이다.

친구(동만)에게 빌린 돈을 받아 멋진 휴가를 즐기려는 화자(상만)는, 몰래 몰고 온 선배의 차 옆 좌석에 여자친구(혜주)를 태우고 바닷가로 향한다. 이들의 내면풍경을 조금 엿보기로 하자.

전화 오잖아! 갑자기 혜주가 소리친다. 시디 보관함 속에 놓아 둔 휴대폰이 깜빡이고 있다. 누군지 좀 봐줘. 내가 왜? **아, 씨발. 지금 초보께서 존나 운전 중이시잖아.** 혜주가 마지못해 인상을 구기며 휴대폰을 낚아챈다. 그러더니 화면의 발신자 번호를 확인하며 내게 디민다. 받아, 준수 선배! 그래? 그럼, 그냥 둬. 보랄 땐 언제고 이젠 또 왜 놔두래? 아, 니기미. 뻔히 알면서 그러냐? 그제야 상황 파악이 끝난 듯 혜주가 쏘아본다. **초보에 이젠 도둑 운전까지 하셔, 이 미친 잡놈께서?** 할 말이 없다. 인정한다. 하지만 너랑 같이 있고 싶어서 그랬다는 말은 하기 싫다. 쪽팔리게 남자가 어찌 그런 말을 할 수 있는가. 휴가비 털린 것도 존심 꽉꽉 구겨가면서 겨우 말했는데. 준수 형이야 똥줄이 타든 말든 우리의 여정은 계속되어야 한다.(강조는 인용자) —157쪽

거침없는 욕설, 비속어와 존칭이 뒤섞인 말투가 경박스럽지 않은데, 이는 작가의 섬세한 배려가 투영되어 있기 때문이다. "지금 초보께서 존나 운전 중이시잖아"라는 상만의 말에서, '존나'와 '초보'가 함축하고 있는 자기비하의 이미지는, '께서'와 '시잖아'에서 드러나는 존칭으로 인해 스스로에 대한 존중심을 부여받는다. '너랑 같이 있고 싶어서' '초보' '도둑운전'을 하게 되었다는 상만의 마음이 온전하게 전달되는 이유도 이와 무관하지 않다. 이러한 상만의 마음이 혜주에게 전달되어 "초보에 이젠 도둑운전까지 하서, 이 미친 잡놈께서?"라는 표현이 나온 것은 아닐까? '씨발', '존나', '니기미', '미친', '잡놈' 등의 비속어와 '께서', '시잖아', '하서' 등의 존칭은 미묘한 긴장감을 유발하며, 경쾌함과 진지함이 공존하는 언어의 속살을 생생하게 드러낸다. 특히, 인용부호 없이 진행되는 서사의 전개는 드러냄(대화)과 숨김(내면)을 동시에 포착하는 존중과 이해의 소통방식(스스로에 대한 존중과 타자에 대한 이해)을 시사하는 한 예라 할 수 있다.

'노랑나비'의 이미지로 혜주를 좇는 상만의 시선을 따라가보자.

① 혜주의 눈길이 머문 바다 위에 나비가 날고 있다. 혜주는 노랑나비만 쳐다본다. 마치 날개 달린 꽃이라도 본 꼴이다. 헌데 가만 보고 있자니 꽁하던 표정의 그녀가 아니다. 저게 바다 냄새에 살짝 맛이 가셨나. 분위기 파악도 할 겸 부러 흰소리를 쳐본다.

혹시 너 온다고 환영 나온 거 아냐? 혜주가 미빡을 구기며 되쏜다. 꿀값도 없어 여기까지 온 주제에 계속 꼴값이셔요. _159쪽

② 혜주가 욕실 앞에서 서둘러 바지를 벗는다. 엉덩이에 앙증맞게 걸려 있는 팬티가 보인다. 노란색이다. 마치 좀 전에 본 바다 위를 날던 나비, 그 나비가 날아든 것 같다. _162쪽

③ 웅덩이에 빠진 나비가 빠져나오려 허우적거리는 것 같고, 어떻게 보면 몸에 묻은 이물질을 털어내려는 발악 같기도 하다. _173쪽

④ 야, 상만아. 바다가 왜 이리 보기 좋니? 너도 그러니? 마치 더러운 웅덩이에서 이제 막 빠져나온 것 같다야. 어쭈, 이것 봐라. 하는 짓이 가관이다. 미친년처럼 양팔까지 쫙, 펼치더니 야호, 소리까지 지르고 저 난리다. 정말 대략 난감이다. 근데, 이상하다. 그런 모습을 자꾸 보자니 마음이 짠해진다. 혜주의 모습이 마치 하늘을 날아오르려는 한 마리 나비 같기만 하다. 은근히 마음 바뀐다, 니기미. 까짓것, 같이 날자. 날아서 일본을 지나 아프리카 대륙을 지나 저 우주까지 확, 가버리는 거다, 씨발! 힘껏 엑셀러레이터를 밟는다. _182쪽

①은 바다 위를 날고 있는 '노랑나비'를 쳐다보는 혜주의 모

습을 포착한 장면이다. 아까까지의 "꽁하던 표정"이 아니라 "바다 냄새에 살짝 맛"이 간 듯한 모습이다. "너 온다고 환영 나온 거 아냐?"라는 상만의 '흰소리'에 혜주는 "꿀값도 없이 여기까지 온 주제에 계속 꼴값이서요"라고 되쏜다. 자연과의 교감을 통해 가까워졌던 혜주와 나비 사이의 심리적 거리가 현실(상만의 말)의 개입으로 멀어지는 순간이다. 이러한 혜주를 매개로 한 상만과 나비 사이의 거리는 더욱 멀게 느껴진다.

②는 혜주의 노란색 팬티를 보며 '좀 전에 본 나비'를 연상하는 장면이다. 상만의 눈에 나비와 혜주가 한 몸으로 비춰진다. '혜주=나비'를 바라보는 상만 또한 이들과 가깝게 느껴진다. 하지만 '한 게임'(섹스) 뜨고 싶은 상만의 욕망을 거절하는 혜주의 태도에서 드러나듯 여전히 거리감이 존재한다.

③에서 상만의 눈에 비친 혜주와 나비는 한 몸이다. 헤엄을 치는 혜주의 모습이 마치 "웅덩이에 빠진 나비"가 "몸에 묻은 이물질을 털어내려는 발악" 같아 보인다. 이러한 상만의 시선은 전날의 소통(진실게임과 섹스)을 거쳐 획득된 것이다. 하지만 여전히 대상을 관찰하는 자의 시선을 벗어나지 못하고 있다. 이 관찰자의 시선을 넘어서야 비로소 온전한 소통의 길이 열린다.

④에서는 상만의 자의식이 스스로의 껍질을 벗고 '혜주'와 소통하는 장면이 연출된다. "미친년처럼 양팔까지 쫙, 펼치더니 야호, 소리까지" 지르는 혜주의 모습을 보며 상만은 '같이' "날아서 일본을 지나 아프리카 대륙을 지나 저 우주까지 확, 가버

리"고 싶은 한 마리의 나비가 된다. 나비를 매개로 상만과 혜주는 한 몸이 된다.

이상과 같이 작가는 혜주에게로 다가가는 상만의 마음을 치밀한 구조로 배치해놓고 있다. 앞의 인용문에서 보여지듯 혜주는 상만과의 여행(바다)을 통해 세속에 찌든 과거의 삶(무책임이 도를 넘친 아버지의 삶)과 정직하게 대면하고 새로운 삶을 꿈꾼다. 이러한 혜주의 변화를 좇는 상만의 시선 또한 자아의 울타리를 넘어 타자의 삶에 다가가는 따스한 모습으로 변모한다.

내친김에 전통적 정서와 젊음의 감각이 교차하는 소통의 장면을 조금 더 엿보기로 하자.

나는 딱히 해줄 말을 찾지 못해 그녀의 손만 끌어당긴다. 바다 위엔 별들이 수북하다. 우리는 나란히 손을 잡은 채 앉아 있다. 더없이 포근한 느낌이다. 그때 혜주가 갑자가 소리치며 나선다. 야, 우리 필 꽉 꽂히는데 여기서 한 게임 뜰까? 갑작스런 말에 어리둥절해진다. 근데 여긴 좀 불편하지 않겠냐? 욕실보다야 훨 낫잖아. 혜주가 먼저 바지를 벗기 시작한다. 나도 서둘러 바지를 벗는다. 내 거시기가 벌써 빵빵해져 터질 지경이다. _171쪽

화자와 혜주는 '주인 없는 집에서 밤까지 새울 순 없어' '나란히 차 안에 앉아' '강소주'를 마신다. '진실게임'이라는 형식으로 이들의 상처가 알몸을 드러낸다. 아내와 사별하고 열심히 자

식을 돌본 아버지의 고달픈 삶(상만)과 무책임이 도를 넘친 아버지의 삶(혜주)이 살짝 몸을 맞댄다. "별들이 수북"한 '바다'와 손을 맞잡은 '포근한 느낌'은 "야, 우리 필 팍 꽂히는데 여기서 한 게임 뜰까"라는 혜주의 '갑작스런 말'에 의해 생동감 넘치는 이미지를 부여받는다. 서로를 향해 횡적으로 퍼져나가던 서정적 동화의 정서가 역동적 이미지로 솟구치는 장면이다.

'간밤의 축제'가 끝난 다음 날 풍경은 이렇다.

개수대에 나란히 서 있으니 어째 신혼부부 같다. 아, 이렇게 살고 싶어 아버지는 집을 갖고 싶었던 것일까. 아버진 먼저 보낸 어머니 때문에 얼마나 많은 요리를 대신했을까. 갑자기 코끝이 시큰거린다. 아, 씨발 내가 왜 이러나. 정신을 차리니 구수한 냄새가 실내를 장악하고 있다. 나중에 집주인 양반도 먹게 왕창 해버렸다, 씨발. 설마 욕먹진 않겠지? 혜주가 착한표 공주처럼 히죽거린다. ─175쪽

전날 밤 혜주와 한 몸이 되었던 상만은 마치 신혼부부가 된 듯한 느낌에 사로잡힌다. 이 감정의 충만함은 자연스레 아버지의 삶을 불러온다. 스스로에 대한 감정이 흘러넘쳐 아버지(가족)에게로, 나아가 타자(집주인 양반)에게로 퍼져나가는 "코끝이 시큰"한 장면이다.

이러한 정감 어린 풍경은 젊음의 이미지를 거느리며 두터운

관습의 껍질을 벗는다.

　가까이 가도 혜주는 바다만 바라보고 있다. 무슨 생각을 그리
하고 있냐? 짐짓 시치미를 떼고 묻는다. 혜주가 나직이 입을 연
다. 그냥 바라보는 중이야. 바다를 바라보고 있으니까 생각이 존
나 넓어지고 깊어지는 것 같아서. 어쭈, 외계어 같은 소리 하네.
혜주가 돌멩이를 주워 바다로 던지기 시작한다. 얄랑이는 물결에
닿자 퐁, 하는 가벼운 소리가 난다. 그 소리가 마치 휴대폰 문자
뜨는 소리 같다. ＿172쪽

　"바다를 바라보고 있으니까 생각이 존나 넓어지고 깊어지는
것" 같다는 혜주의 진지한 말은 "어쭈, 외계어 같은 소리 하네"
라는 상만의 반응을 통해 경쾌한 이미지를 부여받는다. 무거움
(진지함)과 가벼움(경쾌함)이 얼굴을 맞대는 장면이다. 특히, 혜
주가 던지는 '돌멩이'가 '얄랑이는 물결'에 닿아 '퐁, 하는' 소리
를, "휴대폰 문자 뜨는 소리"로 묘사하는 장면은 감칠맛 나는
언어의 묘미를 만끽하게 하는 대목이다.

　이곳이 이상하게 점점 마음에 들어. 어? 나도 방금 그 생각을
했는데. 그럼 너도 뭔가 확 씻겨 내려가는 기분을 느낀 거야? 그
럼, 우린 통하는 게 많잖아. 통하는 게 뭐 있나? 혜주는 시큰둥한
표정이다. 하지만 그다지 싫은 기색은 아니다. 생각해봐. 우선 둘

다 부모 중 한 사람이 없다는 점이 그렇고. 이혼과 사별은 다르지. 둘 다 나이도 같고. 생일은 달라. 둘 다 사랑을 간절히 원한다는 점. 난 그렇지 않은데? 둘 다 꿈꾸는 중이고. 난 꿈도 꾸지 않는 애늙은이야, 엄마가 될 뻔도 했고. 그래도 다시 시작하고 싶다는 점은 같을걸? 그만해, 씨발! 혜주가 버럭 소리를 지르더니 일어선다. 하지만 그런 모습조차 어째 귀여워 보인다. _173쪽

다름을 유지하면서 이루어내는 차이들의 네트워크. 어긋남과 소통이 공존하는 교감의 장면이다. "그만해, 씨발!"이라며 '버럭 소리'를 지르는 혜주의 모습이 '귀여워' 보이는 이유도 여기에 있다. 마치 서로의 상처를 맞대고 몸을 부비며 희망을 길어 올리는 비 맞은 나비의 날갯짓을 연상시킨다.

이렇듯 소통의 과정은 치밀하게 구조화되어 있는데, 진부하거나 딱딱하지 않고 경쾌하면서도 훈훈하다. 첫 번째 작품집에서 보여주었던 풍부한 육체적 언어가 젊음의 감각이라는 날개를 펼쳐 비상하는 형국이다.

이들의 상처의 심연에 '어머니의 부재'가 놓여 있고, 이를 딛고 아버지와 회해하는 방향으로 소통이 진행되고 있다는 사실은 주목을 요한다. 이번 작품집의 밑그림에 해당하는 모티프이기 때문이다.

그렇다면 화해할 대상이 없거나, 소통이 불가능한 현실에 놓인 자들의 모습은 어떠할까? 이상섭은 「바닷가 그 집에서, 이

틀」이 보여준 섬세한 소통의 과정이 무색할 정도로 섬뜩하고 냉정하게 화해의 불가능성을 그려나가기도 한다.

「아직 아직은」은 어머니/아버지(소통, 화해의 대상)가 부재한 상황에 놓인 누나와 남동생이, 스스로 어머니와 아버지가 되어 화해(소통)하는 과정을 눈물겨운 필치로 그리고 있는 작품이다. 근친상간이라는 민감한 주제를 '운명적 어긋남'에 기대기보다는 그럴 수밖에 없는, 혹은 그렇게 될 수밖에 없는 상황으로 몰아가고 있다는 점은 작가의 투철한 서사정신을 시사하는 대목이다.

서서히 죽어가는 동생을 돌보는 누나가 있다. 보상비가 바닥나도 진료비 청구서는 어김없이 날아온다. 동생의 몸은 점점 굳어간다. 누나는 구조조정의 칼바람을 맞고 계약해지 통보를 받는다. 각종 고지서들과 독촉장이 날아오고 이들의 아파트는 단전을 당한다. 설상가상으로, 장래를 약속한 남자마저 동생의 비명과 냄새를 견디지 못하고 떠나간다. 여기에 윤리적 파탄까지 겹친다. 생계를 유지하기 위해 유부남인 봉제공장 사장과 교제를 하기에 이른 것이다. 이쯤 되면 누나의 삶 또한 동생의 처지와 다를 바 없다. 살아도 사는 것이 아니다. 세상을 향해 내민 이들의 손을 잡아줄 사람은 아무도 없다. 세상의 벼랑, 삶과 죽음의 경계에 몰린 셈이다.

'그래도 죽은 것'은 아니기에 '정성을 다하면 언젠가는 자리를 훌훌 털고 일어서리'라는 가느다란 희망의 끈을 놓지 않으려는 누나에게, 손길이 스칠 때마다 벌떡 일어서곤 하는 동생의 성기는 마지막 희망이다. 하지만 그녀의 희망은 서서히 무너지고 만다. 예전처럼 푹푹, 허공을 향해 쏟아지던 그 힘마저 사그라지고 있는 탓이다. 살고 싶다고, 살려달라고 발버둥 치던 동생이, 이젠 못 죽어서 안달이다. 누나는 그걸 알고도 악착같이 끼니를 먹여댄다. 어쩌면 이러한 누나의 행위는 그녀 자신을 향한 학대이자 부조리한 세상에 대한 한 맺힌 절규인지도 모른다.

이들에게 과연 어떤 화해(소통)가 가능할 수 있을까? 작가는 충격적인 결말을 예비한다. 먼저 이들의 과거를 살짝 들춘다. 아빠와 엄마의 이혼 이후 동생은 누나의 품만 파고든다. 누나의 가슴을 만지던 동생은 어느 순간 제 성기를 움켜쥐고 잠들기 시작한다. 이를 안타깝게 생각한 누나는 동생의 바지 속으로 손을 밀어 넣어준다. 동생에게 누나는 어머니이자 연인이 되는 셈이다.

누나가 지금까지 동생을 돌본 행위는 부재한 어머니의 역할이라 할 수 있다. 동생을 영원히 떠나보내기 전 마지막으로 할 일이 남아 있다. 동생의 생일날, 삶과 죽음이 공존하는 제의가 펼쳐진다.

입 안에 들어간 성기는 방금 튀거낸 핫도그처럼 따뜻하다. 여자는 입으로 핥으면서 브래지어를 풀고 치마를 벗는다. 그리고 마지막 남은 팬티마저 벗겨낸다. 나신이 된 그녀가 침대 위에 올라선다. 마야의 눈에 눈물이 그득하다. 울지 마. 어차피 죽을 거면 **사랑**은 한번 해보고 가야지. 그래야 덜 억울하잖아. 마야의 입에서 비명이 터진다. 제발 소리치지 말라고 그랬지? 이게 누나가 네게 줄 수 있는 마지막 선물이야. 넌 내 진심을 왜 그렇게 몰라줘. 다른 사람은 몰라도 넌 누나의 마음을 알아줘야 하잖아. 여자의 눈에서 눈물이 떨어진다. 떨어진 눈물이 하필 마야의 눈 속을 파고든다. **사랑해, 마야.** 초인종이 울린다. 옆집 여자인 모양이다. 벨 소리는 끝이 없다. 그녀가 엉덩이를 움직이기 시작한다. 창밖은 더욱 어두워졌다. 그래도 그녀의 눈에는 마우스피스가 분명히 보인다. 이제 곧 마우스피스를 뽑아야 할 것이다. 하지만, 아직, 아직은 아니다.(강조는 인용자) _126쪽

이들의 눈물겨운 소통과 이별을 무어라 이름 붙여야 할까? 뒤틀리고 왜곡된 사랑? 절망적 사랑? 작가는 '사랑'이라는 말을 썼다. 금지된 사랑이다. 하지만 화자와 마야 사이에서는 가능한 사랑이 아닐까? 인간의 힘으로는 어찌할 수 없는 '삶과 죽음의 심연'이 그들 앞에 가로놓여 있기 때문이다. "하지만, 아직, 아직은" 사랑이라 이름 붙일 수 없을지도 모른다. '위엄을 지닌 죽음'을 선택하게 하는 누나의 애틋한 마음과, 사람다움을 넘어서는 비극적 행위 사이에 놓인 '사랑'이기 때문이다. 이 불가능한 사랑과 해서는 안 될 사랑의 간극을 어찌할 것인가!

이 책에 실린 나머지 작품들은, 「바닷가 그 집에서, 이틀」과 「아직 아직은」을 잇는 희망과 절망의 이중주 사이에 위치한다고 해도 과언이 아니다.

「생각하니 점점」과 「천국의 기원」은 엄마의 부재를 대리 충족할 대상을 찾아 나선다는 점에서 앞서 살펴본 두 작품과 이어진다. 전자가 소통의 가능성에 주목한다면, 후자는 소통의 불가능성을 냉소적으로 표출한다.

「생각하니 점점」은 입대 전 퀵서비스 '알바'를 뛰는 젊은이의 횟집 누나에 대한 애틋한 사랑(그리움)을 그리고 있다. 이번 작품집 대부분이 그렇듯, 화자 또한 엄마 없이 컸다. 아버지의 직장은 멀리 있고, 할머니는 시장통에서 노후를 보내는 중이다. 그런 화자에게 아이까지 둘 있는 연상의 여자가 나타난다. 그녀는 엄마이자 연인이다.

살면서 알아야 할 것이 있고, 느껴야 할 것도 있다. 나는 이 둘 다를 깨닫게 해주는 것이 사랑이라고 생각한다. 그런데 사람들은 사랑에 대해 착각한다. 사랑은 그냥 우연히 꽝, 하고 가슴에 와 닿는 것이라고 하지만, 진정한 사랑은 느낌만으로 이루어지는 것이 아니다. 상대방의 마음까지 아는 것, 그게 참된 사랑이다. 그러니까 사랑이야말로 광맥을 찾듯이 찾는 자에게만 보이게 마련이다. 누나가 그랬다. 누나를 통해 사람이 사람을 사랑하는 일이란 얼마나 외로운 건지 알았다. 모텔에서 누나는 한동안 혼잣말을 해댔다. 그러다가 어느 순간 잠이 들었다. 사는 게 힘든지 코 하나는 끝내주게 힘차게 골았다. 나는 침대 모서리에 앉아서 누나의 잠든 모습을 바라보았다. 그리고 누나를 세상에 팽개친 채 죽은 누나의 남자를 나무랐다. 다른 곳으로 달아나는 것과 다른 곳을 꿈꾸는 것은 다르다고. 처음 사랑을 알게 해준 사람. 아이 둘의 엄마일지라도 내게 누나는 처녀였다. 나를 위해 기꺼이 옷을 벗은 처녀. 나를 구원해준 천사. 그래서 팬티를 다시 입으며 코 고는 소리처럼 힘차게 살기를 바랐다. 제발 이제는 외로워하지 말라면서. 누나의 곁에는 내가 항상 있을 거라고. _241~242쪽

「아직 아직은」이 누나의 시선으로 절망적 사랑을 그리고 있다면, 이 작품은 남동생의 관점에서 '기다림의 황홀'(희망)을 형상화하고 있다. 첫사랑 혹은 풋사랑이라는 말이 무색할 정도로 애틋하고 절박한 사랑이다.

반면, 엄마를 대신할 아내(가족) 찾기라는 동일한 주제를 다루면서도 「천국의 기원」은 사뭇 다른 방향으로 전개된다. 죽은 어머니를 영원히 소유하려는 욕망은 팔에 문신을 새기는 행위와 아내를 냉동시키는 끔찍한 작업으로 변주된다. 이는 사랑에 대한 집착에 다름 아니다.

전처는 팔뚝의 문신을 보고 물었다. 어? 이건 여자 얼굴이잖아. 누구야? 첫사랑이야? 말해주지 않을 수 없었다. 내 첫사랑인 우리 엄마지. 근데 엄마 얼굴을 왜 몸에 새겼어? 같이 있고 싶어서. _55쪽

세상과 소통하지 못하는 주인공의 의식에는 어머니와 관련된 외상이 드리워져 있다. 어머니는 세상과의 소통을 원했으나, 철저하게 외면당했다. "같이 살자, 그렇게 못 할 거면 같이 죽자"며 가스에 불을 붙이고 죽어간 어머니. 숨이 멎을 때까지 아이를 찾은 어머니의 모습은 세상에 대한 철저한 불신을 낳게 한다. 화자는 이러한 어머니를 자신의 몸에 새김으로써 영원히 간직하려 한다. 그리고 어머니를 대신할 대상을 찾아 나선다.

나는 아내를 사랑한다. 너무 사랑한다. **아니, 사랑해야 한다.**(강조는 인용자) _49쪽

첫사랑(엄마)을 영원히 간직하기 위해 화자는 아내를 '사랑해야 한다'. 하여, '죽었지만 영원히' 살아나는 사랑의 화수분, 냉동창고는 '천국의 기원'이다.

영원하려면 부패 방지를 위해 차가움은 필수. 냉동창고는 우리들의 천국이다. 여기에는 이미 전처가 살고 있다. 렁마 또한 이곳에서 가족이 되어 힘께 살 것이다. 어쩌면 지금의 아내도 곧 올지 모른다. _67쪽

아내는 엄마에 대한 그리움을 대리 충족하는 대상이자, 붕괴된 가족을 상상적으로 재구성하는 도구이다. 이렇듯 「천국의 기

원」은 뒤틀리고 왜곡된 사랑이 낳은 일그러진 가족의 자화상을
섬뜩하게 응시하고 있다.

「여기 왜 왔지」와 「플라이 플라이」 그리고 「엄마가 수상해」
등은 희망과 절망을 오가는 가족 구성원 사이의 소통을 다루고
있다. 「여기 왜 왔지」는 성에 대한 에피소드를 전경화한 성장소
설의 구도와, 연희의 가족을 바라보는 관찰자적 시점을 도입함
으로써 훈훈한 가족애를 포착하고 있다. 경쾌하고 리듬감 있는
어조로 앞이 보이지 않는 청년 실업자의 우울한 일상을 포착하
고 있는 「플라이 플라이」 또한 꿈을 훼손한 아버지의 삶과 '자
궁'을 들어낸(육체를 훼손한) 어머니의 모습을 포개면서 힘겹게
가족의 울타리를 지탱하고 있다. '엄마 2호, 3호, 4호'라는 신선
하고 경쾌한 호칭이 눈길을 끄는 「엄마가 수상해」는 무능하고
의심 많은 아버지의 모습을 관찰하는 아들의 시선을 통해 흔들
리는 가족 이데올로기를 심문하고 있다. 이상의 작품들은 희망
과 절망, 교감과 단절 사이의 주름에 희미한 소통의 무늬를 음
각하고 있다.

이렇듯, 작가가 펼쳐 보이는 서사의 스펙트럼은 다양하다.
'바다'라는 공간에서 자유로워지려는 의지가 '가족'에 대한 탐색
으로 이어지는 풍경과 더불어, 질박한 생활 언어에 젖줄을 대던
문체가 젊음의 언어를 적극적으로 수용하고 있음을 엿볼 수 있
었다. 이러한 변화는 소통의 기원, 즉 소통의 가능성과 불가능
성을 탐문하는 치열한 작가의식으로 수렴되고 있는데, '소설 언

어의 풍요로움'을 밑그림으로 하여 보다 촘촘한 서사의 짜임새를 구축하려는 의지로 표출되고 있다. 감칠맛 나는 언어와 치밀하게 구조화된 얼개는 삶의 속살을 파고들며 소설의 운명을 되새김질하고 있다. 기본에 충실해야 새로움을 불러올 수 있다는 사실을 곱씹으며, 모처럼 만에 소설 읽는 재미를 만끽하게 해준 작가에게 고마운 마음을 전하며 글을 맺는다.

비보가 따로 없다. 통계청 발표에 따르면, 현재 빈부격차가
사상 최고란다. 안 그래도 '가진 자는 살판, 못 가진 자는 죽을
판'에 그 격차는 갈수록 악화될 전망이라니! 힘든 사람들 어깨
더 늘어지게 생겼다. 그 탓인가. 거리마다 온통 한숨이 뭉쳐 다
니는 것 같고, 삼삼오오 모여 앉아 있는 사람 풍경도 예사롭지
않다. 마치 지금껏 저축해놓은 건 슬픔뿐이라는 탄식이 들려올
것도 같다. 떠그랄, 정녕 '수평세상'은 도래하지 않는 것일까.
기분 더럽게 꿀꿀하다. 하지만 어쩌겠는가. 희망 없이 견디는
것보다 희망이라도 갖고 견디는 것이 덜 힘들다니 그렇게 믿고
살 수밖에.

세 번째 소설집이다. 헌데도 시절이 하 수상해서인지 감회가
이전보다 느껍다. 분신 같은 녀석들 세상에 내밀자니 이게 어째
지구를 통째로 미는 것보다 힘든 것 같다. 그렇다고 이 못난 놈
들을 '그냥저냥 하냥마냥' 붙잡고 있을 수만은 없는 일. 그래서
또 믿기로 한다, 최선을 다한 자세가 오답일 순 없다는 말을.

다만 바람이 있다면 부디 세상에 나가 힘든 이들의 가슴 다독이는 노릇이나마 해주기를 바랄 뿐.

고마운 사람들이 너무 많다. 초고를 읽고 아낌없는 조언을 해준 허재근 교장 선생님이며 직장 동료들, 그리고 창작에 매진할 수 있도록 배려해준 학교재단 허인구 이사장님. 여기에 사랑하는 가족들의 응원과 실천문학사 손택수 주간의 재촉과 배려까지 보태지면서 예상보다 책이 빨리 묶이게 되었다. 이 자리를 빌려 그 모든 분께 감사의 마음을 전한다. 그분들을 위해 물방울이 바위를 뚫는 건 힘이 아니라 끈기라는 말, 두고두고 잊지 않겠다. 꾸벅!

바닷가 그 집에서, 이틀

2009년 6월 24일 초판 1쇄 펴냄
2010년 5월 26일 초판 3쇄 펴냄

지은이 | 이상섭
펴낸이 | 김영현
주간 | 손택수
편집 | 김혜선, 이상현, 진원지
디자인 | 이선화
관리 · 영업 | 김태일, 이용희

펴낸곳 | (주)실천문학
등록 | 10-1221호.(1995.10.26.)
주소 | (121-820) 서울시 마포구 망원1동 377-1 601호
전화 | 322-2161~5   팩스 | 322-2166
홈페이지 | www.silcheon.com

ISBN 978-89-392-0617-5 03810